Bessora

Os órfãos

TRADUÇÃO
Adriana Lisboa

Relicário

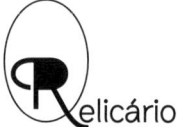

Dedico este romance a Peter Ammermann e a Rabia Ismail.

Cabelos desgrenhados e pés calçados com nossos sapatos velhos, estamos sentados com Arno diante da mesa da sra. Pfefferli. Três sacos de ossos diante de um esqueleto... Não é sem motivo que a gente a chama de Gralha! Está vestida com seu uniforme preto e branco. Atrás dela, uma senhora de blusa branca remexe nos bolsos com os dedos. Canetas escapam dali. Ela se chama Anna, tem 35 anos e é médica. Os três sacos de ossos diante da sra. Pfefferli veem Anna pela primeira vez. Estão mortos de medo, sobretudo você e eu, os dois maiores.

A sra. Pfefferli ajeita os óculos, emendados com um fio de arame. Eles voltam a desabar assim mesmo sobre o seu nariz. Há uma montanha de dossiês empilhada perto dela, até o teto. Do outro lado, há três. Meu nome, seguido por um S., está escrito no primeiro.

– Wolfgang, Arno, Barbara... – cantarola a Gralha. – Vocês foram selecionados.

Não entendo. Tão perplexa quanto eu, você olha fixamente para um quadro preso na parede. A sra. Pfefferli arrumou ali sua coleção de cartões-postais da Suíça, em cima de uma estante onde estão enfileirados livros de contos. A sra. Pfefferli observa seu ar sonhador:

– Barbie? – ela chama, para que você se concentre no que está nos contando.

Quanto a Arno, ele balança as pernas debaixo da mesa, rindo. Pode achar graça, tem só três anos. Nós dois somos maiores. Viro o rosto para a janela. Está chovendo do outro lado, onde se desenha a fazendinha de Heidi.

Heidi. Eu a pedi em casamento uma vez, mas parece que com oito anos de idade não podemos.

As mãos nos bolsos cheios de canetas, Anna diz:

– Os resultados dos seus testes são excelentes.

Ela tem um sotaque engraçado.

– Por esse motivo – ela continua – vocês foram escolhidos pela *Dietse Kinderfonds*.

É tão inacreditável o que ela diz. Essa língua é completamente maluca... *Dietse Kinderfonds* quer dizer "Fundo teutônico para a infância". Não faz nenhum sentido.

Aplausos pipocam às minhas costas, atrás da porta fechada. Anna ouve, encantada. A sra. Pfefferli acaricia seus cabelos brancos esperando que as coisas se acalmem, mas Arno se põe a aplaudir também. Nós dois não nos mexemos. O clamor se extingue e a porta do escritório se entreabre. Uma cabeça castanha se esgueira ali. É Thomas. Minha nossa... Ele tosse, uma tosse generosa e encatarrada:

– Eu também fui selecionado, senhora Pfefferli?

Ele pronuncia o nome da Gralha assobiando como se fosse um passarinho e enrolando os "erres". A Gralha se levanta devagar da sua cadeira e, depois de ter pigarreado no fundo do bico:

– Você pode fechar essa porta, Thomas?

– Eu fui selecionado?

– Você é muito velho para ser adotado... Feche a porta, agora. Por favor.

Ele tem treze anos, nós oito, Arno três. Com treze anos, fora as exceções, os órfãos já passaram do prazo de validade. Thomas sente-se triste por estar fora do prazo de validade. Não se move. A Gralha estala o bico.

– Sinto muito, Thomas. Se eu pudesse… Mas temos a instrução de só ficar com as crianças arianas.

Anna pega os três dossiês em cima da escrivaninha da Gralha enquanto a sra. Pfefferli levanta uma sobrancelha e repete três vezes:

– Eu sinto muito, muito, muito.

A chuva dobra de intensidade, a sra. Pfefferli faz um sinal para que saiamos do seu escritório. Anna nos cumprimenta com um gesto muito amável. Andamos até a porta de mãos dadas. Arno está alegre, eu mordo os lábios, acho que por medo ou porque perdi meu nome. Você faz pipi nas calças.

Por nós dois, você mija nas calças.

●

Duas valises minúsculas são colocadas aos nossos pés sobre a calçada, diante do orfanato. Nada dignas. Eu lamento que a gente esteja aqui. Você usa um vestido curto demais, e eu, sapatos apertados demais. Heidi aparece, isso me alegra. Ela sai de sua fazenda, com seus cabelos encaracolados, sua pele marrom, seus pés nus e seu rostinho sujo.

– Vocês vão ao baile?

– Vamos para a África – eu digo.

Minha cara está comprida toda vida, tenho medo, como se os leões fossem me comer. Heidi segura minhas mãos. Suas unhas imundas nunca impediram que eu me sentisse apaixonado. Você tem nojo. Fico arrepiado e ela estremece:

– Dá para ir até lá de charrete, até a África?

Você aperta os lábios, os dentes, os punhos.

– De charrete? É longe demais… Vamos pegar um carro.

– Um carro? – exclama Heidi.

Fora o trator do pai dela, não vemos muitos veículos na região.

Você olha fixamente para a estrada, comprida e vazia. Ela também te encara. Estreita, vem de longe. Andou quilômetros para chegar

até nós, e segue para ainda mais longe, mas não chega exatamente até a África.
– Depois vamos pegar uma balsa – eu digo.
Heidi segura as minhas bochechas.
– Até a África?
– Vamos pegar trens e barcos antes disso.
Heidi belisca as minhas bochechas – isso me excita, fico vermelho. Como estou apaixonado. Atrás de nós, na janela do orfanato, um bando de crianças nos espia. Thomas está no meio, e de repente o queixo dele cai. É que ele pode ver, ao longe, a sombra de um carro. Assustadora, ela cresce à medida que se aproxima, e todos podemos vê-la inchando, como se fosse um ogro, mas com rodas. Seu motor se faz ouvir de súbito. Um outro barulho ocupa os meus ouvidos. É o coração, ele bate em toda parte.

O motor para quando o carro estaciona perto de nós. Você respira depressa, cada vez mais depressa, tão depressa que perde o fôlego. Heidi tira lentamente as mãos do meu rosto, está muito pálida, enquanto Arno começa a rir. Lá vem ele saindo do orfanato nos braços de Régine.

Temos que chamá-la de *tia*, porque ela vai ser nossa madrinha durante toda a viagem. Carnuda, Régine é muito confortável para Arno. Leva sua mala enquanto ele, morto de rir, brinca com a etiqueta presa em seu peito.

Arno Rüff, nascido dia 24 de junho de 1945.
– Vamos, meninos – diz a tia Régine.
Seu sotaque é engraçado, igual ao de Anna.
Régine diz que vem da África. Mas é de origem alemã. Claro. É por isso que o seu cabelo é vermelho, talvez? É por isso que ela fala holandês?

A porta do carro se abre para trás, diante de assentos de couro marrom. Eles têm um ar frio. Francamente, não são nada atraentes. Tomo Heidi entre os braços, ela me aperta, nos agarramos um ao outro e depois ela cola seus lábios na minha boca. Fecho os olhos. Quando você fecha os olhos, vê melhor e sente mais. Imagine mais ou menos como eu sinto e multiplique por duzentos. Aperto as nádegas para impedir esse momento de partir. Que ele dure para sempre e não se interrompa nunca. Mas alguém me puxa na outra direção.

– Vamos, rapazinho!

Nos braços de Heidi, resisto a Régine. Mas ela acaba por me soltar, porque a Gralha está ralhando lá da janela.

– Heidi! Você quer deixar Wolf tranquilo ou vou ter que chamar seu pai!

Heidi parece ter muito medo de seu pai. Você já se sentou no assento frio, e sem dizer uma palavra suplica que eu me junte a ti. É verdade, nunca fomos separados, e temos sorte de poder continuar juntos. Imóvel, Heidi murmura para mim algo muito suave:

– ... não vou te esquecer nunca, Wolfie...

Fico bem comovido. Mas me vejo subir ao seu lado. Vejo o carro dar a partida. Tudo isso como se eu não estivesse ali, entende?

Enganchado sobre os joelhos de tia Régine, Arno cumprimenta as vacas pela janela. Toda rígida, você olha reto em frente. Comigo é o oposto. Eu me volto para trás.

Heidi ainda está lá, mas atrás, onde ela pertence ao passado.

Fica pequena no vidro traseiro, pequenina, cada vez mais pequenina. Como se devesse desaparecer.

E então Heidi se torna nada.

●

O carro para diante de uma estação que se chama Hanover.

Tia Régine desce primeiro, com Arno. Ele vomita sobre a calçada enquanto o motorista abre a porta de trás. Do outro lado, é um novo mundo. Mas você e eu não estamos tentados a partir na aventura. Tia Régine ruge:

– Vamos lá, meninos... vocês não querem perder o trem!

Acho que queremos sim.

Há crianças reunidas na praça da estação: conto oitenta, mas verifico. A conta está certa. Oitenta crianças indo para lá e para cá.

Excitadas como pulgas. Quanto a nós, não nos mexemos, estamos entorpecidos feito percevejos.

– Desçam do carro agora mesmo! – ralha tia Régine.

Há adultos zumbindo ao redor das crianças. Esse barulho de colmeia não nos incita a descer. Segundo tia Régine, essas pessoas que parecem abelhas são inofensivas:

– São jornalistas.

– Servem para quê? – pergunto, desconfiado.

– Eles escrevem nos jornais. Falam no rádio. Tiram fotos... Vieram fazer uma reportagem sobre a partida de vocês. É um acontecimento nacional!

Uma luz intensa cega tia Régine. Ela resmunga contra os flashes. Eles se parecem com os fogos no céu – você se lembra, os que abriam crateras quando caíam no chão.

Atraídos pelo clarão das luzes, um monte de passantes se aglutinam em torno dos jornalistas. Quanto a nós, nos afundamos em nossos assentos feito percevejos no fundo de um colchão. Você mantém o foco bem à sua frente, eu procuro uma fórmula mágica que nos torne invisíveis. Suada, tia Régine nos dá uma bronca:

– Vamos lá, meninos, vocês não querem mofar nesse carro!

Queremos sim.

O motorista se inclina em nossa direção sorrindo e nos puxa, um depois o outro, pela gola, pedindo desculpas:

– Sinto muito... é que eu tenho que levar o carro de volta!

Eis como nos encontramos sobre a calçada. Agora a gente vai ter que pegar essa porcaria de trem. Mas talvez ainda dê para evitar. Ouço uma voz que deve sair de um alto-falante, um rádio ou alguma coisa desse gênero:

"Vocês vão para um outro país... Lembrem que nós, alemães, somos uma nação orgulhosa. Vocês terão sempre sangue alemão em suas veias. Sintam orgulho. Comportem-se como verdadeiros alemães."

– É o ministro Käber – diz Régine, comovida. – Vocês se dão conta? O ministro!

Uma bola preta se cola à sua boca. Uma manga de camisa liga essa bola a um jornalista. Você sufoca um grito de estupor e eu mando a bola para o espaço. O jornalista ri. Essa bola se chama *microfone*, parece que não machuca, só captura a voz:

– Como você captura a voz das pessoas sem machucar? – você pergunta.

O jornalista ri de novo, depois nos mostra um aparelho que captura imagens e se chama *câmera*. Também não machuca. É o que vamos ver. Ele acha mesmo que somos imbecis.

– Sorriam – ele diz, com gentileza.

Você sorri. Para mim é impossível relaxar.

– Como é para vocês, gêmeos, deixar a Heimat? – pergunta o jornalista.

– Quero voltar para casa – eu digo, sem rodeios.

Surpreso com a minha reação, o jornalista acrescenta:

– É a primeira vez que vocês andam de trem?

Eu não reflito antes de responder:

– A gente não vai subir nunca nesse trem.

À espera, tia Régine ouviu tudo, e não parece satisfeita. O jornalista vira a câmera na direção de um menininho, que lhe conta que nós vamos para uma floresta encantada. Num instante, esse exibido pega o microfone e seduz a câmera com seus olhos azuis:

– O sol brilha sempre na África – ele sussurra. – Lá eles têm laranjas maravilhosas... bananas deliciosas...

O menininho continua a recitar seu poema, enquanto Régine aperta o meu ombro para me impedir de fugir.

– Na África – continua o garotinho – eu vou impedir os macacos de comer as cabras.

Você coloca o sorriso no bolso:

– Você quer dizer os leões. Na África, os lobos se chamam leões. São eles que comem as cabras.

Você coloca o sorriso de volta no lugar, e o menininho coloca o dedo sobre a boca porque não lembra mais se são os macacos ou os leões.

Eu também não me lembro mais.

Alguém fala de cabanas e de negros para a câmera. Eu me vejo gritar:

– Não quero morar numa cabana com negros que são holandeses!

Uma menininha, que parece ter uns sete anos, debocha de mim.

– Resmungão... Você não vai morar numa cabana! Seus pais vão ser normais. A língua deles vem do holandês, mas é parecida com o alemão. Vai ser fácil para a gente, porque somos arianos. Podemos aprender todo tipo de língua muito mais depressa do que a maioria das pessoas.

Toda orgulhosa dos dentes de leite que lhe faltam, ela sorri para a câmera e eis que embarcamos.

Estamos sentados num banco. Mas não é tarde demais para perder o trem, já que ele ainda não partiu. Procuro os seus olhos. Você parece cega, globos fixos, feito os manequins. Eu me levanto e me precipito na direção da janela aberta. A mão de Régine agarra meu cinto.

– Vamos lá, você não vai querer cair do trem!

Tia Régine me puxa para trás, tem a força de quatro elefantes, e eu a de um inseto. Pela janela, uma nuvem de lenços brancos saúda nossa partida. Fico atordoado. Flashes. Fico cego. Uma orquestra toca o hino alemão. Fico surdo.

Ouve-se um apito e, de repente, uma senhora se destaca da multidão, gritando:

– Karin!

Ela corre atrás do trem, então me dou conta de que partimos.

– Me devolvam Karin!

Ela tropeça, se levanta e, joelho esfolado, grita mais alto.

– Karin! Me devolvam a minha filha!

E é isso, o trem avança depressa demais para que eu possa saltar. A mãe de Karin fica pequena, bem pequena, um bonequinho, como Heidi, quando foi apagada do vidro de trás. E se transforma em nada.

Depois, tudo fica escuro.

Barbie?

Você está dormindo?

– É normal os olhos dele se mexerem desse jeito?
– O médico disse que se mexem por causa da bala que está dentro da sua cabeça.
– Dar um jeito de levar um tiro no dia dos cem anos de Mandela…
– Até Obama veio a Joanesburgo comemorar.
– Parece que é também o aniversário desse velho. Setenta e oito anos, ouvi dizer. Ele viveu bem.
– Como a pessoa pode se safar com uma bala na cabeça.
– Por que ele ia se safar, Naledi? Fez alguma coisa para merecer isso.

Um transatlântico joga a âncora diante de uma montanha em forma de mesa. O mar está esverdeado, o céu completamente cinzento. Vai chover e faz frio. Crianças descem aos pares desse navio. Às vezes, vão de mãos dadas com uma senhora. Muito numerosas, têm entre dois e oito anos. Exceto uma ou duas, maiores. Há uma etiqueta afixada no peito delas. Algumas sorriem de orelha a orelha, outras têm um beicinho de tristeza. Estamos entre essas. Temos oito anos e, em breve, dois meses.

Seus lábios tremem porque você sorri demais. Eu franzo as sobrancelhas. Estamos inquietos?

Você puxa a saia para baixo, ela é curta demais. Esse vestido não é seu, e a fita que esvoaça em seu cabelo também não, te emprestaram. Você parece uma boneca, você que tem horror de brincar de boneca! Os meus pés doem nos sapatos que tiveram que me dar. Limpos como dinheiro novo, estamos embalados como presentes etiquetados.

Barbara Schultz, nascida dia 18 de julho de 1940.
Wolfgang Schultz, nascido dia 18 de julho de 1940.

Desde quando nos chamamos Schultz?

E de repente o sol brilha, o céu fica azul, você sorri gentilmente, eu assobio, despreocupado, e...

– Desligue essa câmera desgraçada, Lothar!

Lothar obedece à voz dessa mulher e para de nos filmar. Sua câmera deixa um traço de ventosa em torno do seu olho. Ele vê que o céu está escuro e o sol escondido. Não se parece com o seu filme, em que faz bom tempo e o céu é azul. Ele também nos vê, agarrados à barra da saia de tia Régine, descendo a escada do barco, um colado no outro, perdidos. Você não sorri. Eu não cantarolo. Lothar está surpreso com esse espetáculo, tão diferente do que viu em sua câmera. Esfrega os olhos para ter certeza de que não está sonhando. Esfrega a lente da câmera. Mas tudo vai bem, ele mete as mãos nos bolsos do seu casaco de cachemira.

Os olhos de Lothar são redondos e transparentes, cobertos com um arbusto de pelos que se parecem com tudo, menos cílios. Tem 38 anos e as costas curvas. Sua mulher tem belos olhos pretos debaixo de um chapéu gracioso, três anos a menos do que Lothar, mas dez centímetros a mais. Tão dourada quanto ele é pálido, tem os cabelos encaracolados como Heidi. Um rosto bastante simpático. Seu pescoço comprido se ergue de um lenço de seda, ela procura por nós franzindo a testa. Lothar já nos notou, mas ela ainda não. De repente descobre Arno. Todo lindo, todo gordinho, ele cochila nos braços de tia Régine. Subjugada, Michèle devora Arno. Ela já se vê mimando-o, enquanto seus verdadeiros filhos adotivos se agarram à barra da saia de tia Régine.

– Os nossos são os maiores – Lothar lhe diz. – Mais embaixo... Um metro abaixo...

Ele fala essa língua torta que se parece com o holandês. Não nos ocorre largar tia Régine. Eu bato os dentes uns contra os outros e você tenta colocar uma expressão decente no rosto, um sorriso. É uma peça de roupa larga demais. Você flutua ali dentro. O cais está cheio de gente, pais, estivadores, curiosos. Nossa chegada é um acontecimento. Motivo de falatório.

– Eles são alemães. Sim, senhora, todos órfãos. Protestantes.

Autômatos, avançamos, confundidos a tia Régine, que pena para abrir caminho em meio aos curiosos.

– Nem uma gota de sangue judeu, de sangue polonês, russo ou inglês.

Você inspeciona, procura os lobos-leões. Eu busco as cabanas, os negros, os holandeses.

– Estão cansados, mas são bonitos! Passaram por testes muito difíceis...

Os holandeses são eles, imagino. Os leões, as cabanas e os negros não estão visíveis. Estamos muito inquietos. Viemos preparados para os leões, para os negros, para o sol inclemente. Mas quando chegamos faz frio, o sol é invisível, o céu está cinzento e não há nenhum leão à vista. O que esperar em seguida? Estamos paralisados e eu prendo as pernas num cordame. É nesse momento pouco glorioso que Michèle me vê pela primeira vez. Ela faz um beicinho de decepção enquanto eu volto a segurar a mão de tia Régine.

– Eles não são como eu imaginava... – murmura Michèle.

– Sim, eles são bem grandes – diz Lothar, sorrindo.

Nós nos escondemos atrás da saia de tia Régine quando ela se apresenta, e eu gostaria muito de nos tornar invisíveis. Fecho os olhos... Arno arrulha nos braços de Régine e oferece seu mais belo sorriso a Michèle. Ele chilreia: mamãe, mamãe? Michèle fica rouca de gratidão, só tem olhos para ele. Será que eu nos tornei invisíveis?

Lothar e tia Régine tossem de incômodo. Tia Régine nos busca atrás das suas costas, mas nos esquivamos, ela não consegue nos segurar. Lothar se abaixa para nos ver. Não adianta nada. O traseiro de tia Régine é tão grande que continuamos conseguindo fugir do seu alcance. Michèle e Lothar parecem não mais procurar nos ver. Talvez estejam fingindo?

Por um momento breve, falam mais baixo do que os sussurros de Arno, com naturalidade: do lado de Lothar, há bastante sangue alemão; a língua não se perdeu. Do lado de Michèle, as lembranças são francesas. Mas tiveram que renunciar à língua. Quanto ao *Broederbond*, a fraternidade, são membros desde os primeiros dias. E também da *Ossewabrandwag*, a sentinela de carros de boi.

– Ele está feliz que o Partido Nacional tenha ganhado as eleições – conclui Michèle.

Ainda sem conseguir nos ver, ou fingindo não ver, Michèle começa a ter esperança de obter algo melhor do que nós:

– E o menininho? Como ele se chama?

Tia Régine fica vermelha:

– Arno está reservado...

Um golpe dos quadris de Régine e, como num passe de mágica, saímos de sua saia. Fomos descobertos. Abaixamos de maneira lamentável o rosto para o chão e você refaz o seu sorriso trêmulo. Volto a colocar minha máscara de cera. O céu escureceu mais ainda. Começa a cuspir nas nossas cabeças. Tia Régine se despede da gente debaixo da chuva. Seus adeuses são dilaceradores, parecidos com os relâmpagos no céu. Ela chora. Arno chora. O céu chora. Você sorri enquanto chora. Eu retenho minhas lágrimas debaixo da cera da minha máscara. Morrer, mas aos pouquinhos, entende? É o que eu sinto.

Michèle e Lothar não sabem mais onde se meter diante dessa torrente de lágrimas.

A chuva dobra de intensidade. Multiplica-se por quatro. O dilúvio. Michèle desembainha um guarda-chuva e nos convida a segui-los até o carro.

Eles andam na frente, debaixo do guarda-chuva.

Nós andamos atrás, debaixo da chuva.

●

Vermelhas, curtas e roídas, as unhas de Michèle estão coladas à ponta dos seus dedos, crispados sobre o volante. O volante se encontra à direita do carro.

De tempos em tempos, ela o solta para ajeitar seus cabelos, reclamando da umidade. No banco do carona, Lothar cantarola, filmando a paisagem pela janela, que está fechada. E ele desafina. É cômico. Michèle nos examina pelo retrovisor:

– Vocês estão com uma aparência e tanto!

Ela sorri. Eu me esforço para retribuir esse sorriso.

– Estamos com um pouco de dor de barriga, senhora.

– Pode me chamar de mamãe, Wolfgang.

Você faz que sim e avança delicadamente na direção do apoio da cabeça:

– Os spaetzle do barco ficaram meio parados no nosso estômago, mamãe.

Sem prestar atenção em você, Michèle me fita com dureza pelo retrovisor. Mal respiro para esquecer que ela está me inspecionando. Lothar abre o vidro.

– Melhor assim?

Você diz Sim, papai. Papai? Você está exagerando... Lothar não é o nosso pai!

Você se deixa atrair pela paisagem. O carro rola perto do mar. Do outro lado, montanhas apontam seus picos, que às vezes são redondos. Estupefata, você exclama:

– Eu não sabia que as montanhas cresciam na beira do mar!

Lothar se vira para você e ri:

– Feito as árvores?

– Não, papai. Feito a Suíça.

– Você já foi à Suíça, Barbara?

– Não, papai. Eu já vi nos cartões-postais da sra. Pfefferli.

Lothar te sorri com ternura. Gosta muito de você, eu acho. Michèle aguarda que eu a chame de mamãe. Ela pode continuar sonhando, pode esperar a vida inteira.

A paisagem se torna mais árida. E de repente é ondulante. Há poucas casas. Sobe, desce, faz curvas – as estradas formam nós e laços nos flancos das colinas. Pedras grandes estão deitadas sobre o mato rasteiro. Parece que foram esculpidas em pleno ar. Arbustos cor-de-rosa se abrigam em sua sombra. É tão imenso que dá vertigem. Você exclama:

– Que bonito... como é bonito... é horrivelmente bonito...

Lothar te lança olhadelas encantadas pelo espelho do quebra-sol. O carro ultrapassa uma charrete atrelada a um cavalo. Ela transporta barris de vinho. Lothar volta a cantarolar e a filmar pela janela, então Michèle tamborila com impaciência sobre o volante. Ao cabo de um momento, ela se irrita:

– Desligue essa droga de câmera, Lothar!

Ele obedece, mas volta a cantarolar, desafinado. Michèle está espumando. Vai abrir a boca para mandar Lothar ficar quieto, mas ele se antecipa:

– Tenho que praticar para o coral.

Rolamos sempre em frente por caminhos tortos. Eles falam entre si em sua língua, achando que não entendemos nada. Mas eu entendo tudo. Michèle tem pena das crianças que ficaram na Alemanha. Lothar lhe diz qualquer coisa sobre dinheiro, que vai talvez salvar aquele grande país. Você e eu temos sorte, eles estão de acordo quanto a isso, pois que vida miserável teríamos tido se eles não tivessem nos salvado dos ingleses, dos judeus, dos comunistas. Eu não sei o que é comunista. Mais uma palavra esquisita.

Michèle me espia pelo retrovisor.

– Vocês deviam ser bem mais numerosos quando partiram de Hanover!

Mas os outros órfãos foram acomodados em famílias alemãs. Três anos depois da guerra, já não há mais tantos. Sobretudo arianos. Nos unimos um pouco tarde à Fraternidade. Pena. Se não, seríamos dez mil.

Michèle me olha e de repente eu sou dez mil órfãos arianos. Se eu fosse dez mil, poderia fazer coisas formidáveis. Comovida, ela murmura:

– O futuro vai se construir com o que Deus nos dá hoje.

Os olhos de Lothar se cruzam com os seus no quebra-sol. Com uma voz afetuosa, ele te diz:

– Vocês vão ser felizes conosco.

Uma placa de trânsito anuncia *Franschhoek*. Quer dizer "o canto dos franceses". Rolamos pela *avenue des Huguenots*. Cruzamos a *rue de Bordeaux*.

– Aquela é a nossa igreja – diz Michèle. – À sua esquerda.

Ela promete nos apresentar ao pastor. Ele e a mulher aguardam ansiosamente.

– À sua direita – ela continua – está a mercearia.

– E o café do outro lado! – acrescenta Lothar. – Eles têm ótimas limonadas.

Ele mata a sede ali todas as quintas-feiras quando volta do escritório.

– O seu pai trabalha na maior parte do tempo em casa – diz Michèle. – Mas sua família tem escritórios na Cidade do Cabo, aonde ele vai de tempos em tempos.

– Você trabalha com o quê, papai? – você pergunta, atenciosa.

O tio-bisavô dele abriu uma companhia de seguros na Cidade do Cabo. Foi logo depois da batalha de Blood Rivers, quando os bôeres, cercados pelos zulus, foram escolhidos por Deus para levar a vitória. Ganharam graças aos carros de boi. Desde então, o rio é vermelho de sangue, e a Fraternidade cultua os carros de boi. Mas vão nos ensinar isso na escola, que aliás se encontra a vinte minutos de caminhada de casa. Não precisamos ficar preocupados, não iremos antes de dominar a língua.

– Com os seus talentos – continua Michèle – vocês vão falar africâner em dois meses. Vão poder falar um monte de línguas!

– Já aprendemos um pouco no barco, mamãe – você anuncia, orgulhosa.

– Vocês têm aptidões fora do comum – acrescenta Lothar.

Michèle ergue as sobrancelhas uma depois da outra.

– Se o Führer tivesse podido... em duas ou três gerações...

Lothar se vira para você:

– O seu irmão e você em breve poderão frequentar a classe da mamãe, Barbie.

Michèle é professora. Em suas horas vagas, escreve um livro sobre pedagogia. Quer dizer que entende de educação. O carro atravessa uma pequena ponte sobre o rio antes de entrar por um portão alto de ferro.

– É aqui – diz Michèle, parando o carro, enquanto Lothar sai para abrir o portão.

O sol atravessa as nuvens e assenta um comprido raio de luz sobre os campos. O milho se sucede ao trigo, as vinhas se estendem a perder de vista, até as montanhas que circundam o vale. Você dá suspiros alegres:

– É como se fossem ondas de todas as cores!

Árvores frutíferas crescem em cantos ondulados. Vacas, carneiros e porcos pastam em terras incultas, em colinas. Sinto vertigem. Quase náusea.

O carro avança lentamente por um caminho estreito de terra vermelha. Uma enorme fazenda se destaca ao longe. É 22 ou 23 vezes maior que a de Heidi. De pedra branca, com uma varanda, ela se projeta sobre armazéns e instalações. Em torno dos seus dois andares, foram montadas barracas de onde saem pessoas não muito maiores do que formigas. O carro avança lentamente na direção da construção principal. Distante, a voz de Michèle fala de uma destilaria e de um alambique. Noto pessoas negras.

– ... prensa do século XVIII... – diz Michèle.

As mulheres usam lenços brancos na cabeça. Munidas de ferramentas de trabalho, vão para os campos. Os homens usam calças altas com suspensórios, às vezes chapéus. Empilham sacos de grãos sobre um reboque. Galinhas passeiam em liberdade.

– ... vinte hectares... – diz Michèle.

Estamos estupefatos. Alguns metros acima, o carro rola ao lado de um pequeno canto de pasto onde um menino alimenta um cordeiro com uma mamadeira. Mirrado, o menino tem na testa uma mancha clara em forma de estrela, e no pescoço, um colar de fita com um pingente. É uma cruz um tanto grosseira, de madeira entalhada à faca, mas não consigo ler a inscrição. Ele sorri para nós. Retribuímos. Ele me inspira um sentimento engraçado.

Michèle desliga o motor diante de uma garagem, ao lado de um caminhão carregado de barris de vinho. Ao sair, você nota, no final de um estreito caminho fechado, uma casinha dilapidada isolada num prado.

– Tem fantasmas lá dentro? – você pergunta.

Lothar te diz, rindo, que nunca encontrou. Mas ele espera reformar um dia a velha casa dos Noah, para que possamos morar ali, os quatro. De todos os seus sonhos, é o mais caro.

– Não sonhe demais – Michèle o interrompe. – Papai tem outros projetos para aquele velho barraco.

Uma voz grossa troveja:

– Os Terre'Blanche nascem e crescem na fazenda!

Um gigante de pincenê aparece no alpendre. Uma estatura prodigiosa, batedores em lugar das mãos. Chama-se Jacob Terre'Blanche... Tem 73 anos e muito cabelo, branco. Com roupas de brim, masca tabaco. Cospe no chão e avança em minha direção. Recuo três passos, e você sorri para me lembrar que está aqui. O pai de Michèle me segura e me levanta.

– Aqui está o nosso Pequeno Boche!

Em seus braços, eu pareço mais uma pequena pluma.

●

Jacob me dá um beijo na boca e não me coloca mais no chão. Eu me encontro a um metro de altitude.

– Vamos fazer de você um verdadeiro africâner!

Aliás, o alemão de Jacob é um desastre, porque ele é africâner de origem huguenote. Michèle cumprimenta o pai com um terror respeitoso. Poderíamos jurar que por toda sua vida ela tentou agradar a ele, sem conseguir. Talvez por isso ela roa a unha do polegar. Você lhe sorri, sem que ele te veja. Ele não me larga. Quanto a Lothar, enlaça sua mulher com um gesto protetor.

Levanto a cabeça para escapar do hálito carregado de Jacob. Ele tem cheiro de bode, o que, com o tabaco, dá uma mistura estranha.

Não posso evitar uma feia careta, então Michèle me dá uma olhadela de banda: ela não quer que eu decepcione seu pai. Há letras gravadas no alto da fazenda: *Théophile TERRE'BLANCHE, pastor do Poitou, 1688*.

Encantada, você acaricia a velha prensa junto à fachada.

– Data do século XVIII – murmura Michèle. – É incrível como ela pode ser tímida na presença do pai. Mas faz bastante tempo que não funciona – ela acrescenta, aguardando uma aprovação de Jacob.

Sem dá-la, ele me olha de cima a baixo. Diríamos que lhe agrado. Ele me coloca de novo no chão. Você contempla os animais que pastam nos campos, um trator cujo motor estoura nos vinhedos. Você está subjugada.

– É horrivelmente bonito, papai.

Lothar bagunça seus cabelos, sorrindo, mas isso parece desagradar a Michèle, que o fuzila com os olhos. Você está sem fôlego diante de toda essa beleza:

– Eu vou cuidar de tudo isso quando crescer?

Jacob te esnoba gentilmente:

– Minha querida, vamos encontrar um marido para você.

Michèle ajeita o cabelo, embora não estivesse desajeitado. Uma mulher muito negra sai da sombra. Usando um avental azul, ela traz uma bandeja cheia de bebidas. Tem na testa uma mancha em forma de estrela. O garoto de agora há pouco tinha a mesma. Eu não saberia dizer qual a sua idade, mas não é jovem. Nunca tinha visto um negro tão de perto. Você também não. Reparamos nela boquiabertos. Ela tem um nome, Graça. Graça nos serve uma limonada com um sorriso maior do que o seu rosto, e se retira para dentro da escuridão de onde surgiu.

Molho os lábios no meu copo e, de repente, alguma coisa bica o meu cabelo. Deve ser um pássaro, porque tem penas. Mas está montado em pernas de pau e tem um pescoço muito comprido: uma galinha misturada com uma girafa. Fujo correndo. Você acha graça, e Jacob repreende Michèle:

– Como ele pode ter medo de avestruzes?

Michèle abaixa o queixo e balbucia desculpas, promete que vai me transformar em alguém.

– Comece por estacionar esse carro na garagem – resmunga Jacob.

Lothar envelopa Michèle com os braços enquanto eles vão na direção do carro, que levam até uma garagem imensa, cheia de entulho, com uma velha bancada. Um colchão de palha repousa no canto, com uma mesa na cabeceira, onde há um lampião a querosene.

– Eles são talvez velhos demais? – inquieta-se Michèle, a testa franzida.

– Claro que não – diz Lothar.

– E se eu não conseguir ser uma boa mãe?

– Claro que sim – diz Lothar.

Ele acrescenta que o menino, eu, já agrada ao avô. Com isso, ele se fecha num escritório instalado entre a cozinha e a garagem.

Michèle nos mostra os nossos quartos, no primeiro andar. Aqui e ali, as tábuas do piso rangem. Separados por um banheiro antigo, nossos quartos têm cheiro de mofo, mas têm também, cada um, uma cama imensa, um armário substancial, uma mesa de cabeceira munida de uma Bíblia, uma vela e uma caixa de fósforos. Temos uma pequena escrivaninha para fazer nossos deveres. Você dispõe também de uma penteadeira. Nossas janelas dão para o mesmo lado, sobre a velha prensa. Têm uma vista desimpedida das montanhas e do vale. Da casinha também – o velho barraco dos Noah, no final do caminho fechado. Jacob, Lothar e Michèle dormem um andar acima do nosso, Michèle nos informa. E a área debaixo do telhado está condenada.

Seus olhos brilham de reconhecimento. Eu não consigo me alegrar. Sinto-me preso, gostaria de ir embora, pegar o barco.

– O jantar será servido em dez minutos – conclui Michèle.

Ela recomenda que arejemos nossos quartos e gira sobre os saltos dos sapatos. Eles estalam na escada. Os degraus guincham, têm reumatismo, e os saltos de Michèle os machucam. Você se senta na minha cama.

– Se tiver medo de dormir sozinho, eu posso ficar com você.

Não é que eu tenha medo de dormir sozinho, é que eu não quero dormir. Você não tem medo de nada e não faz perguntas. Não te ocorre pegar o barco de volta. Você arruma suas coisas no seu quarto.

Eu me debruço na minha janela aberta, de onde vejo formigas pretas. Elas voltam do vinhedo e vão para as suas cabanas. Atrás, uma colheitadeira aguarda num galpão. Eu me sinto sozinho. Você está bem perto, mas me parece distante. Escuto os seus passos na escada, depois o silêncio. Penso em Heidi. As promessas que nos fizemos.

E além disso sinto dor de cabeça.

De mãos dadas com Lothar, você passa debaixo da minha janela. Ele fala de um carneirinho que acabou de perder a mãe. Vocês têm o tempo exato de ir dizer olá ao pequeno órfão antes do jantar.

●

– É carne de avestruz – pronuncia Michèle, orgulhosa.

Essa carne transborda dentro de grandes pratos decorados com flores, amores-perfeitos. Abóbora, batatas, cenouras e milho acompanham, com aguardente, destilada ali mesmo, e vinho do ano anterior. Quando Deus te dá, você é obrigado a beber e a comer. Mas somos incapazes, é coisa demais, mal tocamos no nosso prato.

– Não está bom? – preocupa-se Michèle.

– Sim, mamãe, está muito bom.

Você se obriga a comer para provar que a amamos, mas eu não consigo engolir nada. Peço desculpas:

– No orfanato, nossos pratos eram menores.

A testa de Michèle se franze de compaixão.

– E a gente comia sobretudo mingau de aveia – você acrescenta.

Preocupada em nos consolar, ela anuncia que haverá torta de leite para a sobremesa:

– Graça preparou com ovo de avestruz.

Lothar murmura de prazer. Na cabeceira da mesa, Jacob masca seu tabaco, um guardanapo em volta do pescoço, uma escarradeira ao lado do prato. Ele a enche a cada dois ou três minutos.

Enquanto você tortura o estômago, reparo no teto rachado onde se balança um lustre. Há uma folha amarelada emoldurada na parede.

Por fim, parece-me que foi em parte para me preparar e me dispor para este trabalho que Deus quis por bem me levar aos desertos da África e me fazer passar por várias provações muito difíceis. Davi e os outros Santos homens de Deus compuseram a maioria de seus cânticos nos desertos e em grande angústia.

Théophile Terre'Blanche, 1693

– Théophile escreveu isso após sua primeira colheita de uvas! – exclama Jacob, todo contente ao me ver ler. – Levou cinco anos.

Ele morde com todo empenho um pedaço grande de abóbora e, com a boca cheia, continua:

– Pequeno Boche, você vai fechar o portão no fim do caminho depois do jantar.

Não sei onde fica esse portão, e não tenho a menor ideia de qual seja esse caminho. Isso dá um nó no meu estômago, continuo sem comer. Incomodada, Michèle pigarreia, depois hesita em dizer alguma coisa. Por fim, coloca as mãos bem abertas sobre a toalha da mesa:

– Durante a oração, agora há pouco, você não fechou os olhos, Wolfgang. Deus vê tudo...

Se ela me viu, é porque também abriu os olhos.

– Deus também vê a senhora.

Confusa, Michèle ajeita os cachos que continuam sem se mover, que não se mexem nunca. Procura o olhar do marido. Lothar está sonhando acordado, mas é fácil para ele regressar. Jacob me observa, sorrindo. Tenho a impressão de ser um cervo. Ou uma cenoura prestes a ser descascada.

– Você será o sétimo Terre'Blanche.

– Schultz... – corrige Lothar com uma voz apagada.

Sem dar ouvidos ao genro, Jacob conta nos dedos:

– Théophile, Simon, Daniel, Petrus, Étienne, eu... e você. O sétimo!

Ele acrescenta:

– Não vai se esquecer de ir fechar o portão, hein, Pequeno Boche?
Um arrepio corre pelas minhas costas.
– Sim, senh...
– Pode me chamar de vovô Jacob, Pequeno Boche.
– Sim senhor.

Não encontro esse portão na minha cabeça, não me lembro desse caminho. Você está pálida porque sente vontade de vomitar. Comeu demais. Ninguém te parabeniza. Fora Lothar, que sorri para você às vezes, todo mundo nesta mesa esqueceu a sua presença. É de fazer a gente se perguntar por que te adotaram. Talvez não tenham tido escolha. É a mesma coisa com os ovos. Se você precisa de um, tem que comprar uma dúzia.

Jacob tira um molho de chaves do bolso, separa duas, me dá, me proclama guardião do casebre de Noah: é minha tarefa trancar aquele portão.

– Garanta que ninguém vá remexer por lá!
Eu não ouso perguntar por quê. Você sim:
– Por quê?
Jacob resmunga alguma coisa incompreensível. Sua voz se turva, se encaroça.
– ... naquela... e depois... casa... Maria... morta naquela época...

Os lábios de Michèle começam a tremer, faz-se um longo silêncio. Lothar abre o colarinho da camisa, porque está sufocando. Por fim, Jacob rega sua escarradeira e você pede para ir ao banheiro. Michèle recusa.

– Sentada, Barbara... até o fim do jantar.

Você não ousa protestar. Só Lothar parece ter pena de você. Ao cabo de um momento, ele tira do bolso uma caixa de comprimidos e engole um.

– Meu genro tem um coração tão frágil! – diz vovô Jacob, rindo.

Ele dá um longo suspiro, depois se debruça na direção da janela.

– Wicus não se juntou a nós na mesa, esta noite. Não é costume dele...

– O seu cachorro vem para a sobremesa – zomba Lothar.

– Ele já devia estar aqui – inquieta-se Jacob. – Vou procurá-lo.
– E a sua reunião na Fraternidade? – diz Michèle.

Mais tarde, a noite está tão escura e tão espessa que cola. Todo grudento, eu te sigo: ao contrário de mim, você conhece esse caminho e esse portão. Ele dá para o prado onde fica essa casinha que Lothar sonha em transformar em nosso ninho:

– Tenho certeza de que tem fantasmas – você brinca.

A mim, são os leões que me preocupam.

– Depressa! Antes que os leões cheguem!

Os leões caçam à noite perto das fazendas. Todo mundo sabe disso. Mas você, despreocupada, demora-se ali para admirar as estrelas no céu. Seguro a sua mão para te puxar. Você tem uma ideia maluca:

– E se a gente fosse ver o carneirinho!

– Ele está dormindo, o seu carneiro! Vamos dar o fora daqui depressa, antes que os leões cheguem!

De repente, um grito agudo. Damos um pulo para trás, eu diria que de três metros, e nossos corações vão parar na garganta. Ajoelhados atrás do portão, nos entreolhamos, tremendo.

De fato, a silhueta do leão, já próxima, avança em nossa direção, cada vez maior. Gritamos com uma única voz.

– Um leão! Um leão!

Nossos berros são tão terríveis que o animal diminui o passo. Ele hesita em nos devorar: nunca comeu órfãos, sobretudo arianos. Embrulhado no manto da noite, é aterrorizante. E, no entanto, como é covarde... Não conseguimos vê-lo. Só o adivinhamos, ele e sua covardia. Uma voz troveja às nossas costas:

– Pequeno Boche!

Jacob brande uma lamparina a querosene:

– Como você pode ter medo de Wicus!

Nosso leão aparece à luz da chama. É um cachorro. Um velho cachorro cor de leão. Um Ridgeback, ao que parece. Mais uma palavra esquisita. O animal tem quase a mesma altura que a gente e o dobro da idade. Não está menos aterrorizado pelos nossos gritos. Refugiado junto a Jacob, ele abana o rabo sob suas carícias. É um macho. Claro que é um macho. O que Jacob faria com uma fêmea?

●

Sozinho numa imensa área fechada onde moram as avestruzes, eu espio um compartimento cheio de comida. Tenho que alimentar essas aves desgraçadas. Você imagina o meu desamparo, sentado sobre a minha pedra. O menino de antes, com a testa marcada com uma estrela, salta por cima do portão e passa por mim sorrindo. Realmente, ele não é grande. Mesmo sentado, sou mais alto do que ele. E, no entanto, tenho que confessar que sinto certo medo. Ele vai remexer num depósito. Eu ainda não movi uma palha quando ele sai com uma coleção de ancinhos nas mãos:

– Alguma coisa errada? – ele pergunta.

Ele fala africano misturado com africâner. Seu sotaque é muito especial e não tenho certeza de compreender o que diz. Ergo os ombros com ar de impotência. Hesitante, ele se põe a remexer no pingente em forma de cruz no final da corrente, um simples pedaço de fita. Há letras gravadas ali, mas não consigo ler. Logo ele compreende, então se inclina de leve para facilitar minha leitura.

– Than... do?

Ele faz que sim com a cabeça, contente, e repete, articulando, com a pronúncia correta:

– Than-do.

Envergonhado, balbucio:

– Eu sou um fracasso... para cuidar das aves.

Ele não compreende o alemão balbuciado. Mas adivinha o meu medo das avestruzes, porque eu me mando quando uma delas se aproxima. Thando estoura de rir. *Sophie,* ele me indica, não morde.

Então ele começa a remover o lixo da área, a encher um cocho com água fresca, a despejar uma mistura de cereais e frutas nos baldes. Tudo o que eu deveria ter feito. O gargalo de uma garrafa sai do bolso de sua calça. Ao fim, ele a retira dali.

– Partilhamos?

Aparentemente, é o seu pagamento semanal: aqui, as pessoas são pagas em garrafas de vinho. O vinho é uma bebida muito especial. No início, o gosto é áspero, alfineta a ponta da língua. Depois, esquenta a garganta. Depois fica parado um instantinho na parte de trás do nariz. Ao fim de sete ou oito tragadas, todas as tensões vão embora, e você não tem mais medo das avestruzes. É você que corre atrás de Sophie e que vai bicar suas penas. Ela foge.

O vinho também apaga a barreira da língua. Agora, Thando e eu nos compreendemos perfeitamente: ele é o filho de Graça, que era babá de Michèle. Tem onze anos. Eu sou filho de Frieda, que morreu na guerra, e tenho oito anos. Você é mesmo grande, ele me diz. Não, é você que é minúsculo. Rimos.

Conto a Thando que vim da Alemanha, de barco. Desenho um barco a vapor na terra com ajuda de uma vareta, Thando arregala os olhos. Ele nunca viu um barco *de verdade*. Desenho um trem. Também nunca viu. Suas pernas são suficientes para ele se deslocar. Ele passa sebo nas canelas quando Jacob aparece com seu pincenê. Eu vejo dois exemplares de cada. O vinho multiplica as pessoas por dois? Thando nota sem dúvida dois Jacobes, ele também. Por essa razão fugiu em ziguezague. Bem depressa. Os dois Jacobes não o veem sair correndo. Eu colho seus louros:

– Belo trabalho, Pequeno Boche! Continue assim e eu te ofereço um cavalo!

Não me vejo de jeito nenhum galopando a cavalo nas montanhas. Se por acaso ganhar um cavalo, vou dar a Thando. Os dois Jacobes me pegam pelo ombro e farejam:

– Você está com cheiro de vinho, Pequeno Boche...

Os Jacobes sorriem e me levam até as vinhas. Faço o possível para não titubear. Após um momento, os Jacobes param e abrem seus quatro braços para abarcar uma paisagem que se desenrola a perder de vista. Ela ondula, é engraçado.

– Antigamente, as vinhas ocupavam todo o vale!

Mas os impostos esmagaram o vinhedo, e uma epidemia acabou de arruiná-lo. Depois disso, replantaram, mas foi demais, destruiu o mercado. Então começamos a fabricar aguardente.

– Começamos a destilar. Ainda destilamos. Você também vai destilar.

Os Jacobes falam de uma guerra, não de duas, contra os ingleses, as pessoas que nos ocupam e nos detestam. George VI se permitiu uma visita aqui, no ano passado. Os Jacobes tiram uma moeda do bolso com longos suspiros: o perfil de George VI está gravado ali. O vinhedo sofreu, ocupação desgraçada. Os Jacobes fecham as pálpebras para amaldiçoar o rei dos ingleses, depois abrem:

– A cooperativa nos salvou. Ela compra vinho a granel, e também a aguardente.

O passeio continua pelas variedades de uva. Pouco a pouco, os dois Jacobes voltam a ser um só. O vinho multiplica mesmo as pessoas, mas não por muito tempo. Ufa. Jacob me apresenta a *minha* muscat, a *minha* sauvignon, a *minha* cabernet. Ele me adverte contra a pinotage *deles*. É uma armadilha, uma mistura entre pinot e cinsault que não dá nada de bom.

– Com o vinho e a aguardente, com as frutas e os cereais, com as carnes e o leite, você vai se sair bem.

Por fim, damos meia-volta. Jacob se inquieta:

– Você vai ser um gestor melhor do que o seu pai, não é?

Lothar não serve para nada, ele me explica. Não soube fazer um filho em Michèle. É um ocioso. Uma vez por semana, vai à Cidade do Cabo dar ordens aos empregados de sua companhia de seguros. Herdada, é claro, do pai dele. Resumindo, Lothar não faz a contabilidade da propriedade. Perde tempo maquinando planos para reformar a velha casinha de Noah.

– Mas não se preocupe... Vocês não vão se mudar para lá de jeito nenhum. Estou negociando a casa com o diretor da cooperativa... Devo conseguir um preço melhor do que ele me propõe, não é?

– Sim senh...

– Pode me chamar de vovô. Um dia, tudo isso será seu.

Aliás, será que eu guardei as chaves do casebre de Noah? Com aquela história do portão? Tenho que conservá-las preciosamente! Sim, eu vou me sair bem com a fazenda... Sem contar as avestruzes – vou vender sua carne, os ovos, as penas, o couro e a banha. É isso, tudo é meu. Vinte e dois hectares de terras agrícolas caíram no meu colo. Estou grogue. Tenho vontade de desaparecer. Mas Jacob agora quer me fazer subir no seu trator. Simulo uma dor de barriga. Você desce nesse momento do alpendre e propõe trabalhar em meu lugar. Jacob recusa, você insiste, eu insisto, por fim ele aceita. Com a condição de que eu vá pulverizar as árvores frutíferas e dar sal às vacas.

●

– Só Adão foi criado à imagem de Deus.

Um pastor fala do alto de um estrado, diante da tubulação de um órgão que se eleva até o teto. Fascinada, você admira esse teto que parece o casco de um barco ao contrário. Aqui, os templos são arcas invertidas. Alguém tosse atrás da tubulação, talvez um organista, fechado com seu maquinário numa cabine. O pastor continua:

– Tudo o que não estava na arca morreu.

De pé em meio às crianças do coro, Lothar aquiesce a essas palavras. O resto da família está sentado em meio aos fiéis. Um pequeno número deles olha para nós dois. Nossas caras inchadas de sol não têm a cor local. Aqui, as pessoas brancas são bronzeadas, mesmo no inverno. O pastor ergue o indicador na direção do teto, depois desenha um traço que desce até a altura do seu umbigo:

– Podemos traçar uma linha direta entre Adão e Noé. A mesma linha se prolonga até o rei Davi. O rei Davi desce em linha direta de Noé!

Toda a sala murmura, contente. O pastor também se alegra:

– Davi é a primeira pessoa que a Bíblia descreve, e tem cabelo ruivo.

A sala inteira vibra. Pois todo mundo está feliz por descobrir que Davi era ruivo. É talvez um detalhe, mas para eles quer dizer muito. Então, Davi é ruivo. Lembro-me comovido de tia Régine, ruiva como

Davi. O pastor recua um passo, abaixa a cabeça, reflete por alguns segundos. Durante esse tempo, Lothar mexe os lábios em meio às crianças do coro. Fita a primeira fileira, onde estão sentadas as pessoas importantes. A mulher do pastor, mais bonita do que uma atriz, mesmo que não tenha a cor do cabelo de Davi, está instalada ali. No palco, seu marido só se parece com um pastor. Ele continua:

– A linha que une Adão a Noé, depois a Davi, desce até *nós*.

Ele coloca a palma da mão no coração, muito comovido. Um princípio de sorriso aparece em sua boca. E ele proclama *Deus elegeu nosso povo!* (acho que porque Davi é ruivo). Depois conta toda a história dos africâneres, um povo forte, mas frágil, que o mundo inteiro pode bem invejar. Ele tem provas. Mas o verdadeiro crente não precisa de provas, porque tem fé. Nesse ponto todo mundo está emocionado, até Michèle, que estremece de prazer, e Jacob, que estala a língua. Você continua com o nariz levantado, absolutamente encantada com o casco do barco que serve de teto a essa igreja. A cor dos cabelos de Davi não parece te interessar muito, embora seja o primeiro homem descrito pela Bíblia.

O organista começa a tocar uma melodia bonita. Com as primeiras notas, Lothar e as crianças do coro entoam cantos bíblicos. Lothar canta mais forte do que todos, mais forte do que o órgão, mas não se dá conta de que canta desafinado e que sua voz encobre tudo. Michèle franze o nariz de tanto que os seus ouvidos doem. Ao lado de Jacob, que adormeceu, você mexe os lábios para tentar seguir o coral.

Depois do serviço, somos apresentados ao pastor, a colegas de trabalho, a mães de alunos, a pessoas capitais da cooperativa. Você e eu nos sentimos como *petits fours* numa bandeja de prata, logo antes de serem devorados. E a dona da casa que diria: fui eu que fiz. Mas aqui ela diz: fui eu que adotei. Bravo, respondem as pessoas do domingo, eles são muito bonitos, você os encontrou em qual refúgio? Você está muito orgulhosa.

Quanto a Jacob, ele conversa com um senhor, suponho que seja o diretor da cooperativa, sobre a casinha de Noah. O diretor acha cara demais, sobretudo porque não custou um centavo a Jacob:

– Você a conseguiu por nada quando mandou expropriar o pobre Paul...

– O pobre Paul fez fortuna em Paarl! – exclama Jacob. – Essa casinha vale o que vale, Sjoerd, e é o preço que eu te faço.

Sjoerd disse que voltarão a se falar quando Jacob tiver começado os trabalhos, pelo menos o teto, o encanamento e o piso, que está todo afundado. Outros cavalheiros se juntam à discussão: Paul Noah, o desgraçado mulherengo que fez fortuna com tecidos e frutas, mas não com a uva muscat, você pensa, nem com as avestruzes e os tratores. Falam também da Fraternidade, da sentinela dos carros de boi, do suicídio nacional. Sjoerd multiplica as caretas.

– O apartheid... – ele murmura. – É para lá que ele nos leva, ao suicídio.

Jacob afirma que, ao contrário, o apartheid vai nos proteger do suicídio nacional. Refletimos bastante antes de colocá-lo em prática. Ele continua a batalha: é candidato numa secretaria que supervisiona tudo isso.

– Sem isso – diz ele – um dia eles vão nos matar a todos.

Ele me lança um sorriso e acrescenta que eu, seu neto, vou impedir o suicídio nacional: sou uma sentinela, eu também.

Não sei o que é suicídio. Nunca encontrei um. Apartheid também não, aliás.

Quanto a Michèle, ela interrompe Lothar, que, com a planta de uma casa nas mãos, conversa sobre arquitetura com um senhor de terno.

– Vá levar as crianças na escola dominical, por favor.

O senhor de terno se eclipsa. Lothar guarda suas plantas.

– Ah... na escola dominical?

Ele está muito contrariado. Michèle continua incomodando-o:

– Tenho que falar com a mãe de Kobus. Aquele parvo não consegue recuperar seu atraso em sala de aula.

Ela não pode deixar aquela mãe desamparada. Lothar desaba. Lívido, ele abre o colarinho da camisa para respirar melhor. Mesmo assim está estrangulado e balbucia que tinha planejado ir aos seus escritórios no Cabo.

– No domingo? – surpreende-se Michèle, ajeitando os cabelos que não estão em nada despenteados.

Lothar não para de pigarrear, mas explica que um grave incêndio aconteceu em Belville. A apólice do seguro, diz ele, não foi renovada a tempo. Tosse. Michèle olha para ele com ar de suspeita, não tem nenhuma prova de que esteja mentindo, mas não acredita nele.

– Você não pode deixar as crianças antes?

Lothar está estrangulado. É claro que pode! Mete no rosto um sorriso grande demais e nos convida a segui-lo até o café enquanto esperamos a hora da escola dominical. Seus lábios tremem. Nós o seguimos. Ele nos oferece uma limonada e se força a apreciar esse momento conosco.

– Saboroso... – ele se regala, lançando olhares sombrios para a rua.

Gotas de suor se formam em sua testa. Ao cabo de um momento, ele se levanta – talvez uma mosca o tenha picado? Um telefonema que ele precisa dar, para Belville. Não pode esperar. Deixa o bistrô a toda pressa, depois eu noto uma loirinha andando em sua esteira. Sem se deixar notar, você saiu atrás dele. Eu te seguro.

– Ele nos disse para esperar, Barbie!

Você dá de ombros e continua a seguir seu pai. Você o ama tanto, nesse canto desagradável, onde as casas todas têm cercas bonitas de madeira branca. Lothar para diante de uma delas e empurra o portão. A caixa do correio indica o nome *Vissert*.

– O que é que ele vai fazer na casa do pastor? – eu me surpreendo.

Você dá de ombros. Seu pai pode fazer o que quiser.

Atravessamos o jardim atrás dele, o gramado muito bem aparado. A casa está vazia, a menos que esteja fingindo, mas pode ser porque a maioria das pessoas ainda está conversando diante do templo, sobre mulherengos, tratores, sentinelas e suicidas. Lothar entra num depósito junto à garagem e fecha suavemente a porta.

– Por que ele está fechando com chave? – eu me surpreendo.

De acordo, ele pode fazer o que quiser. Eu também. Colo o ouvido no buraco da fechadura.

– Ele encontrou um telefone? – você me pergunta, ao cabo de um momento.

– Não. Encontrou a sra. Vissert.

De fato, a sra. Vissert está sentada diante da braguilha de Lothar. Pelo que consigo ler em seus lábios, ela ralha com ele por gostar de Michèle. Lothar acaricia seus cabelos e lhe garante que não. De jeito nenhum. De repente, ele cola suas calças no nariz dela. O que acontece é realmente incrível...

Você me dá cotoveladas para saber.

– Ela está comendo o...

Não sei como te dizer. Você não vai entender. Como explicar uma coisa dessas! Irritada, você me empurra para o lado a fim de ver por si mesma o que é que eles estão comendo. Lothar não telefona não. Suas calças estão na altura dos tornozelos. A sra. Vissert está polindo o seu... com a boca. Sinto muito, mas sim. Você põe a mão sobre os lábios para abafar um grito.

– Que nojento, aquele treco branco!

Parece que eles nos ouviram. Então fugimos, corremos até o bistrô. Nossas limonadas continuam no mesmo lugar. Com a boca seca, nos entreolhamos e nossos olhos dizem que é inacreditável a família de loucos onde viemos parar. Esse Lothar... que canalha. Mas não consigo sentir raiva dele. Ele volta pouco depois, a braguilha ainda aberta. Nos acompanha à escola dominical assobiando, para ficar com ar inocente. Pergunta-se, mesmo assim, se temos alguma coisa a ver com aquelas vozes que ouviu há pouco. Você o observa com um misto de compaixão e rancor. Ele mentiu para você. Ele te traiu.

Na escola dominical, uma senhora nos manda aprender de cor quatro versículos. Em seguida, ela nos ensina que os pecadores queimam nas mais altas chamas do inferno, pela eternidade. Esse fogo sai de fornalhas. O diabo remexe ali com o seu atiçador, que, às vezes, espeta um pecador ou dois.

Tenho muito medo de terminar no espeto.

E você tem pena de Lothar.

●

Nossas mochilas novinhas nas costas, vamos por um caminho, atrás de Michèle. Chapéu preto na cabeça, ela anda na frente, orgulhosa de nossas meias brancas, do seu vestido preto, da minha camisa e das minhas calças. Deve ter comprado nossos uniformes na véspera.

– Não fiquem ansiosos: a escola inteira espera por vocês – diz Michèle.

Uma rajada de vento leva as suas palavras na direção oeste. De passagem, ela nos empurra. De nada adianta lutar contra esse sopro poderoso. As próprias nuvens não se defendem, saem a toda velocidade para onde o vento as manda.

O chapéu de Michèle acaba por levantar voo. Petrificada, ela agarra seus cachos para impedi-los de fugir e, com muita graça, apanha o chapéu que rodopia. Ajusta-o sobre a cabeça, na mesma posição. Michèle é mestra de crianças, mestra de cachos e mestra do vento. Mestra de tudo.

Ainda assim, ela está com uma cara de carneiro – por causa do vento – quando entramos no pátio da escola. Tenho um nó no estômago, seus intestinos se retorcem. Como crescemos no mesmo ventre, a dor é dupla. Você me sente mal, eu te sinto mal, nos sentimos duas vezes pior. Tenho vontade de desaparecer. Olhares esmagadores colam-se nas nossas costas, mas nós não somos mais essa novidade toda, as pessoas daqui nos viram na igreja de cabeça para baixo e na escola dominical. Mas nossas diferenças não se apagaram. Será que temos uma marca no meio da testa? Se temos, ela deveria poder ser removida, mas é muito difícil.

Michèle vai ter com as professoras e o diretor – o sr. Botha. Você pega a sua coragem com as duas mãos e desliza para dentro de um grupo de meninas que brincam de pular corda. A minha coragem escorre entre os dedos, então eu os cruzo nas costas e levanto o nariz na direção do céu, sorrindo. Meninos riem ao meu redor. Eu me sento ao pé de uma árvore, uma expressão de indiferença na cara. A árvore está plantada no meio do pátio, é muito alta, com um tronco grande e galhos que ziguezagueiam. Marrons e cinzas – dão flores de cor malva e azul.

– É um flamboiã – diz uma voz.

Ela pertence a um garoto grande em pé diante de mim, a contraluz. Seu cabelo ruivo reluz, seu aparelho dentário também. Seu rosto parece feito de ângulos arrumados de qualquer maneira, e seus olhos lampejam.

– Você pode chamar de jacarandá – ele afirma. – É uma bela árvore, não é?

Faço que sim com a cabeça, e ele, depois de ter declarado que vai ser lenhador quando crescer, senta-se ao meu lado. Aliás, ele se chama Kobus. Observa:

– Ela é bem bonita, a sua irmã.

Ele te observa com doçura e encantamento, você é tão comprida, tão loira e tão dourada, quem não estaria fascinado? Recosta-se ao meu lado e, perdido em seus pensamentos, murmura:

– Ela não é mesmo bonita?

– Normal: é minha irmã, e nós somos arianos.

O sino toca, Kobus e eu vamos nos posicionar nas filas onde você já se encontra ao lado de suas novas amigas, sinto um leve aperto no coração, estou com ciúmes, sim, mas ao mesmo tempo admiro a sua facilidade de se encaixar. Pestanejando muito, Kobus te olha sem abrir os lábios, com medo de mostrar seu aparelho dentário. Você enrubesce, porque tendo visto o treco de Lothar suspeita do que possa vir desse tipo de olhar. Não, ninguém vai te borrifar com aquele troço branco. Eu me pergunto se Kobus não seria o grande bobalhão de que falava Michèle depois do serviço, outro dia, o garoto que tinha tão grandes dificuldades na escola. Se for ele, não é tão bobo assim. Grandalhão, sim, é uma cabeça mais alto do que todos os outros, menos nós. Mas não há nada de anormal nisso, ele tem dez anos, é o mais velho da turma.

Quando estamos bem alinhados, o diretor lê uma passagem da Bíblia, cada um louva o Senhor em seu interior e Michèle nos faz entrar. *Terceira e quarta séries* está escrito sobre a porta. A sra. Schultz, nossa mãe e professora, indica-nos uma mesa na primeira fila, onde devemos nos sentar lado a lado. Uma vintena de pupilas se crava nas nossas costas. A partir do momento que tomamos posse de suas cadeiras, entre as suas quatro paredes, somos intrusos. Não só novatos, mas crianças adotadas, num país estrangeiro, e pela professora. Puxa-sacos? A dor desses punhais entre nossas omoplatas é insuportável, eu me sinto um extraterrestre ou uma espécie de leproso. Minha boca fica seca; já você, altiva, se vira e distribui sorrisos: não, não, de jeito nenhum, eu não agonizo, mesmo que as minhas amigas de agora há pouco tenham virado a casaca para me fitar com animosidade. Fazer como todo mundo.

De pé diante do quadro negro, Michèle seca a testa com um lenço bordado com suas iniciais. Está suando muito esta manhã. Talvez estivesse esperando que invejassem os seus dois arianos. É o contrário, eles causam desconfiança. Você se vira na direção do quadro negro e, bruscamente, sua cabeça pende para trás. Alguém puxou seu cabelo. Você se vira de novo, o sorriso um pouco menor, para surpreender os dois agressores. Eles estouram de rir. Uma voz se eleva do fundo da turma:

– Nunca vi uma coisa dessas!
– Nunca vi gente tão pálida! – diz uma menina toda loirinha e toda bronzeada.
– Basta! – grita Michèle.

Com um passo decidido, ela vai até o garoto que te agrediu e puxa-o pela orelha, o que o obriga a se levantar e se deixar arrastar até o canto onde Michèle o instala. Glacial, ela exige que ele arregace as calças antes de se colocar de joelhos. Para que doa mais, imagino. E como isso não basta, plaft, ela lhe aplica três golpes de açoite nas costas. Você está vingada, eu não estou chateado com isso, mas ao mesmo tempo nós dois estremecemos. Será que Michèle tem prazer em humilhar esse imbecil? Será que ela se preocupa com você, ou você só serviu de pretexto? Seu agressor deve estar habituado a apanhar e ser humilhado, porque ri. Também não se incomoda em ficar naquela posição pelo resto da aula.

Michèle nos dá frases em inglês para escrevermos em nossos cadernos. Um murmúrio se eleva na sala. Os alunos se recusam, mas dessa vez Michèle não açoita ninguém:

– Estou de acordo com vocês, crianças, sobre a questão inglesa. Mas a lei não se discute.

Do fundo da sala, Kobus protesta:

– Meus avós morreram num campo, senhora, que era mantido pelos ingleses!

Michèle abaixa o queixo. O garoto ajoelhado no canto da sala acrescenta:

– Eles se divertiam em nos fazer passar fome e nos torturar, senhora, e nunca foram punidos.

A menina que ria da sua palidez acrescenta que eles não irão embora nunca.

– Até quando vamos ter que escrever na língua deles? – ela exclama.

A sala inteira tem cheiro de sofrimento. Esse sofrimento se projeta, posso senti-lo – uma lâmina de faca em minha nuca. Mas não experimento a tristeza que eles sentem todos juntos, e que te arranca uma lágrima. A dor deles te arrebata. Você quer compartilhá-la com eles, se misturar à sua tristeza. Ela é tão grande e profunda que para aliviá-la só a Bíblia. Michèle a apanha e a abre, abarcando a sala inteira com um olhar afetuoso. Depois ela nos recorda a história de Davi, o rei ruivo que descende diretamente de Adão, através de uma linhagem que também inclui Noé.

– Somos o povo *Dele* – ela nos assegura, com emoção.

Um soluço perturba sua voz. Ela desliza a mão no cabelo para ajeitar os cachos que não se moveram, e comungamos, todos juntos, em silêncio, até mesmo o garoto malvado que está de joelhos. Todas as tensões desaparecem. Pois, no fundo, pertencemos todos à mesma família, essa família que os ingleses torturaram e fizeram passar fome, essa família que vive sob o risco de desaparecer e ser substituída pelos negros, mas que descende do rei Davi, em linha direta!

– Deus nos aprova, continua Michèle, pois somos os seus eleitos.

Então eu também sou eleito. Devo dizer que é uma sensação bastante agradável.

●

É hora da aritmética e Michèle me chama ao quadro negro. Eu me aplico, me aplico tão bem que, na hora do recreio, o garoto que estava de joelhos vem me provocar com um comparsa:

– Como você acertou? Sua mãe te deu a resposta antes, é isso? Sim... é claro que é isso...

Os dois me espiam com uma expressão de ódio e aguardam uma reação da minha parte. Fico dividido entre a vontade de rir e uma cólera idiota que toma conta lentamente de mim. Mas continuo calmo, e com uma voz neutra afirmo que a sra. Schultz não me deu nada. Eles estouram de rir:

– Sra. Schultz? Você quer dizer *mamãe*!

Kobus vem me socorrer. Todos os dentes do lado de fora, aparelho incluído, ele se coloca do meu lado e cruza os braços para bancar o valentão, esperando te impressionar. Pois você nos espia do banco onde se sentou sozinha, bem na ponta, para deixar espaço às suas amigas. Mas desde que a sua palidez foi notada por uma líder, ninguém se arrisca mais a se aproximar de você. Só te resta brincar sozinha de pular corda. Como tudo isso me irrita, e Kobus dando uma de guarda-costas. Será que eu preciso? Certo, não sou muito corajoso, mas também não sou um covarde – tenho mesmo certa vontade de dar uns socos.

– Vocês deveriam agradecer a ele e à irmã! – cospe Kobus na cara do garoto e do seu cúmplice. – Eles vieram da Alemanha nos trazer sangue novo!

O puxador de cabelo e seu amigo dão de ombros e respondem:

– Quem precisa de sangue de alemães?

Pronto. Agora é sua vez de entrar em cena, para explodir sem meio-termo:

– Vocês! – você grita. – Vocês precisam, porque não têm como substituir sozinhos os negros!

Com algumas palavras, você arruína seu futuro no clube das amigas. Você, que derramava uma lágrima de compaixão há pouco, por essas vítimas dos ingleses, coloca-se ao lado de seu irmão, porque eles se transformaram em carrascos. Fico muito comovido. Eu também te amo mais que a todas as outras pessoas, mais que a quem quer que seja. Mas não entendo por que você fala dos negros, porque não há negros aqui onde estamos. Aqui, já foram substituídos sem que ninguém precisasse de nós. É talvez por isso que, de repente, começam a chover insultos:

– Boches imundos!

Não são muitos a gritar, mas de todo modo bastantes para formar um belo coral. E, depois, *boches imundos* soa bem, é contagioso. A canção se espalha. Fim da fraternidade. Acabou o *povo Dele*. Adeus rei Davi. Embasbacada, você se defende como pode:

– Não somos boches! Somos africâneres!

Estou fervendo, meus punhos queimam, estou me coçando de vontade de dar uns socos.

Michèle nos espia de longe, de pé diante da sala das professoras, onde rói as unhas. O tom se eleva, outras crianças se juntaram ao puxador de cabelo, outras se juntaram ao nosso redor. Boches imundos ou boches não imundos? Africâneres ou alemães? São pelo menos dois campos. Um primeiro soco dá início à aventura. Fui eu que dei, e Kobus segue o meu exemplo. Ele quer te mostrar que sabe lutar, mas você tem horror a violência. Até que a líder loira cospe na sua cara, gritando:

– É só você voltar para casa se não estiver contente!

Você fica imóvel por um segundo, enquanto Kobus arranca um belo punhado de cabelos dela, e eu me seguro para não furar seus olhos. Então, de repente, você se vira e vai embora da briga. Eu te sigo de imediato. Sim, vamos voltar para a Alemanha, vamos voltar a pé para casa. Mas uma rajada de vento me derruba, e eu me abaixo: Deus está contra mim... Sou uma espécie de zulu na batalha do rio sangrento. Todo mundo se estapeia ainda mais.

Quatro adultos são necessários para acabar com a briga, e Michèle grita com tanta força que as veias saltam do seu pescoço.

– Façam as pazes!

Ela dá suspiros consternados enquanto me examina. Pobrezinha, tem tanta vergonha da minha atitude. Será que eu não compreendi que devemos todos nos unir? Será que eu quero ir para o inferno?

Fingimos apertar as mãos, e você e eu nos colocamos ao abrigo do vento para jogar bola de gude. Nem Kobus ousa se juntar a nós, com medo de que o mandemos embora.

– Temos que voltar para casa – eu digo.

– A aula não terminou.

– Temos que ir embora.

– Para onde?

– Para trás.

Você se sobressalta:

– Para a Alemanha?

Você segura a mão do idiota do seu irmão.

– E como voltaríamos para trás?

Você acrescenta que a Alemanha, mesmo que dê para encontrá-la, não existe mais. Talvez tenha mesmo desaparecido. Talvez o passado também não esteja mais lá. Seria preciso verificar.

O sino toca. Encontramos um espaço em nossas fileiras. *Terceira e quarta séries* está escrito sobre a porta, acima de cabeças loiras e morenas e bronzeadas. Exceto as dos dois rostos pálidos, que formam um grupo à parte.

– Mas as pálpebras dele estão se mexendo!
– Isso está sem dúvida ligado ao edema de que eu lhe falava. O seu irmão tem lesões graves.
– Não compreendo nada do que o senhor me diz.
– O edema... Ele comprime os centros vitais do cérebro...
– Ah... puxa...
– O que me inquieta mais é que a bala explodiu dentro da cabeça. Há fragmentos perto do tronco cerebral.
– Mas é carne da minha carne, doutor! Da minha carne!
– Eu sei... Compreendo... Mas temos que operar o seu irmão uma segunda vez.
– Esse drama tinha que chegar. Sentíamos que chegava. E eu não vi nada... Não pude fazer nada...

– Dinheiro de verdade?

Thando está boquiaberto, como se eu tivesse contado a coisa mais extraordinária e inacreditável do mundo. Cético, ele se deixa engolir por um sofá vermelho, desventrado. Está instalado sobre um piso a que faltam as tábuas.

– Jure – diz ele, me entregando uma garrafa.

Eu a pego e bebo direto do gargalo. A julgar pelo fogo na minha goela, é aguardente. Minha garganta queima enquanto Thando, pensativo, acaricia seu pingente. A glote carbonizada, entrego a ele a garrafa.

– Eu juro, Thando, é verdade. Eu nunca vi a sra. Pfefferli recebendo pagamento em vinho.

Thando, por sua vez, aquece a garganta e continua:

– A sra. Biberli... é a diretora do seu orfanato, é isso?

– Pfefferli, sim, pode chamar ela de Gralha: ela parece um pássaro. Recebe seu pagamento em dinheiro, não em vinho.

– E ela faz o que quiser com o dinheiro, essa sua Gralha?

– Sim.

Thando não consegue entender. Aqui, ninguém recebe dinheiro. As pessoas – quer dizer, eles – recebem alimento, moradia, lavam sua própria roupa e recebem garrafas de vinho em agradecimento pelo trabalho agrícola.

– Isso já é alguma coisa – diz Thando. – A gente poderia não receber nada.

Ele se sente culpado em pedir demais. E tem vergonha de esperar algo melhor. No fundo, acha que não vale mais do que o velho sofá arruinado onde se senta. Mas sonha, mesmo assim:

– Você acha que ela me aceitaria no seu orfanato, a senhora...

– A Gralha? Ela é severa, mas é gentil, sim. Você ia se dar bem com Thomas, Heidi... todos os outros.

– Quando é que a gente vai, então?

Gritos atravessam então as vidraças quebradas de uma janela.

– Wolfgang!

– Pequeno Boche!

Michèle e Jacob procuram por mim faz alguns instantes. Não devíamos estar neste sofá lacerado no meio deste piso destruído, senão Thando não ia fugir correndo. Quanto a mim, também saio depressa dali, mas tenho que voltar, porque me esqueci de fechar a porta. Tiro um gordo molho de chaves do bolso e giro a mais gorda numa velha fechadura. Sim, eles nos encontraram na casinha de Noah, Thando e eu. Jacob me havia formalmente proibido de vir aqui... Mas devo dizer que, no estado em que ela se encontra, não surpreende que o diretor da cooperativa não queira comprá-la. E Lothar que sonha em transformar esse barraco em paraíso? Deve ter muita imaginação.

– Pequeno Boche!

– Wolfgang!

Fujo através de um pátio abandonado.

As vozes se aproximam, só tenho tempo de fechar o portão enferrujado. Suando, corro através de campos onde trabalhadores agrícolas removem folhas no pé das vinhas. Param para assistir à minha fuga. Alguns metros adiante, Jacob arrasta Thando para fora de um arvoredo. Vestido todo de preto, é ainda mais amedrontador, e não tenho vontade de que ele me alcance. Tremendo feito uma folha, eu o vejo puxar a orelha de Thando enquanto cospe todo tipo de xingamento. A energia com que ele empenha em xingar é inacreditável, uma verdadeira massa de raiva. Sua raiva desce até o seu pé esquerdo, que acaba na bunda de Thando:

– Suma da plantação de milho!

Thando se vai depressa, rindo, igual ao garoto da escola que achava engraçado ficar de joelhos na sala. Aqui, todo mundo acha graça em receber pancadas, ou em dar.

– Ponha as mãos numa espiga e você vai se ver comigo! – grita Jacob.

Ele ainda não me viu e, outra vez em companhia de Michèle, grita meu nome. Corro em sentido inverso, não é fácil correr no mato dobrado ao meio, mas eu me afasto e chego perto dos barracos. Thando entra em sua casinha. Uma janela aberta deixa ver um cômodo minúsculo mobiliado com dois colchões de palha, um armário cansado e três estantes que se curvam sob o seu entulho. Um quarto de boneca, mas de uma boneca mendicante, entende. Thando aparece na janela, com Graça, que o puxa pela orelha, a mesma que Jacob torceu.

– Fazer isso com Jacob... num dia como hoje!

Sua voz está cortada por soluços.

– Um dia eles vão te matar!

Thando, ainda alegre graças à aguardente, estoura de rir:

– Eles não vão conseguir me pegar, mamãe! Eu vou embora para o orfanato da sra. Biberli!

Sua orelha sangra. Desolada, Graça tira um lenço do bolso para secar o ferimento.

– Meu menino... Meu menino... Meu menino!

– Vou embora para a Alemanha! Lá, as pessoas são pagas com dinheiro!

Graça sacode a cabeça.

– Meu menino... Foi Wolf quem colocou isso na sua cabeça?

Ela custa a imaginar que seja verdade. Thando enche o peito:

– A Alemanha entrou sozinha na minha cabeça, mamãe.

Graça acaricia o rosto do filho, sua voz está trêmula:

– Você não tem o direito de brincar com Wolf. Sabe o que vai acontecer se continuar...

— Eu sou esperto demais para que eles me peguem.

Graça segura a cabeça do filho, que se transforma numa grande laranja esmagada entre dois enormes seios.

— Meu menino, não vou te deixar arruinar sua vida.

Sua voz está quebrada em sete ou oito pedaços. Depois de um longo silêncio, Thando vai para a plantação de milho. As sedas do milho estão caídas, curtas, sobre as espigas. Parecem uma cabeleira loira queimada de sol.

●

Quanto a mim, claro que me pegaram. Apertado em sua roupa preta, Jacob me leva para a fazenda, com certa delicadeza: não me puxa pela orelha, mas pelo braço, que ele desossa um pouco, e pela gola, que me estrangula de leve.

— Fazer isso comigo, no dia do aniversário da morte de Maria!

Michèle está sentada sozinha à mesa, na sala de jantar, muito abatida. Jacob briga com ela, com severidade:

— De que serve ter escrito um livro sobre pedagogia se você não tem ideia do que fazer com as crianças e de como educar as que Deus te deu?

Michèle recebe os gritos do pai abaixando a cabeça. Eles furam os seus tímpanos, e ela treme de medo de que seu pai lhe arranque uma orelha. Bêbado, coloco metade de uma nádega numa cadeira e meu queixo se apoia em minha mão. Ouço a voz deles à distância, sobretudo a de Jacob, porque ele fala sozinho: de Maria, que sofreu tanto; do suicídio nacional, nos nossos calcanhares; da igualdade, que é um pecado; da casa de Noah, cuja reforma Lothar se recusa a pagar; de Thando, que está tomando liberdades comigo; de mim, que me encaminho diretamente para o inferno; da próxima colheita de milho... Feito um idiota, eu fito o lustre que pende do teto, sussurrando-lhe que deve partir sem destino programado. Depois ouço a escada, cujos degraus alguém está esmagando.

É Jacob. Puxa, eu não havia notado que ele tinha ido embora. É a aguardente que faz isso. Jacob sobe ao segundo andar e bate a porta do seu quarto. Inchada de cólera, Michèle se vira para mim e se descarrega de todo o seu fardo de uma vez só. Para resumir, tudo é minha culpa, mesmo o que aconteceu quando eu ainda não estava aqui, e o que se passou antes que eu tivesse nascido também é minha culpa. No fim das contas, é minha culpa também que a Alemanha tenha perdido a guerra. A vitória dos aliados e, portanto, da Inglaterra é minha culpa. Devastada por sua dor, Michèle afunda na cadeira e dá um longo suspiro.

– Você não deve brincar com Thando – ela murmura, com uma voz cansada. – Não deve beber com eles. Deve obedecer a nós. Honrar seu pai, sua mãe, seguir as leis, preparar-se para assumir Terre'Blanche! É assim que vamos sobreviver!

Eu a contemplo com um ar idiota, e tenho a infelicidade de notar seus cabelos, que parecem eriçados sobre a cabeça: um carneiro sobre o qual tivesse caído um relâmpago. Estouro de rir. Ela explode:

– E você não vai à casa de Noah! Nunca!

Como ela soube? Um hálito empesteado flutua debaixo do meu nariz. Quando me dou conta de que é o meu, rio ainda mais, e Michèle troveja tão forte que eu tenho medo de que ela cuspa seus pulmões na minha cara:

– Ninguém deve ir àquela casa!

Sua mão coça. Paf! No meu rosto. Isso não me impede de rir. Um asno. Michèle segura a própria cabeça entre as mãos:

– Meu Deus! O que foi que eu fiz!

Ela não se arrepende de ter me dado um tapa. Arrepende-se de ter deixado o diabo entrar na sua casa. A porta se abre para trás e Lothar aparece. Com uma voz de funerária, ele diz:

– Fui até a escola... Impossível encontrar Wolfgang.

Ele fala em chamar a polícia para registrar o meu desaparecimento quando me vê esperneando no chão. A visão do seu filho, mesmo adotivo, nesse estado é demais. Seu coração dispara.

– Onde você se meteu! Estávamos doentes de preocupação...

– Ele estava passando tempo com Thando na casa de Noah! – me denuncia Michèle.

Lothar engole em seco duas pílulas enquanto eu tento me levantar. Não adianta, estou bêbado demais. Michèle não poupa seu marido:

– Quando você vai emprestar ao meu pai o dinheiro que ele te pede para as obras... Vamos acabar logo com essa ruína desgraçada!

Ela o repreende asperamente... Será que está a par de que anda descabelando o palhaço na casa da sra. Vissert? Em seguida, ela agarra meu braço, aquele que foi quase deslocado, e me puxa até a cozinha, enquanto Lothar foge para o escritório. Meu nariz escorre vermelho, o negro aumenta em torno do meu olho, que incha. Michèle molha um pano de prato na água fria e se esforça para limpar os ferimentos: Deus é misericordioso, diz ela, as coisas vão se ajeitar. Ela me faz, mesmo assim, jurar que nunca mais vou fazer nada daquilo. Eu juro, juro pela sua vida. Então ela perde o controle e sai da cozinha batendo a porta. Eu a ouço subir a escada correndo, até debaixo do telhado. Uma chave gira, uma porta se abre. Alguma coisa me faz cócegas, a curiosidade, acho. Também subo.

A porta está entreaberta.

É um quartinho amansardado, com paredes brancas forradas de fotos. Uma senhora loira e bonita sorri, com vestido de noiva, nos braços de Jacob. Jovem e feio, ele resplandece de felicidade debaixo do seu pincenê. Velas aguardam ser acesas diante da foto. Os casados devem ter dormido na cama com dossel onde Michèle se senta, arrasada.

Ela acende as velas fungando e sussurra uma passagem da Bíblia. Lágrimas se formam em seus olhos. Ela pede perdão à mãe. Se eu ouço bem, ela a matou ao nascer? Lágrimas escorrem, cada vez mais volumosas na sua face.

Então é o seu aniversário?

O nascimento de Michèle é o dia mais triste da vida de Jacob. Porque Maria morreu no parto. É por isso, acho, que ele está vestido de preto. Que é tão duro com ela. Que ela desconta em Lothar. Em nós.

Às lágrimas, Michèle acaricia a colcha bordada. Ela se diz que seus pais a fabricaram ali dentro. Quanto a ela, não conseguiu fabricar filhos. Também não é capaz de educar aqueles que Deus e a Fraternidade lhe enviaram da Alemanha. Felizmente lhe resta seu livro de pedagogia. Dá um longo suspiro diante da foto de casamento de seus pais e, de repente, seus traços se descontraem. Ela se tornou o retrato escarrado de sua mãe. Sua mãe entrou nela.

Penso na nossa mãe.

Não tenho nenhuma lembrança.

Frieda, é tudo de que me lembro.

Ela me parece distante. Muito distante.

No jantar, Lothar deseja feliz aniversário a Michèle, com um magnífico buquê de flores. Ela lhe agradece com uma voz hesitante. Jacob não diz nada, está ocupado com Wicus, a quem joga pedaços de carne. Ele é uma mamãe cachorro que alimenta seu filhote.

Jacob não ama sua filha.

Se ele pudesse transmitir sua fazenda ao seu cachorro, nunca teríamos sido adotados.

O rosto de Graça sai da sombra. As velas de um bolo de aniversário o iluminam, ela sorri, radiante. Um brilho de alegria se acende na cara de Michèle: Graça preparou esse bolo para ela. No espaço de um segundo, vejo Michèle aos oito anos. Porque, para Graça, Michèle é uma menininha. Ela a alimentou no seio quando sua mãe foi embora para o cemitério.

Eu adoraria ter Graça como segunda mãe.

Tenho Michèle...

●

Você desenha um laço de aniversário num feltro violeta sobre um envelope. Dobro em quatro uma folha de papel, com muito cuidado. Depois deslizo-a para dentro do envelope que você me entrega:

– Você colocou todo seu coração – você diz. – Isso se nota. Michèle vai ficar contente.

— Eu fiquei tão comovido ao ver ela chorando diante da foto da mãe...

Saímos do meu quarto de pijama e descemos a escada lavada de luz. Encontramos Michèle na cozinha. Com olheiras, os cabelos desgrenhados, ela ainda está amassada de sono. Coloca água numa chaleira. Estupidamente, eu lhe entrego nosso envelope.

— Feliz aniversário — eu lhe digo, com uma voz rouca.

Você lhe sorri, e eu encontro dificuldade em esconder minha emoção. Ela nos examina com um ar desconfiado, vira o envelope de todos os lados antes de abrir. Desdobra a folha dando longos suspiros. Meu coração bate, minha respiração está difícil. Confiante, você aguarda sua reação, mesmo estando um pouco decepcionada por ela não ter notado o belo laço violeta que você desenhou. À medida que ela lê, seus lábios se crispam, suas sobrancelhas franzem e rugas se escavam no alto delas. Tenho vontade de desaparecer, sobretudo porque ela termina colando a folha debaixo do meu nariz.

— Foi você quem copiou isto, Wolf?

A chaleira apita ao mesmo tempo que ela me interroga.

— De onde você copiou este poema, Wolf!

Minha boca se abre, mas nenhuma palavra aceita sair dali. Você balbucia:

— Mas... Mas... Mas...

Michèle continua, severamente:

— Só um adulto poderia escrever isto!

Nem você nem eu ousamos respirar. Michèle derrama sua água fervida num bule de chá cheio de folhas.

— Então? De onde?

Não sei onde minha voz foi parar. Mudo, sigo com os olhos, feito um idiota, o vapor que escapa do bico da chaleira. Eu também queria evaporar. Michèle cruza os braços.

— De onde?

Ela me parece tão grande, em seu comprido robe cinza que forma bolinhas. Ou então fui eu que encolhi. Não sei mais falar, minha voz está presa em algum lugar dentro da minha garganta. Meu coração funciona, isso sim. Ele bate nas minhas orelhas, no meu pescoço, na minha barriga. Não sei como meu coração desceu até o estômago. Estou de cabeça para baixo. Michèle aguarda minha confissão e a infusão do seu chá.

– De onde, Wolf! Quantas vezes vou ter que perguntar?

Nada, ainda. Então, você acaba por dizer, a voz fraca:

– Foi ele que escreveu, mamãe. Para você. E eu, eu decorei... com o laço...

Você pisca muito os olhos, de tão nervosa que está. Michèle cospe um risinho que não acredita em você. Você insiste:

– Ele passou a noite toda...

Michèle não responde, suas bochechas se inflam de raiva:

– Vá se lavar! – ela grita com você.

Seus lábios começam a tremer e você não se mexe. Michèle perde o controle.

– Você está com cheiro de mijo! Fora!

Você se distende, uma mola que vai saltando pela escada, envergonhada por ainda fazer pipi na cama com a sua idade, e sobretudo que dê para sentir o cheiro mesmo fora do seu quarto.

Michèle derrama seu chá numa xícara enquanto gira ali uma colherzinha, e eu estou paralisado. O odor do chá vermelho me sobe à cabeça. Levando meu poema na mão, Michèle sai da cozinha com suspiros e sacudidelas da cabeça. Exasperada, ela se instala numa escrivaninha com sua xícara, coloca o poema ao lado do telefone e disca um número. Umas após as outras, ela telefona para todas as professoras da escola:

– Wolfgang copiou um poema... Um texto que diz *Minha mãe entra em mim para me consolar*. Estou tentando saber de onde ele copiou, mas ele não quer me dizer nada. Isso te diz alguma coisa? Não? *Pois a ela eu acabei por matar...*

Enquanto ela telefona, Lothar desenha a casa dos seus sonhos em seu escritório. A casa de Paul Noah toda reformada, com a família Schultz feliz, unida. Quanto a Jacob, ele passeia com Wicus em suas colinas íngremes, onde seus trabalhadores tiram as folhas das vinhas e as podam para dar sol à uva. Você chora em seu quarto, que não tem cheiro bom, e Michèle telefona para toda Franschhoek, sem esquecer o pastor, sua mulher e, para terminar, o diretor da escola:

– ... Wolfgang copiou... *Minha mãe entra em mim para me consolar*. Não?

Lê o meu poema a todas e a todos, como leria o manual de uma máquina de costura. Ela podia ter me colocado nu diante da cidade inteira, não teria sido pior. E não me larga:

– É um poema alemão? De onde você copiou?

Nunca senti tanta raiva no meu coração. Nesse instante, sei que jamais, jamais, jamais vou chamá-la de *mamãe*. Quanto a ela, deve me detestar pelo menos tanto quanto eu a execro.

– Você não quer dizer nada? Nesse caso, vou escrever para a Alemanha!

Ela pega uma folha em branco e uma caneta numa gaveta de sua escrivaninha, depois me agarra pelo braço, e também pelo pescoço, do mesmo modo como Jacob fez antes, mas com mais força e vontade. Ela me leva lá para fora. Sou um grande saco de madeira que ela puxa, arrasta até a garagem, aquele imenso depósito de entulho, e joga no colchão de palha que eu tinha notado quando chegamos. Há um lampião a querosene numa mesinha ao lado, com uma caixa de fósforos. Lá de cima cai sobre a minha cara uma caneta, é Michèle quem joga, com a folha de papel:

– Escreva um poema sobre o vento, para que vejamos o que você sabe *realmente* fazer!

A porta da garagem bate, a chave gira na fechadura, ouço o barulho de uma tranca que puxam e de uma corrente que prendem ali.

Está tudo escuro.

Barbie?

Durante toda minha vida eu vou me arrepender de ter escrito esse poema. E quando tiver morrido vou continuar me arrependendo.

– Wolf? Pequeno Boche? Você não está dormindo, espero?

Eu não saberia dizer quanto tempo faz que estou fechado aqui dentro quando ouço a voz de Thando atrás da porta.

Thando cochicha mais alguma coisa, a pesada corrente cai no chão e a tranca se abre. Uma fresta surge na porta. Lá fora também é de noite. Thando tateia na escuridão dando pequenos gritos a cada vez que bate em alguma coisa:

– Mas meu amigo! Você não tem luz?

– Acabaram os fósforos…

Minha voz está pastosa. Um ruído de porcelana quebrando indica que ele quebrou um prato onde eu comi qualquer coisa. Tenho sede. Nossas mãos por fim se tocam. Thando me ajuda a me levantar do troço que me serve de cama. Meus braços e minhas pernas estão doloridos. Faço um esforço para segui-lo.

– Vai ficar tudo bem – ele me assegura, passando meu braço por cima do seu ombro.

Na verdade, não é bem noite lá fora. O sol acabou de se pôr, talvez, ou está prestes a nascer. Nós nos afastamos.

– Faz muito tempo – diz Thando – que ninguém dormia lá dentro… A última foi sua mãe. Mamãe me contou que o velho a fechava na garagem quando ela fazia bobagem. Não lhe dava nada para comer. Você pode imaginar?

– Foi ela quem te mandou?

Ele deixa escapar uma risada:

– Nem pensar! Eu roubei as chaves.

Manco ao seu lado, avançamos lentamente na direção do alto portão de ferro na parte mais baixa da propriedade.

– Para onde você está levando a gente?

– Para a Alemanha – responde Thando, como se não houvesse nada de mais natural, e acrescenta, rindo: – Não era minha ideia, mas agora que te libertei não temos mais escolha. Se não… você vai levar uma surra e eles vão me matar…

Custo a acreditar que a Alemanha esteja ao nosso alcance, mas estou muito animado. Não me ocorre perguntar a Thando como ele pensa em nos transportar ao outro lado da Terra. Estou só cheio de felicidade, e me basta. Espero que Wicus não esteja por aqui, e Jacob também não. Vou também perguntar a Thando onde você está. Mas então te encontro bem aqui.

Usando o seu vestido de estudante e sandálias de couro branco, você está parada diante do portão de entrada. Nossas malinhas, aquelas que nos acompanharam durante nossa grande viagem, estão aos seus pés. Com as pernas trêmulas, você vem em nossa direção. Aperta-me entre os braços, nossos corações batem ao ponto de estourar. Nas suas costas, um raio de sol sai do sono. O dia vai raiar. O céu é de uma suavidade extraordinária, temos o mesmo humor, ele e nós. Estou esgotado, mas não sinto meu cansaço. Por fim o pesadelo termina.

Caminhamos por algum tempo, eu penso: o sol pôs para fora todos os seus raios e os meus pés estão doendo. Quanto a Thando, ele é sempre valente em suas babuchas. De tempos em tempos, você para e se extasia com as montanhas que emergiram da noite.

– Que bonito, como é bonito... É horrivelmente bonito.

Às vezes você fica tentada a voltar atrás, porque se inquieta:

– E se a Alemanha tiver desaparecido?

Quando a dúvida toma conta de você, eu acelero. Mas quanto mais nos aproximamos da Alemanha, mais você se preocupa com Terre'Blanche.

– Vamos perder a colheita de uvas, então?

Não quero te ouvir. Cegamente, sigo Thando, que avança reto em frente, sem hesitar, sem se preocupar com o tempo que levaremos para chegar ao outro lado da Terra. Você se inquieta ainda mais:

– Nos meus sonhos, luzes caem do céu sobre as casas, as casas também caem. A Alemanha explode por toda parte...

Você para no meio da estrada vinda de lugar nenhum e sem objetivo.

– ... e nós... Corremos atrás de uma senhora porque ela acaba de soltar a nossa mão...

Ao redor, tudo está calmo, você avista os campos e os vales que despertam suavemente, escuta os pássaros murmurando nas árvores, fareja o mato abrigado atrás das pedras. Começa a soluçar:

– Quero voltar para a fazenda!

Você quer, depois não quer, e depois quer de novo, e depois não quer mais. Porque quando dorme e sonha, você tem um pesadelo, que nos revela de repente:

– … alguém sentado na minha cama me observa dormir respirando forte. E quando ele puxa o lençol na sua direção, minhas pernas estão completamente nuas!

Perplexo, fico parado diante de você, desamparado. Você chora ainda mais, já não sabe aonde ir, para frente, para trás, para a Alemanha, para Terre'Blanche, para debaixo da terra, para essa cama onde te observam dormir. Thando te pergunta:

– Mas quem é que fica te olhando dormir na sua cama?

Você funga e não diz nada. Se cala. Não vai falar de… Então se senta na beira da estrada e apoia os cotovelos nos joelhos dobrados. Thando não compreende: vamos para a Alemanha ou voltamos para Terre'Blanche? E para receber uma surra? Ele põe a mão sobre a cabeça, com medo de que o céu aterrisse em cima dele. De fato, a chuva começa de repente. Trombas d'água são despejadas e nos açoitam. Muito pálido, eu me sento ao seu lado. Seu rosto está encharcado de chuva e inundado de lágrimas.

– Quem é que te olha dormir?

Lívida, você lança olhares aterrorizados ao seu redor, como se tivesse medo de ser ouvida. Você se fecha dentro do silêncio.

– Depressa! – grita Thando. – O ônibus está chegando!

Ele se põe a descer a estrada a galope. E temos tanto medo de nos ver sozinhos debaixo das nuvens esburacadas que, sem refletir, nos levantamos e o seguimos por poças d'água tão grandes quanto lagos.

Mais adiante, um ônibus sobe devagar, cuspindo uma fumaça mais preta do que o céu. Rola até um monte de gente reunida debaixo de três guarda-chuvas, em frente a um bairro de casebres precários. Para diante deles. Ainda temos uma chance de pegá-lo. Você e eu não temos ideia de para onde ele vai, mas suponho que vá nos levar até um barco.

Encharcados até os ossos, corremos atrás de Thando, dois cegos... Ele é nossos olhos. Ele é nossa voz. Ele é nosso para-raios.

Pegamos o ônibus no último instante. Transborda de gente, do mesmo modo como as travessas de Michèle transbordam de comida. Negros todos, sem exceção. O rei Davi deve estar se revirando no caixão. Você tem medo deles, mais do que eu, então eles te observam, mais do que a mim.

Thando se senta perto de uma velhinha que segura um cesto com uma galinha viva dentro. Ela sacode as penas para se secar. Você se instala junto à janela, e eu me acomodo perto de um sujeito sinistro.

– Quem são esses brancos? – ele pergunta a Thando.

– Não são brancos – responde Thando, secando as têmporas com a manga da sua camiseta. – São alemães.

O ônibus trepida, o motor estoura, a galinha cacareja. Sorridente, a velhinha pergunta a Thando sua idade:

– Em breve doze!

– Eu teria te dado oito – diz a senhora. – Aonde é que você vai com esses dois grandes?

Os grandes somos nós. No entanto, só temos oito anos. Thando se gaba de ir pegar o barco para a Alemanha.

– No Transvaal? – murmura a senhora com a galinha.

– Na Europa!

Os passageiros do ônibus se entreolham estupefatos, porque também nunca ouviram falar daquela província. O sol atravessa as nuvens. Seus raios desenham um arco-íris que te reconforta.

E aqui estamos, sentados num banco, no porto do Cabo. Reconheço os cais onde desembarcamos antes. Mas não há nenhum barco no horizonte, pelo menos para a Europa. Depois de uma longa espera, Thando ri, pois suas costas estão cobertas de tinta – ele acaba de se dar conta. Nós três nos apoiamos numa inscrição recém-pintada.

Whites Only

Rimos, morremos de rir. Até que Thando dá um grito de dor. Um cavalheiro de uniforme acaba de lhe dar um chute. Thando sai dali depressa, como sabe fazer. O homem de uniforme se curva na nossa direção:

– Está tudo bem?

Nós lhe asseguramos que sim, esperando que ele nos deixe aguardar nosso barco. Mas ele continua a fazer perguntas do tipo *Onde estão seus pais?* É tão insistente que acabo por usar um forte sotaque alemão e lhe dizer que nossos pais estão comprando passagens para o barco.

E, de repente, Lothar surge do nada...

Ele nos leva até o carro sem dizer uma palavra. Durante todo o trajeto eu me pergunto como ficou sabendo.

Michèle nos espera nos degraus de entrada. É você que ela inspeciona, de maneira severa. Foi você quem deixou uma carta de despedida. Não pensou que isso ia nos trair, pois acreditava que já estaríamos na Alemanha quando eles a encontrassem. Queria de todo modo agradecer-lhes por tudo que tinham feito por nós. Mas explica que leva Thando junto, porque não pode mais com isso de Jacob tanto bater nele. A mim também, você me leva à Alemanha, porque não quer mais saber de Michèle me maltratando. E que você vai à Alemanha porque não quer mais saber de Lothar entrando no seu quarto à noite.

Lothar está com uma cara de cachorro surrado. E Thando grita forte com a punição que Jacob lhe administra na destilaria. Então você se retrata.

Perdão. Você se enganou. Nada disso chegou a acontecer.

– Acabamos de terminar a segunda operação do seu marido. Tentei extrair os últimos pedaços de bala, mas tive que deixar alguns porque estavam perto do tronco encefálico.
– E agora?
– Faremos tudo o que estiver ao nosso alcance.
– Meu marido carrega culpas grandes demais para ele. Nossa filha disse que ele não era culpado, pouco antes do tiro. Mas essa bala na cabeça dele é como uma negação de... Como uma manifestação de... Enfim... Ele vai se recuperar?
– Enquanto ele não sair do coma, é difícil avaliar suas lesões.
– Eu estava colocando velas no bolo de aniversário: juntos, Wolf e Barbie comemoravam cento e cinquenta e seis anos. E Mandela... cem. Obama estava na televisão... O senhor ouviu o discurso dele, dr. Malema?
– Ele me comoveu, sim. Mas temo que não seja suficiente.
– Ele falou sobre a Copa do Mundo de futebol... que a França ganhou... Elogiou a diversidade... e então... essa bala entrou na cabeça de Wolf.

– Você não se chamaria Heidi, por acaso?

Tenho doze ou treze anos. Mais magro do que um prego, braços compridos demais e pernas intermináveis, de não saber mais o que fazer com elas. Minhas costas são curvas como se eu pedisse desculpas por existir. Pele bronzeada, eu me pareço com um lavrador.

Adoraria jamais me parecer com isso.

A garota à qual eu me dirijo come biscoitos sozinha no seu canto do pátio da escola.

– Quem é Heidi?

Ela gagueja, eu coro. O sangue batuca nas minhas orelhas.

– Minha namorada... quando eu estava na Alemanha.

A garota se parece com ela, com Heidi, quero dizer, mas é morena, com cachos mais cerrados. Ela ri. Asas nascem nas minhas costas.

– Você tem o mesmo riso de Heidi.

– É mesmo? Mas eu me chamo Sarah.

Ela me dá um biscoito.

– São de abóbora. É bom para a cor da pele. Mamãe faz para mim todos os dias.

Não tem gosto. Mas eu não perco a coragem, levo-a até a árvore que se chama flamboiã ou jacarandá. E que também cresceu bastante.

– Quantos anos você tem? – me pergunta Sarah.
– Doze.
– Você é muito alto.
– Sou ariano. É por isso.

Ela murmura de admiração. Em seguida me conta que vem da Cidade do Cabo.

– Mas tivemos que ir embora – ela esclarece, abaixando a cabeça.

Seus cílios batem, isso me dá arrepios. Jogamos bola de gude debaixo da árvore com flores azuis. Percebo você mordiscando seus biscoitos no canto do pátio. Tão alta quanto eu, você ficou rechonchuda. Também não queria ter essa aparência.

Queimando de ciúmes, você me espia. Não gosta de compartilhar seu irmão. Me compartilhar é perder um pedacinho de você. Então você fica de olho na sua rival, mas, como ela me interessa, também te intriga. Borboletas dançam no seu estômago, as mesmas do meu, enquanto você admira Sarah, que me dá uma surra nas bolas de gude.

Uma dúzia de colegas ri da minha derrota, mas sem maldade. Ninguém mais nos trata de boches imundos. Talvez porque não ficamos mais vermelhos com o sol. Estamos todos bronzeados, nós também. Definitivamente adotados.

Kobus vem se sentar ao seu lado. Com o tamanho de um homem, não usa mais aparelho nos dentes. O rei Davi devia ter esse aspecto quando crescido. Você se levanta e, seguida pelo seu cavaleiro, junta-se a nós. Pelo modo como Sarah pestaneja quando fala comigo, você compreende que ela está interessada. Em mim. Mergulho meus olhos nos dela. Suas pálpebras se agitam.

Numa outra ocasião, nos encontramos atrás dos banheiros, e ela me oferece um beijo. Sua língua tem gosto de abóbora com temperos.

Numa outra ocasião, você nos espiona de trás de um tronco de árvore. Faz perguntas sobre as nossas línguas, que vê se misturando. Então, sim, a língua cola. Mas não é repugnante. É preciso ir progressivamente, não metê-la de repente, e sobretudo evitar enfiá-la na garganta, porque as meninas não gostam que a gente mexa na sua goela. Kobus gostaria de conhecer a sua, então busca coragem de te dar um beijinho. Você o recompensa com um tapa e, enquanto ele se afasta, acanhado, você se diz que não é normal. Porque é Sarah que você gostaria de beijar. Talvez devesse aceitar as lambidas de Kobus, mesmo que não tenha vontade? De jeito nenhum, não. De jeito nenhum também que ele te regue com seu troço branco! Isso nunca! Aliás, só falta ele se sentar na sua cama para te espiar enquanto dorme! E depois mais o quê!

Sarah zumbe na nossa barriga. Nós dois caminhamos nas nuvens. Sou eu que ela prefere, mas isso não nos impede de estarmos apaixonados por ela ao mesmo tempo.

Confesso isso a Thando uma noite, enquanto, afundados no sofá desventurado da casa proibida, compartilhamos uma garrafa de vinho ruim:

– A cara de Michèle se ela ficasse sabendo – diverte-se Thando. – Desde a fuga, ela te vigia de perto.

Damos gargalhadas e eu me pavoneio: desde a história da fuga, é verdade, o rancor de Michèle se amplificou. Ela continua querendo acreditar que eu roubei um poeta, sua busca persiste. Eu sou o herói... *Minha mãe entra no meu coração para me consolar...* Ela enviou cópias do meu poema ao orfanato, a uma biblioteca, a um professor, a um serviço de arquivos. Nesse momento, está pesquisando para os lados da Suíça. Que honra ela me dá!

●

A porta da sala se abre e o sr. Botha surge, grave, quase pálido. Michèle pousa o giz para descer do estrado e se precipitar até o nosso diretor. Eles cochicham por um minuto, muito rígidos, e de repente os dois se viram para Sarah. Minha querida se desfaz de uma vez só, como se o seu sangue não corresse mais e o seu coração tivesse parado.

– Srta. Craig – pronuncia friamente o sr. Botha – sua mãe a aguarda lá fora.

O suor encharca a testa de Sarah, que, de cabeça baixa, se levanta sem dizer uma palavra.

– Pegue as suas coisas – acrescenta o diretor.

Porque ela ia deixá-las para trás. Escarlate, ela junta seus lápis, seus cadernos, sob cochichos que se elevam na sala. Ela se esforça para não prestar atenção e acaba de juntar seus papéis antes de arrumá-los na mochila. A atmosfera é pesada. Num sussurro, eu lhe pergunto o que há. Um sorriso trêmulo se desenha em seus lábios e, cheia de ternura, ela murmura baixinho:

– Não é nada.

Pigarreia, pega a mochila e deixa a escrivaninha que compartilhamos, na terceira fila. Uma vintena de pupilas se crava nas suas costas quando ela atravessa a porta, são as mesmas que nos tinham crucificado no dia da nossa chegada. Ela sai. Michèle volta ao quadro negro e, com ar de que nada aconteceu, retoma a lição. Sua voz está distante para nós porque, em nossa maioria, espiamos pela janela, esperando que Sarah apareça no pátio com o diretor. Perto do portão da escola, pais falam, torcendo os braços. Muito zangados, eles também aguardam. E eis Sarah, que, mochila nas costas e braços imóveis junto ao corpo, segue o sr. Botha até o seu escritório. Ouço vagamente Michèle falar da lição sobre a população.

Espio pela janela.

Michèle finge nada notar e nos distribui folhas de papel. Não presto a menor atenção. Ao fim de um breve momento, Sarah sai do escritório do diretor. Sua mãe a segura pela mão. Mas Sarah não volta para a sala, dirige-se para a saída, se afasta... Será que ela vai desaparecer como Heidi? Sinto vontade de vomitar, não consigo reagir. Você, em revanche, levanta o dedo – não espera que Michèle te autorize para tomar a palavra e perguntar por que Sarah foi embora. Sua voz treme. Michèle lança um olhar irritado pela janela e te responde, friamente:

– Não acabamos de ver a lei sobre a população, Barbara?

Você empalidece. No pátio, junto ao portão, uma nuvem de pais se abre à passagem de Sarah e sua mãe. Fitam as duas com ar hostil. Será que elas são culpadas de um crime? Terão uma doença? Alguma coisa grave, em todo caso, o que faz Sarah se curvar de vergonha. Com a cabeça baixa, ela segue sua mãe, que passa bem reta entre os outros pais. Alguns gritam palavras que não ouvimos da sala. Sarah e a mãe se esquivam de uma cusparada, e deixam a escola antes de se afastarem pela rua. Tornam-se pequenas, bem pequenas, como Heidi, quando desapareceu do vidro traseiro do carro. Quando Sarah está totalmente apagada, Michèle se vira para você e, severamente:

– Barbara... A lei sobre a população? Promulgada faz dois anos... Nós vimos isso semana passada! Você já esqueceu?

– Não...

– Então, o que ela diz?

Você não vê a relação com Sarah. Indignada, Michèle te faz recitar a lição. Você pronuncia, sem refletir:

"Toda pessoa cujo nome consta do registro é classificada pelo diretor como pessoa branca, pessoa de cor ou autóctone, de acordo com o caso, e toda pessoa de cor e todo autóctone cujo nome consta desse modo são classificados pelo diretor de acordo com o grupo étnico ou outro ao qual pertencem."

Ela te felicita, pois você interpretou perfeitamente o primeiro parágrafo da recente lei que aprendemos. Em seguida, ela nos propõe entoar o resto da lição com a melodiazinha que inventamos para lembrarmos cada palavra. Vozes se elevam ao modo de um coral, mas eu não canto, estou grudado na janela, não me recupero da desaparição brutal de Sarah, e desses pais consternados que ficaram fofocando diante da entrada da escola.

"O Governador-geral pode, por proclamação no Diário, prescrever e definir os grupos étnicos ou outros nos quais as pessoas de cor e os autóctones devem ser classificados nos termos da subseção 1, e pode, da mesma maneira, modificar ou retirar uma tal proclamação."

Michèle agita as mãos. Uma maestrina.

"Se a qualquer momento o diretor estimar que a classificação de uma pessoa no sentido do parágrafo 1 está incorreta, ele pode, de acordo com as disposições do parágrafo 7 do artigo 11, e depois de ter avisado a essa pessoa e, se ela for menor, igualmente ao seu tutor, precisar em que sentido essa classificação está incorreta e dar a ela e, sendo o caso, ao seu guardião a possibilidade de fazer ouvir seu caso, modificar essa classificação no registro."

Michèle abraça a classe inteira com um sorriso satisfeito. À exceção de dois ou três idiotas, todo mundo se saiu bem. Seus olhos me atiram uma bala de fuzil e, em seguida, ela se vira para você:

– Compreendeu, Barbara? Como aplicamos a lei?

Você tem dificuldade em engolir a saliva, porque não entendeu realmente o sentido dessa lição que sabe de cor. Ela se parece com certos poemas, declamá-los é muito fácil, mas não entendemos nada do que o autor quis dizer. Então Michèle te interroga sobre um subcapítulo. Ali tampouco você vê a relação com Sarah, mas consegue se sair bem:

"*Pessoa branca* designa uma pessoa que, em aparência, é manifestamente ou geralmente aceita como pessoa branca, mas não compreende uma pessoa que, embora em aparência manifestamente seja uma pessoa branca, seja geralmente aceita como pessoa de cor."

– Muito bem! – pronuncia Michèle. – E depois?

Dessa vez, ela se dirige à turma toda, de modo a verificar nossos conhecimentos. Temos dificuldade para lembrar como continua, ela nos ajuda:

"De uma pessoa que, em aparência, seja manifestamente uma pessoa branca, presume-se..."

Kobus levanta a mão.

– "... presume-se... que seja uma pessoa branca até que se prove o contrário."

Como o sino toca, Michèle acaba por explicar, rapidamente, que se presumia que Sarah fosse branca, até que, graças a uma bateria de testes infalíveis, a Secretaria de Classificação provou o contrário. Toda a turma está em suspenso, o que não acontece com tanta frequência. Encantada com a nossa atenção, Michèle explica que esses exames revelaram que Sarah era uma pessoa de cor. Ora, há escolas reservadas a essas pessoas, como as nossas são reservadas a pessoas como nós.

– Sarah – ela conclui – não podia ficar entre nós. E nós entre eles.

Não me mexo nem penso em nada. Paralisado, recebo essas palavras que são murros. A sra. Schultz nos libera para o recreio. Continuo pregado na minha cadeira, e você não sabe se deve se levantar, gritar, sair correndo, ir brincar... Ao passar diante da mesa de Michèle, Kobus lhe pergunta, entusiasmado:

– É verdade, senhora, que seu pai é o diretor da Secretaria de Classificação?

Michèle confirma com orgulho. Na verdade, foi graças a Jacob que Sarah foi colocada na página correta do registro da população. Normalmente, jamais deveríamos cruzar com ela. Um grande alvoroço interrompe a conversa deles. É uma escrivaninha que acaba de ser derrubada, ou, antes, que foi derrubada por um garoto tomado por uma crise de nervos, e que berra. Sou eu. Porque eu amava Sarah.

●

Saída da cartola de um mágico, Graça aparece com uma sopa de abóbora e milho, que coloca no centro da mesa. Jacob ajusta o guardanapo em torno do seu pescoço enquanto procura pelo cachorro:

– Onde Wicus se meteu? Alguém viu Wicus?

Estou nervoso, febril, como se fosse o começo de uma doença. Sua cara não está melhor. Lothar aspira sua sopa com murmúrios satisfeitos e sorri de tempos em tempos à sua mulher. Ela não lhe responde. Distante, remexe sua sopa. Você pede para ir ao banheiro.

– Para vomitar? – Michèle dispara.

Lothar te apoia:

– Claro que sim, minha querida, pode ir ao banheiro.

Irritada, Michèle larga a colher. Lothar fica distante quando você se levanta para se aliviar. Michèle rói uma unha enquanto aguarda que você volte à mesa. Você volta no mesmo momento que Wicus chega. Mancando, ele se arrasta até os pés do seu dono para pedir carinho. Jacob não deixa de acariciar o cachorro. Lothar pigarreia e diz:

– Ouvi dizer que Sarah Craig tinha encontrado uma nova escola...

Jacob faz que sim jogando um pedaço de pão ao seu cachorro:

– Vai levar certo tempo para se adaptar, pobrezinha... mas vai conseguir. Vejo casos assim quase todos os dias. Outro dia era um rapaz que não podia se casar porque não estava inscrito no registro. Afirmava que era branco... pobrezinho.

Lothar também parece desolado. Toma duas pílulas.

O rostinho de Sarah passa diante de mim. Ela está tão perto. Posso sentir o seu cheiro de abóbora. Tudo gira ao meu redor e, dentro do peito, meu coração para. Em minha cabeça, tudo se mistura. É como se houvesse ali uma bruma espessa. Ouço Michèle e os outros falando da casa que Jacob continua não conseguindo vender, porque Lothar se recusa a pagar pela reforma. Lothar tenta mudar de assunto, regressando sempre à pequena Sarah. Alguma coisa na forma com que eles dizem *pequena* me irrita. Minha cólera aumenta, eu me ponho a gritar:

– Deixem a pequena em paz!

Lothar recua de repente, por pouco não cai da cadeira, parece que tem medo de mim. Michèle me lança olhadelas indignadas, Jacob continua imperturbável, uma cara de juiz que está do lado da lei. Você me fita, com medo da minha cara de monstro. Meu coração virou poeira, e todo o resto está enraivecido. Então, denuncio tudo... O troço de Lothar que vimos na boca da sra. Vissert... A garagem onde Michèle me fechou... Lothar que te espiava na sua cama! Eu te chamo como testemunha, mas você defende esse tarado, só porque ele é seu pai:

– Isso... Isso nunca aconteceu!

Lothar está lívido e não se mexe mais. Com um franzir das sobrancelhas, você me suplica que cale a boca. Jacob tamborila na mesa:

– Agora basta, Pequeno Boche!

Ele me diz que compreende que eu esteja magoado pelo que aconteceu com a pequena Craig. Mas eu não serei o primeiro a ficar enamorado da pessoa errada, afinal! Ele mesmo... Ah... não é motivo para criar caso! Quanto a Lothar... Ninguém é perfeito, sobretudo ele, é verdade. Mas o passado é o passado! O que quer que Lothar tenha feito, eu vou superar! Barbie também vai superar! Se eu soubesse...

Atravessada por tremores, Michèle espia seu pai de banda. Eu perco as estribeiras. Sim, sou mesmo o garoto histérico que trata Lothar e Michèle como perversos e hipócritas desgraçados.

– Como você ousa! – grita de repente Michèle.

Ela está à beira das lágrimas e me dá uma bofetada para se aliviar. Dessa vez, eu devolvo. Ela cai sobre a mesa e me lança olhares perplexos, bem como a Jacob, surpresa que ele não voe em seu socorro. E Lothar! Ele estuda os próprios pés, sem ousar reagir... Então, ela me joga todo o seu rancor na cara: mentiroso! Plagiador! Alcoólatra! Falso ariano! Com o saco vazio, vira-se para você, ameaçadora:

– Diga logo de uma vez que o seu irmão mente!

Jacob dá um soco na mesa para acalmar as coisas, porque Wicus, assustado, se escondeu debaixo da mesa, onde está choramingando baixinho.

Um fio de urina escorre pelas suas coxas. Você o acompanha enquanto ele desce até as suas pantufas, enquanto Michèle te trata de idiota, de peste, e Lothar engole pílula após pílula para controlar os batimentos do seu coração. Mas você é a mais frágil ao redor dessa mesa. Michèle se agarra à presa mais fácil.

– Você está com cheiro de mijo, vá se lavar!

Ela sempre ralha com você, Michèle, mas você continua a chamá-la de mamãe, a bancar a menina modelo, a imaginar que um dia ela vai te amar. Isso me deixa maluco. Fora de mim, eu me levanto, dou a volta para te apanhar pela mão e te obrigar a deixar a mesa junto comigo. Eu te levo até a escada, fugir, fugir deles, não suporto mais vê-los. Jacob se levanta, por sua vez... para sair com o cachorro. Lothar faz a mesma coisa... para ir se refugiar em seu escritório. Sozinha, só resta a Michèle se lançar em nossa perseguição.

Sete degraus abaixo de nós na escada, ela me parece muito pequena, risível. Rio bem na sua cara, aliás, quando chegamos ao patamar. Mas um riso... Drácula deve rir dessa maneira. Boquiaberta, Michèle para logo abaixo de nós. Olho para ela com desprezo. Sinto-a gelar de terror.

Ergo a mão bruscamente, para assustá-la um pouco mais. Ela escorrega para o outro lado do corrimão. Agarra-se ali por pouco. Três metros a separam do chão. Abaixo dela é o vazio. Sua vida está presa por seus dez dedos, agarrados à barra.

Ela poderia gritar, não poderia?

De jeito nenhum.

Suspensa sobre o vazio, ela fura a minha pele com os olhos. Você se liberta da minha mão para descer e salvá-la. Ela te rejeita:

– Dê o fora daqui, ranhenta!

Você fica perto dela, interdita, perguntando-se o que poderia fazer para contentá-la. Quanto menos ela te ama, mais você quer conquistá-la. Com Lothar é pior. Você não quer ver a natureza do amor dele, não é mesmo?

Por nada no mundo Michèle quer que você a salve. Ela avista o chão. Ele a atrai. Ela se sente tentada a se deixar cair.

Pôr fim à sua vida. E nos fazer vestir a carapuça. Fabricar nossa infelicidade e terminar como heroína trágica. Sente-se tentada.

Agradecem a Deus pela duração do dia nesta família. Mas o dia é cheio de ódio. Um ódio tão grande que a casa não é o bastante para contê-lo. O ódio também me contaminou: só o que quero é ver Michèle se estatelando no chão.

Mas Graça surge de sua sombra. Graça não conhece o ódio. Empenha todas as suas forças na salvação de Michèle.

Ela a ama de verdade, é a única.

Ela tem seus motivos, Graça, mas eu encontro muita dificuldade em compreendê-los.

De repente, Michèle parece se aferrar um pouco à existência. Volta ao lado correto do corrimão e se desfaz em lágrimas nos braços da sua ama, que a estreita com ternura. Ela acha que pode nos proteger a todos, Graça. Quer que nos reconciliemos. Esquece o rancor, mas, enquanto salva a vida de Michèle, seu filho talvez esteja recebendo uma surra na destilaria.

A voz cheia de soluços, Michèle ergue a cabeça para mim:

– Você vai pedir perdão?

Desço à sua altura. Ponho-me de joelhos ao seu lado.

– Eu sinto muito...

Um brilho de vitória ilumina o rosto de Michèle.

– Deus nos põe à prova, Wolfgang. Seus planos são misteriosos, e suas vias, impenetráveis...

– Eu sinto muito, sim. Sinto muito que você não tenha se machucado mais.

●

– Você acha mesmo, Wolf, que isto vai chegar à mesa dela?
Você lê por cima do meu ombro: *queremos voltar ao orfanato*.
– Esta carta vai pegar o mesmo barco que nós. O mesmo trem, as mesmas balsas, o mesmo carro... Vai terminar sobre a mesa da Gralha.
Estamos de castigo em nossos quartos. Aproveitei para escrever esta carta. Como somos tratados. Como Michèle bate em nós. Como Lothar te cobiça. É uma carta de denúncia. Você não contesta.
Umedeço o verso do envelope com minha saliva.
– A sra. Pfefferli vai alertar as autoridades, porque Michèle enviou a ela meu poema, para me prejudicar. Isso deve tê-la deixado com a pulga atrás da orelha.
Você franze o nariz:
– Para te prejudicar? Você está sempre convencido de que todo mundo te odeia.
– E você, de que todo mundo te adora.
Devo estar bem perto da verdade, porque, na fazenda, ninguém mais nos dirige a palavra. Nenhuma palavra, em nenhum momento. Jacob nos espia dando suspiros, e em seguida beija o focinho de Wicus. Lothar passa o tempo atrás de sua câmera, a contar a si mesmo a história de uma casinha numa bela pradaria. Michèle invoca o céu em silêncio, invoca Deus como testemunha. Ela é a única pessoa com quem Ele se ocupa, entende... E quando ela não está nesses encontros com Ele, fecha-se na cozinha para escrever seu livro sobre pedagogia.
Certa manhã, eu separo as uvas no depósito com uma dezena de trabalhadores. Você faz o mesmo diante de mim, e ao lado de Thando, que de vez em quando pisca o olho para mim. Mas ele é prudente, pois Jacob nos supervisiona. O mestre de Terre'Blanche verifica a cadência de seus trabalhadores, de seus netos, de suas máquinas. E às vezes beija o focinho de Wicus. Esse cachorro é seu filho único.

Ao cabo de um momento, Lothar e Michèle saem da fazenda, muito apressados. Será que eles vão a um enterro? Eu os vejo entrar no carro, dar a partida e chlac!, um golpe de bastão sobre meus dedos.

– Não se desconcentre! – troveja Jacob.

Eu deixei passar um galhinho e uma uva ruim.

Lothar e Michèle voltam duas horas depois, quando os trabalhadores e os netos derramam as uvas selecionadas na prensa. Não foram poucos os golpes de bastão enquanto isso. As uvas esguicham à medida que são esmagadas. Lothar e Michèle têm uma cara feia.

Silêncio durante o almoço, até que Michèle nos manda ao quarto para aprender as lições, ainda a lei sobre a população. Mal minha porta se fecha, ouço passos na escada, depois no corredor. Param diante da sua porta, abrem-na, passam por ela. A voz de Michèle atravessa a divisória que separa nossos quartos:

– Que carta é essa que o seu irmão mandou para Alemanha?

Você não diz nada. Na minha opinião, um fio de urina desliza pelas suas pernas, e você pode senti-lo descer até suas pantufas. A porta bate. Você deve estar aliviada, Michèle saiu. Eu me angustio: logo vai ser a minha vez... Mas também estou feliz: logo isso vai acabar. Então, tiro minha mala do armário e a coloco sobre a cama. No fundo, tenho certeza de que eles vão nos mandar embora. Devolver-nos ao remetente. Por fim vamos voltar ao orfanato.

Michèle entra no meu quarto sem bater: não tenho direito à intimidade. Séria, ela examina minha malinha aberta sobre a coberta. Ainda está vazia.

– Você acusou seus pais de coisas horríveis, Wolfgang...

Ela alisa a saia para que não amasse ao se sentar sobre a minha cama, bem ao lado da minha mala. Lentamente, coloca no lugar seus cachos imóveis, depois repete:

– Essa carta que você escreveu... é abominável.

Sua voz está cheia de caroços. Eu tiro minhas roupas do armário e respondo com uma voz calma:

– Não inventei nada. Era tudo verdade.

Michèle tira um lenço do bolso para enxugar a testa. Que, no entanto, está completamente seca.

– Que mala é essa, Wolfgang?

– É porque vamos embora, Michèle.

Faço um esforço para não ser agressivo. Ela sacode a cabeça.

– Mas... para onde é que você vai, Wolfgang?

De repente, ela começa a rir às gargalhadas, mas eu não me deixo abater.

– Para casa! Para a Alemanha. Para o orfanato, e depois disso vou encontrar minha *verdadeira* família.

O riso dela dobra de intensidade. Pode achar graça à vontade, bruxa velha, vou fazer minhas malas. Diante das minhas estantes, hesito sobre que roupas levar. Michèle se contém e enxuga as pálpebras molhadas de riso. Com ironia, ela me diz:

– Você deveria levar sobretudo roupas quentes. Não esqueça: verão aqui é inverno lá.

Dou de ombros levantando-os muito alto, porque, realmente, não dou a mínima para a meteorologia! Mesmo completamente nu, vou embora! Quanto a ela, levanta-se e joga os braços para o céu, a fim de convocar Deus, imagino. Ele continua não tendo nada melhor para fazer além de responder às invocações dela.

– Acabou, Wolfgang! Essa comédia acabou.

Um arrepio doloroso galopa pelas minhas costas, enquanto, toda sorrisos, Michèle olha na direção da janela.

– Você achava mesmo que iam acreditar em você? Num mentiroso como você?

Satisfeita com meu ar inquieto, ela ainda exibe esse sorrisinho triunfante.

– Sua queixa chegou diante de um juiz. Bravo! Mas você realmente imaginava que... que iam acreditar em você? Com a posição do seu avô? Vamos lá...

Ela faz uma pausa, respira fundo com muito prazer.

– Mas pode arrumar sua mala, na verdade...

Por um segundo eu hesito, porque não entendo. Ela vai nos deixar ir embora? A bruxa velha está me pregando uma peça?

– Vamos, vamos! Arrume sua mala! Você vai para Pretória!

– Pretó...

– Se quer saber – ela me interrompe – durante o verão, faz mais calor do que aqui. É mais seco também.

Então é isso.

Sou uma má influência sobre você. O juiz decretou.

Preciso de acompanhamento psiquiátrico. O juiz declarou.

Sou mitômano. Pois o juiz conhece bem Jacob. E também teve conhecimento de um relatório oficial, que não diz respeito só a mim. Diz respeito a todos nós. Ele diz que o envio das 83 crianças alemãs para a África do Sul é uma operação que foi coroada de sucesso. Tanto no plano do acolhimento global quanto do contato individual entre crianças e pais. Todas as crianças estão felizes com seus pais adotivos. O Fundo Teutônico para a Infância tem notícias de cada criança. Não lhe chegou nenhuma queixa. Os pais estão satisfeitos e orgulhosos das crianças que o povo alemão lhes confiou.

Um sucesso. O que ocorre, então, é que eu minto. Ou que estou louco.

●

Um disco gira numa vitrola. Sentada diante de uma mesa muito desorganizada, Anna, a psiquiatra que nos selecionou no orfanato, escreve num caderno, cantarolando.

We three, we're all alone.

Living in a memory.

My echo, my shadow, and me.

Canetas, as mesmas do orfanato, escapam de sua camisa branca.

– É inglês? – pergunto, do fundo de uma poltrona de couro.

– Americano.

Ela me mostra o álbum, de pé sobre uma estante contra um monte de livros de contos. Quatro negros de terno branco posam na capa, ao lado de um violão. Agradáveis, tranquilizadores, eles sorriem com todos os dentes. Como você, eles fazem tudo para ser amados.

– Saiu em 1939 – diz Anna.

– Essa música não é proibida?

Ela sacode a cabeça, achando graça.

Anna tem perto de quarenta anos, mas não parece. As íris dos seus olhos brilham. São pretas, eu não tinha notado antes. Quanto às suas roupas, são incrivelmente coloridas. Sob o seu jaleco médico, um vestido amarelo explode de cor, e seus pés nus em sandálias exibem unhas vermelhas. Calcanhares cruzados debaixo da mesa, ela fecha seu caderno e me inspeciona. Anna é um radar.

– As coisas não andam bem na casa dos Schultz... Foi o que eu entendi.

Anna se inclina de leve para pegar uma garrafa de uísque num minibar e enche um copo com pedras de gelo.

Uma névoa se forma em seu copo. Eu bem que gostaria de um copo também. Devo ter um problema com o álcool. Anna degusta o seu inclinando a cadeira para trás, no ritmo da música:

– Você sabe que eu não posso mandá-los de volta para a Alemanha.

Estou decepcionado, mas ela se alegra.

– Por outro lado, posso te levar à terra de Shaka Zulu.

– Shaka quem?

Eu me encontro no assento do passageiro de um jipe que leva uma montanha de malas e caixas. O dia está raiando, rolamos por vastos espaços áridos. Anna dirige. Trocou suas roupas de psiquiatra por um chapeuzinho bege e um conjunto cáqui. Eu tremo. Os zulus são os inimigos dos bôeres, não ignoro isso. Eles os exterminaram – eles *nos* exterminaram – de maneira selvagem, aprendi na escola. Foi para substituir essas pessoas, entre outros motivos, que me trouxeram até aqui.

E Anna está me levando para junto deles?

Será que ela pretende me abandonar com novos pais, agora zulus?

É essa a minha lição?

Subimos uma encosta por um caminho pedregoso, muito escarpado, fustigado pelo vento. Não ouso fazer perguntas. Quando chegamos a um platô, eu gaguejo:

– Por que os zulus?

– Por causa de Jung – me responde Anna, muito calma.

Não compreendo, e seu sorriso não me diz nada de bom. Ela faz uma caretinha:

– Os Schultz... que pena. Tinham se mostrado tão motivados.

O jipe entra num caminho estreito. Enlameado, conduz a um vale. O carro sacode muito:

– É um atalho! – soluça Anna.

Macacos aparecem numa curva. Babuínos, diz Anna. Mostram os dentes quando passamos. Mais à distância, zebras bebem numa fonte d'água, mostrando-nos o traseiro. Não consigo engolir, a ideia de me tornar zulu me gela. Por que fazem isso comigo? Porque eu fracassei em me tornar africâner? Que me levem para a Alemanha!

O jipe para, no meio de lugar nenhum.

– Atolamos – queixa-se Anna, saindo do carro. – Venha me ajudar, temos que cavar em torno das rodas.

Estamos morrendo de calor. Então eu desço e digo:

– Posso fazer pipi antes?

Mãos na cintura, Anna, irritada, me indica uma árvore a uma dezena de metros dali.

Eu vou. Para onde fugir? – pergunto-me, enquanto caminho para o banheiro. No meio de lugar nenhum, não há como. Isso me desespera. Dou meia-volta.

Novos babuínos se reúnem ao nosso redor e nos observam com interesse, enquanto cavamos em torno das rodas. O mais corajoso sobe na traseira e foge a toda velocidade com uma mala, que se abre, semeando roupas e cadernos de notas em seu rastro.

Estamos de novo na estrada. Eu me perco em meus pensamentos – mergulho neles até que uma freada me traz de volta à superfície. Dessa vez, é o capô. Está cuspindo fumaça. O carro acabou de morrer, mas

Anna permanece de muito bom humor. Eu também: pelo menos não chegaremos nunca na terra dos zulus. Ela desce, bate a porta, exclama:
– Lá estão eles!

●

Um bando de zulus vem descendo pelo flanco de uma colina. Eu me encolho debaixo do porta-luvas. De nada adianta, mas não estou com pressa de ser encontrado por eles. Quando você sabe que vai morrer, age de modo a sobreviver assim mesmo. Enfim, normalmente.

Ouço o riso de Anna. Depois, palavras surdas. Minha porta se abre. Anna ordena que eu saia...

Obedeço tremendo, não tenho escolha, o que faz os zulus rirem, muito. Anna me pega pelo ombro e me apresenta ao mais velho entre eles. Tem pelo menos 107 anos, mas não parece. Aqui, raramente as pessoas aparentam a idade que têm. As crianças em geral têm um ar mais velho, e os velhos, um ar mais jovem.

– Mongezi vai te ajudar – diz Anna.

Ele seria *curador*. *Curador* quer dizer psiquiatra em zulu. Uma pena sobre a cabeça, pálpebras inchadas e braceletes azuis no alto dos braços, o psiquiatra zulu sorri para mim, enquanto provavelmente massacrou bôeres durante a última guerra.

Para onde fugir?

O sol está mais baixo no céu. Como ele indica o oeste, dou-me conta de repente de que posso encontrar o norte. E, portanto, voltar para a Alemanha, a pé e depois a nado. Mas antes que essa ideia se transporte da minha cabeça às minhas pernas, seguram-me pelo braço e me puxam para o sul.

É uma encosta de colina de terra vermelha, com o mato crescendo aqui e ali. Do outro lado, surgem cabanas baixas e redondas. Parecem colmeias perfuradas em diferentes alturas. Mulheres saem de uma casa central e me fazem entrar ali para me vestir com roupas novas. Colocam em mim uma tanga presa por um cinto de pele. Sobre a testa, ajustam uma faixa ornada de penas. Riem. Devo estar ridículo.

É noite quando saio de lá. Procuro a estrela polar no céu, você sabe, aquela que mostra o norte. Mas nuvens a escondem. Eu me resigno a seguir essas senhoras enquanto aguardo a manhã. O sol vai nascer a leste e... você pode adivinhar o resto.

Reencontro Anna diante de uma refeição. Ela usa uma saia de pregas feita com couro de vaca, e seu peito só está coberto por um avental de pérolas. O psiquiatra zulu espia seus seios.

– Se você sonhar – murmura Anna – vai se curar.

Ela acrescenta que Mongezi é um colega de trabalho de Gustav Jung. De pouco me adianta... Não conheço nenhum Gustav.

Comemos alguma coisa indefinível, mas excelente. E bebemos muita, muita cerveja. Em seguida, dançamos ao som de cantos acompanhados por percussões. Essas danças exigem coordenação e leveza. É preciso erguer a perna bem alto, até atrás das orelhas. Anna é muito talentosa, parece que dançou com os zulus a vida inteira. Ou então está enfeitiçada. Quanto a mim, não sou terrível, não mesmo. Só tenho uma ideia na cabeça, seguir a estrela polar. Mas as nuvens não querem descobri-la.

No meio da noite, Mongezi e Anna me levam para a cabana central e fazem com que eu me sente numa esteira. Mongezi me entrega uma cabaça cheia de um líquido grudento.

– Okoma!

Isso quer dizer sede, em zulu. Em outras palavras, devo beber. Mas de jeito nenhum que eu vou tocar nesse veneno.

– Beba – repete Anna. – Beba e você vai sonhar.

Mas eu não quero sonhar! Sonhar? Até quando? Perder o nascer do sol?

Mongezi cola sua cabaça nos meus lábios e, bem contra a minha vontade, o líquido goteja sobre minhas bochechas, dentro da minha boca.

E eu me ponho a sonhar. Mas é muito curioso, porque é como um sonho alojado dentro de outro.

Um garoto de doze anos, atarracado e de cabelo castanho, leva-me em seus braços. Não tenho mais doze anos. Também não tenho mais oito anos. Tenho dois.

Barris se acumulam no fundo do aposento. Todas as paredes são de madeira e o teto é baixo. Você também está ali, de macacão, nos braços da mamãe.

Na cabana, fico abalado. Lágrimas escorrem pelas minhas bochechas. Eu tinha me esquecido de como mamãe era bonita. Seus cabelos loiros, quase brancos... Ela é comprida e fina, um I maiúsculo. As pupilas azuis, como as nossas. Tem um ar triste, a mamãe, e cansado. Na cabana, as lágrimas me queimam.

Tocam a campainha da porta, nesse sonho. Um rosto encimado por uma boina passa por ela. Sorri. Seus dentes são tão pequenos que mais parecem de leite. O homem tira a boina com gestos de comediante. A voz de uma mulher se alegra:

– Veja, Frieda, aqui está seu marido!

É o papai que acaba de entrar? O rosto do papai é afetuoso. Tantas lágrimas me vêm na cabana de Mongezi. Eu me esvazio de um bloco imenso de tristeza.

Papai usa um uniforme militar. Está impecável. Nós, seus filhos, estendemos os braços gordos para ele. Mas mamãe parece contrariada com a sua chegada. Para fazê-la rir, papai desata comicamente a gravata, presa por botões de pressão. Eu observo suas mãos ágeis e penso *Ah, mas que engenhoso*. Só tenho dois anos nesse sonho, mas penso isso. E depois rio. E depois você ri. E mamãe não ri.

Em seguida, fica tudo escuro.

Tenho dor de cabeça.

Barbie?

Estou de volta ao consultório de Anna.

– Não me agradeça – ela diz. – Nada de muito honroso, você sabe. Eu aproveitei que o juiz te colocou comigo para diminuir meu sentimento de culpa. A Alemanha os abandonou porque não tinha mais condições de alimentá-los. E a sua irmã e você foram recolhidos por... Escute. Seus pais não devem saber sobre os zulus. Sobre seu dossiê também não.

Um dossiê, nosso dossiê de adoção, está aberto sobre os meus joelhos. É um presente, um presente secreto que Anna me dá. Porque eu não deveria saber. Então nascemos em Bremen – eu tinha esquecido. Antes da guerra, papai era tanoeiro. Anna sorri para mim:

– O governo, como vê, não conseguiu apagar por completo as suas origens.

O dossiê está cheio de traços do passado. Por exemplo, papai que cai na Rússia, em 1943. Ludwig Mahler, um camponês de Lahn, que nos deixou no orfanato dois dias após a morte da mamãe.

Eu não sabia de tudo isso. Ou tinha esquecido a metade.

– *Memento vivere* – cochicha Anna para mim.

É latim. Quer dizer *Não se esqueça de viver*.

●

Dois Terre'Blanche e um Mahler me aguardam nos degraus da entrada, enfileirados como soldados. Você está no fim da linha. É a única que sorri para mim. Esqueço-me do terceiro Terre'Blanche: aos pés de seu mestre, Wicus morde o rabo.

Estendo os lábios para o rosto de Michèle. Ela deve sentir tanta repugnância quanto eu, porque se esquiva do meu beijo.

– Vamos precisar de tempo, Wolfgang, para reparar.

– Você engordou, Michèle.

– Estou grávida, Wolfgang.

Sua barriga está enorme, grande o bastante para conter um monte de criancinhas. Se ela desse à luz neste mesmo minuto, eu não ficaria surpreso. Vitoriosa, põe a mão sobre sua descendência. Esparadrapos cobrem a ponta dos seus dedos. Minha partida não acabou com seu apetite para roer unhas. Agora, ela come os próprios dedos. Continuo sem chamá-la de mamãe, mas agora ela pouco se importa. Vai ser mãe de verdade.

Lothar aperta minha mão. Logo será papai, missão cumprida. Talvez Jacob não vá mais tratá-lo como um bunda mole.

– Então, em Pretória, como foi?

– Os psiquiatras me ensinaram um bocado de coisas.

– Muito bem... Muito bem...

Lothar engole algumas pílulas. Seu coração ainda está fragilizado? Jacob me dá uns tapinhas no ombro:

– Espero que essa temporada no hospital tenha feito bem a você, Pequeno Boche.

Ele não entendeu nada. Mas é um homem feliz: seu herdeiro de sangue amadurece no abrigo do ventre de sua filha. Ao lado de seu pai querido, ela transborda de orgulho. Mas sua caridade cristã vai continuar a se exercer sobre nós. Nossa primeira missão, afinal, é repovoar o país. Isso continua valendo.

Reparo em Thando, lá para os lados do cercado das avestruzes. Cheio de alegria, ele tira uma pequena bandeira alemã de trás das costas e a agita para me desejar bom regresso.

– Temos torta de leite para festejar a sua chegada – diz Michèle. – E a sua cura.

Enquanto entramos na casa, ela cochicha no meu ouvido:

– Quanto ao poema... Não estou muito longe. Aguardo a resposta de um professor de literatura alemã. É preciso desfazer esse conflito se queremos recomeçar sobre bases firmes.

À mesa.

E aqui está Graça, sorriso nos lábios, toda afetuosa com as pessoas sentadas à mesa. Graças a Deus, ela se diz. A família está reunida.

A noite segue. Você e eu reencontramos Thando e uma garrafa de aguardente na casinha. Mas antes de brindar ele me aperta em seus braços.

– E você! Como foi na Alemanha?

Ele afunda no velho sofá cheio de poeira e se oferece um bom gole de álcool.

– Eu não estava na Alemanha, Thando.

Instalo-me ao seu lado e mato a minha sede antes de te propor um gole no gargalo. Você recusa com desdém e se senta sobre um jornal que coloca no chão excessivamente sujo.

– Wolf não estava na Alemanha. Mandaram o meu irmão para um médico de Pretória.

Há censura na sua voz.

– Um médico? – surpreende-se Thando. – Por que você não me disse, Barbara? Eu achava que ele estava na Alemanha.

– Eu vi um curador zulu. Ele me ensinou as virtudes do sonho. Através do sonho, você se cura. O sonho sabe tudo, até mesmo o que você não está autorizado a saber. Até mesmo o que você não viu o sonho sabe. Mas ele não te mostra sempre tudo. Eu vi muitas coisas.

Eu me viro para você, que está zangada comigo em silêncio por ter te deixado sozinha.

– O sonho me mostrou nossa verdadeira família, Barbie. Papai tinha uma tanoaria com seus irmãos. *Os irmãos Grimm*. Ele tinha irmãos. Nós temos primos...

Você fica um tempo olhando para mim, perplexa. Insisto.

– Ainda temos familiares em Bremen, é um fato.

Você vira o rosto, indiferente. E se põe a examinar o chão debaixo do sofá. Alguma coisa chama a sua atenção. Nada, porém, me parece mais importante do que a minha descoberta:

– Ainda temos familiares em Bremen! – eu repito.

Você se endireita e respira fundo:

– É, eu suspeito que sim...

Realmente, você não liga a mínima. Thando rega a garganta e se surpreende:

– Seu irmão encontrou sua família... e a sua reação é essa?

Você dá de ombros sem ânimo.

– Eles não recebem muitas notícias, eu acho.

– Eu dei as notícias. Escrevi para eles.

Ouvimos uma mosca voar. Você escapole outra vez para baixo do sofá, e depois de alguns segundos exclama:

– Mas... Tem uma foto lá embaixo!

– Eu escrevi para eles, está me ouvindo? Aos nossos tios, aos nossos primos!

Indiferente, você desliza a cabeça para baixo do sofá desventrado. Thando me dá um tapinha no joelho.

– Eu estou te escutando! Então, o que você disse a eles?

– Da minha vontade de... da *nossa* vontade de revê-los.

Você sufoca lá embaixo, mas não sei se é de riso ou de poeira. Pouco me importa. Eu continuo:

– E fomos enviar a carta, Anna e eu.

– Você fez bem – diz Thando, me afagando de novo o joelho.

Escutamos a sua voz, distante, cavernosa:

– É o mesmo que jogar uma garrafa no mar.

Você tira a cabeça dali, teias de aranha grudadas no cabelo. Mas está encantada com o tesouro que tem entre os dedos. Uma foto... Desenterrou uma velha foto. E quando sopra nela para limpá-la da poeira, um grito rasga a noite.

Você entra em pânico. Thando e eu estamos bêbados demais para compreender.

– Bando de boçais! É Michèle!

Aparentemente, ela está dando à luz.

●

O bebê grita quando entramos no quarto. O quarto onde Maria morreu, onde Michèle nasceu. Maculada pelo sangue de sua mãe, a minhoquinha se contorce nos braços de Graça, entre os círios acesos.

Ele é tão frágil... Eu ficaria quase dominado. Mas não perco o norte. Você, ao contrário, retém as lágrimas, e Jacob chora de alegria. Michèle sorri, Lothar vacila. Sangue demais para ele.

Graça te propõe lavar o pequenino. Vibrante de reconhecimento, você deixa que ela guie suas mãos numa bacia de água morna. Uma expressão estranha se desenha no rosto de Graça, como se, nesse pequenino, ela reconhecesse alguém que não esperava. Você está feliz como nunca; esse irmãozinho, você já o adora. Tenho quase vontade de juntar minhas mãos às de vocês, mas não vou perder o norte, não. Deixo-as cruzadas atrás das costas. À medida que o sangue se apaga da pele do bebê, uma marca de nascença se destaca na parte inferior das suas costas. Lothar exclama:

– Meu filho tem a mesma marca que eu!

E derrama sua primeira lágrima. Foi ele quem fabricou esse pequenino, ele mesmo. Não consegue registrar isso direito.

Graça seca o recém-nascido e o cobre de beijos, mas com uma espécie de apreensão, sabe, como se ela fosse uma fada que tivesse chegado tarde demais para afastar a infelicidade de um berço. Sem conseguir esconder por completo sua inquietude, ela coloca o bebê sobre o seio de Michèle. Sentado junto à cabeceira de sua filha e seu neto, Jacob se comove tanto com as fotos de Maria quanto com o rosto de Michèle. Às vezes, elas se parecem tanto. Ele está emocionado. Diz a si mesmo que não amou a filha como deveria. Pois sim, é sua filha. As coisas vão mudar. Ele lhe acaricia a testa. Nunca tinha feito isso.

Exausta, Michèle dá suspiros de vitória e alívio: reconquistou o amor do seu pai, deu um filho à fazenda, ao marido, ao país. Reúne suas últimas forças para amamentar seu menino. Mas ele tem um dente. Morde. Michèle sufoca um grito de dor. Isso faz com que eu ache esse pequeno ranhento quase simpático.

Então eu perco o norte: proponho-me pegá-lo nos braços. Fiquei maluco ou o quê? Michèle me fuzila com suas bolinhas pretas, mas Lothar a encoraja a deixar:

– Você vai poder descansar.

Ela está tão cansada e tão atordoada com esse nascimento que capitula.

Nos meus braços, a minhoquinha balbucia. Ele está embevecido. Encantado, pede o meu seio. O meu... Michèle fica verde de ciúmes. Então eu ofereço meu punho à lagartinha. Graça, sentada entre seus dois círios, aperta o próprio peito para ver se sai leite. A fonte secou.

– Vou preparar uma mamadeira – ela murmura, com a voz rouca.

E enquanto eu embalo meu irmãozinho, Jacob vê alguma coisa cair do seu bolso. Parece uma foto. O tesouro que você desenterrou debaixo do sofá do velho casebre voa delicadamente para o chão, rodopiando. Jacob avança e pega a imagem logo antes que ela toque o piso. Olha-a. Gira-a. Estuda-a. Gira-a de novo.

Na foto, um homem com um chapéu grande está apoiado nos cotovelos na varanda da casinha dos Noah. Não vemos seu rosto, dissimulado sob o chapéu. Mas sua cabeça está virada para os lados da fazenda. Jacob se sente desfalecer. Mais uma vez, ele vira a foto.

Paul N., 1913

Sua respiração acelera. Ele se aproxima de seu herdeiro, adormecido em meus braços. Examina-o, os olhos quase enojados. Depois fita Michèle. Depois examina o bebê. Depois olha para Maria, que sorri em sua moldura. Depois estuda Paul N. na fotografia. Depois faz a cara de um velho senhor que descobre em menos de um segundo o que ficou escondido durante três quartos de sua vida.

Posso dizer que é para ele um choque e tanto.

Então ele dá um berro, um comprido grito de animal que vem do fundo das suas tripas.

Uma frase branca se destaca do fundo negro:

Eles encontraram um lar.

O negro se vai, mas eu continuo sentindo dor de cabeça.

Vejo agora pessoas com roupas de domingo, passeando. Uma voz comenta:

— Os 83 órfãos adotados em 1948, faz 15 anos, por famílias sul-africanas, visitaram o monumento aos primeiros colonos, símbolo do seu país de adoção.

O sorriso de Anna aparece nesse quadro, ao lado de cavalheiros de terno cinza que usam óculos de aro. Anna está mais velha do que há pouco tempo. Deve ter seus cinquenta anos, mas não parece.

— A sra. Anna Schleininger — diz a voz — está feliz por reconhecer os rostos dessas crianças que hoje se tornaram adultos. Um coro de homens interpretou árias alemãs e sul-africanas para esses novos cidadãos, cujo triste passado foi esquecido graças ao seu novo começo neste país do sol e de todos os possíveis...

Michèle se encontra entre as pessoas que assistem a essa espécie de celebração, em companhia de uma criança tapada por um amplo chapéu. Ela também está mais velha, dez anos. Minha nossa, é mesmo um choque. Lothar também está ali, um tanto recurvado, todo amarrotado, colado na ventosa de sua câmera. Filma com um largo sorriso, que contrasta com a súbita careta de Michèle. Ela acaba de notar que um rapaz de vinte anos, entre os adotados, não recitava o que deveria dizer com todo mundo. Esse gigante todo musculoso, em ângulos e quadrados, sou eu. Os cabelos loiros bem curtos, os ombros e os quadris largos demais, globos azuis que metralham e um nariz reto no meio de uma cara de matador. Quanto a você, sou eu versão garota, e eu sou você versão garoto, somos duas estruturas sólidas, com a diferença de que, ao contrário de mim, você está encantada por estar ali, com os outros adotados. À exceção de alguns, todos cantam:

– Daqui em diante só temos uma única pátria: a África do Sul. Seus problemas são os nossos. Seu futuro é o nosso futuro. Queremos participar do seu combate contra o vento da mudança que começou a soprar, e lutar para fazer triunfar nossos ideais.

Isso se chama juramento de fidelidade e é de arrancar lágrimas. Eu não o pronuncio. Não devo ter aprendido bem a lição. Por esse motivo, a câmera de Lothar se afasta de mim, por esse motivo, desapareço dessa televisão onde só permanecem os adotados que juram amor e fidelidade.

Eis Michèle novamente, mas não está mais na televisão. Na cozinha, apoia-se na pia para não perder o equilíbrio. Envelheceu eu diria que três anos em poucos segundos. Tem poucas rugas, mas cabelos brancos correm sobre a sua cabeça.

O que ela vê chegar à janela é ainda mais assustador. Michèle está horrorizada, apesar do sol que inunda o vale. Um armário vestido com roupas de cidade e em marcha militar avança, sempre com esse quadrado que são seus ombros e esses ângulos no rosto. Mesmo sob essa luz de verão, não tenho nada de atraente. Você me segura pela cintura e um garoto de treze anos trota diante de nós. Magricelo, ele não se parece nem com um armário, nem com um africâner, nem com um ariano, nem com um africariano. Cabelos ao mesmo tempo loiros e castanhos, parece uma minhoca de óculos. Sua crina o obceca. Ele a alisa sem cessar com a palma da mão.

— Quanto tempo vai durar a sua convalescença, irmão? — ele me pergunta com uma voz esganiçada.

Dou a impressão de estar em plena forma. Mas respondo:

— Quinze dias devem ser suficientes.

Você me lança uma olhadela malvada.

— Você acha? E o médico, o que ele pensa?

Com toda probabilidade, o médico do qual você fala recomendava seis semanas, mas eu pareço seguro da minha estimativa. Você continua perplexa e termina por prosseguir, baixo o suficiente para que a minhoca não escute:

— Tudo isso para partir mais cedo para a Alemanha... Realmente, Wolf, o momento foi mal escolhido.

Culpado, observo a minhoca, que continua a trotar diante de nós. As férias de verão começaram no início do mês, ele se alegra com o meu regresso para a ceia de Natal, um banquete. Wilhelm alisa continuamente o cabelo, tem medo de que o vento o despenteie. Mas não sopra vento algum, ainda que algumas nuvens se formem no céu. Wilhelm lança para o alto um olhar ansioso. O céu escurece e o ameaça, a ele, pessoalmente; ameaça cair sobre sua cabeça.

Diante de sua pia, Michèle continua tremendo. Exceto os seus cachos. Seus cachos, impecáveis, não se movem um milímetro. Ela rói um dedo, as unhas continuam não sendo suficientes, e fecha a janela para não mais me ver, enquanto me aproximo da fazenda na companhia de vocês.

— Você ainda consegue dar as suas chaves de braço, apesar da operação? — me pergunta Wilhelm, inquieto com uma nuvem de chuva prestes a se romper sobre a sua cabeça.

— Claro que sim! No corpo a corpo, vou sempre derrotar meus adversários!

Dois tempos, três movimentos, a minhoca está presa entre meus braços, e seus óculos escorregam até a ponta do seu nariz. Sua pele é tão oleosa que ele desliza entre os meus dedos. Ele dá uma gargalhada:

– Mamãe me besunta o tempo todo de protetor solar.
– Mesmo quando chove – você acrescenta, queixosa.

Wilhelm coloca os óculos no lugar com um riso nervoso, minha força o intimida, ele não se debate. Também tenho medo de mim. Se eu topasse comigo na rua, passaria para a outra calçada.

– Você não parece tão doente assim! – exclama Wilhelm, retorcendo-se. – Parece até que está voltando do exército!

Todo pegajoso de protetor solar, eu o liberto de supetão e esfrego meus antebraços:

– Claro que não! Se a sua mãe não tivesse me mandado para lá por causa da disciplina... Eu fiquei esse tempo todo só pelo dinheiro, porque...

– Você ainda quer pagar por essa viagem para a Alemanha – me interrompe Wilhelm, entristecido.

Desanimado, ele faz um monte de perguntas. Meu outro trabalho depois, com os banqueiros, também era para economizar dinheiro? Por que em vez disso eu não os ajudo na fazenda? Por que prefiro a cidade? Por que a Alemanha e não eles, minha verdadeira família? Você faz que sim diante de cada uma de suas reflexões e recosta na velha prensa. Wilhelm e eu te seguimos e, criminoso, eu me justifico:

– Foi lá que eu nasci... Ainda tenho família.

– E eu? – revolta-se essa minhoca que tenho por irmão. – Não sou sua família?

Ele não vai se deixar convencer, você também não. Você o abraça cuspindo longos suspiros.

– Essa gente nunca respondeu à sua carta – você me recorda. – Essa obstinação... não entendo. E se matar de trabalhar para poder se oferecer essa viagem.

Tomado pela inquietude, Wilhelm pergunta se a minha doença é grave. No entanto, realmente pareço estar em plena forma.

– Nosso irmão só rompeu um nervo – você diz, com ironia.

Você mostra seu diafragma, imagino que meu ferimento seja ali?

– Ele trabalhava demais, não conseguia mais respirar.

Perplexo, Wilhelm pergunta como o Instituto dos Banqueiros da Holanda pôde bloquear minha respiração, se no exército eu era o mais forte. Seus óculos escorregam de novo e ele volta a ajustá-los. Você assume um tom dramático.

– Responsabilidades demais. O banco não lhe convém, mas ele faria qualquer coisa para ampliar seu pecúlio.

Eu me defendo:

– Estou bem melhor desde a operação. Vou descansar por duas semanas na casa de Barbie.

– Por que não na nossa casa, meu irmão? – pergunta Wilhelm. – Ainda há um quarto livre no primeiro andar.

Um relâmpago ilumina o céu, poupando-me de responder. Uma nuvem de chuva se abre sobre nossas cabeças, mais particularmente sobre a de Wilhelm. Michèle abre a janela e começa a berrar:

– Wilhelm! Seu cabelo!

Alarmado, Wilhelm protege o cabelo com as mãos e corre na direção da mãe, ligeiramente de lado, pois seus óculos estão cobertos de vapor e gotas d'água. Mas ele se preocupa mais com o penteado do que com a visão. Você o observa fugir, tristemente, depois, indiferente à chuva, me arrasta até um armazém. Reconheço a silhueta distante de Thando.

●

Thando não cresceu em absoluto, mas seu rosto está muito disforme, o que não o impede de se jogar nos meus braços com um grande sorriso.

– Você! Os banqueiros quiseram te matar! Você devia ter ficado no exército...

Estou emocionado por reencontrá-lo. Não sei se é por causa disso, mas o sol abre um caminho entre as gotas, bem baixo, e um arco-íris surge, e a chuva se retira.

– Vamos dizer oi a Sophie – você diz.

De braços dados, Thando e eu seguimos você, que caminha na nossa frente, mãos nos bolsos e rosto ao sol descoberto. Escondido atrás de um resto de nuvem, ele veste sua cobertura laranja para ir se deitar no mar. As montanhas colocam suas roupas negras. De luto pelo dia, barram o horizonte. Mamãe também devia estar vestida de negro quando lhe disseram que papai tinha morrido. Caído do céu, um céu igual ao que ruboriza acima de nossas cabeças. Seu teto era baixo, hoje sua filha caminha debaixo dele, diante de nós e voltada para o sol poente.

Hesito em falar, engulo várias vezes antes de abrir a boca:

– Parto para Munique dia 8 de janeiro. Vocês vêm, não vêm? Vou cuidar das suas passagens.

Thando estica um ouvido interessado, mas você não se sensibiliza. Onde foi parar a determinação dos seus oito anos, quando escreveu aquela carta de despedida antes de mandar Thando me libertar da garagem? Quando ele nos levou até o porto, onde quase conseguimos embarcar? A pergunta queima os meus lábios, mas não ouso fazê-la.

– Eu tinha prometido, vocês se lembram?

Thando faz que sim com a cabeça, mas você finge que não me ouviu. Em que está pensando? Que os tempos mudaram? Agora somos grandes? Quando somos grandes, não fazemos o que nos dá na telha? Você para diante do cercado das avestruzes para acariciar cabeças que saem dali. Curiosa, uma delas estica o pescoço e se vira na minha direção. Você acha divertido:

– Sophie não parece te reconhecer.

Você lança uma rápida olhada a Thando:

– Que idade ela deve ter hoje?

– Sophie? Em torno de setenta?

Minha respiração está difícil. Insisto.

– Tenho dinheiro bastante para a Alemanha. Nós três. Como havíamos dito.

Pássaros escapam de uma árvore e Sophie, a avestruz, me observa com um ar estupefato, tal como uma velha tia que reencontrasse seu sobrinho-neto após vários anos. Ele mudou, incrível como cresceu, assombroso como sua voz está grossa, um desatino o que ele está dizendo.

– Dessa vez vamos conseguir.

– E Wilhelm? – você diz. – O que você vai fazer com Wilhelm?

Vocês trocam um olhar de compreensão, acerca de alguma coisa da qual eu não estou a par.

– O que tem Wilhelm?

– Não podemos deixá-lo... – você murmura. – Sobretudo neste momento.

Você coça a testa de Sophie. Acho que ela ronrona.

Uma cadeira de rodas, empurrada por Graça, e que contém Jacob, surge de repente de uma aleia.

– Volte para a casa de Noah... – resmunga Jacob com uma voz fraca, o queixo para dentro.

Ele fala no vazio. Seu corpo está ausente. Ou ele está ausente de seu corpo.

– Isso não é gentil! – Graça repreende.

Ela repara em nós de repente e se precipita, se posso dizer assim, em nossa direção, empurrando a cadeira onde Jacob chacoalha feito um saco.

Depois de me abraçar calorosamente (a família está por fim reunida), ela se esquiva à aproximação de Sophie, enquanto lamenta o estado de Jacob, que piorou depois de cada um dos seus ataques. *Seu pobre vovô*, diz ela a cada frase, com tanta compaixão por esse homem que jamais se privou de castigar Thando. A decadência de Jacob não me surpreende. Graça acaricia sua face com um afeto que ele não alcança:

– Seu pobre vovô não tem mais do que três ou quatro palavras na boca... Fica de olhos abertos mesmo à noite. Fora a comida, não encontra mais gosto em nada.

Sophie dá bicadinhas na nuca de Jacob, mas ele continua indiferente. Graça diz que precisa ir, e destrava o freio da cadeira para se afastar.

– Vou fazer um leitão ao leite e um bolo de Natal para hoje à noite... Vou servir do lado de fora, se não chover.

Thando pergunta com inquietude se ela pensou em separar um pedaço do leitão e do bolo para eles. Graça abre os lábios de indignação e Jacob resmunga *Eles vão nos matar a todos*, o que indica que compreende tudo. Talvez se dê conta até mesmo de sua decrepitude. É horrível, é preciso confessar, mas o pior é que não sinto a menor compaixão. Graça e seu doente regressam à fazenda.

●

– Uma carta anônima chegou à direção-geral dos assuntos internos. Secretaria de Classificação. Você estava no hospital, preferi não te dizer nada.

Estranhamente, você acrescenta, essa correspondência era antiga, datada de 1959, mas só foi enviada faz pouco tempo. Sophie te escuta com a mesma atenção de Thando. Ele pisca os olhos intrigados quando você evoca uma convocação, à qual Wilhelm teve que comparecer com Michèle.

– Mamãe ficou doente... Wilhelm teria se escondido no buraco de um rato. Ela quase arrancou os cabelos dele no penteado. Nunca ficava liso o suficiente.

Mas choveu aquele dia. Em menos de três segundos, o cabelo dele começou a formar cachos e, quando chegou diante dos peritos, estava mais frisado do que um carneiro. O que arriscava oferecer problemas na prova do pente.

– Faz um tempo que Jacob não é mais presidente da Secretaria de Classificação... Mas os peritos se mostraram bastante indulgentes. Wilhelm satisfazia à maior parte dos critérios: seus traços são finos, sua pele, clara o suficiente, o africâner é a sua língua materna...

Eu te escuto falar, atordoado, e Thando se cala enquanto te observa com um ar sombrio. Perplexa, Sophie remexe no chão com a ponta do bico.

– Ele come igual à gente, bebe igual à gente... Acrescente isso ao seu meio e ao lugar onde ele mora, isso depunha a seu favor. Mas o teste do pente... O pente ficou preso no seu cabelo. Frisado demais.

Você tira um papel do bolso e o desdobra. Trata-se de um jornal, datado do dia 21 de dezembro de 1966.

Será ele uma pessoa branca?

Essa pergunta está escrita sob a foto de Wilhelm. Surpreso, eu a releio, e Thando me pede para dizer em voz alta o que está escrito. Dá um suspiro de perplexidade quando descobre. Uma cólera surda entra em mim. Você permanece com uma calma espantosa.

– Wilhelm deveria ser reclassificado como *de cor*, mudar de escola, de residência. Papai pediu a revisão dessa decisão. Convocou a imprensa para que isso não demorasse a vida inteira. Poderia levar meses... Mamãe não queria que falássemos a respeito, é claro.

Eu me vejo outra vez fechado no escuro, sem um palito de fósforo para acender o lampião a querosene. Perco a compostura:

– Michèle certamente preferiria trancá-lo na garagem para escondê-lo!

– Ela põe a culpa no papai. Acusa-o de ter... enfim... antepassados não muito claros. Quanto a ele, não compreende nada.

Thando se põe de repente a rir às gargalhadas, e não consegue mais parar. Esfrega as mãos nas pernas, de cima a baixo, de tanta graça que acha daquilo:

– Todo mundo sabe o que se passou entre Noah e a mulher de Jacob no passado!

– O que se passou? – eu lhe pergunto.

Thando acaba por se acalmar, e franze as sobrancelhas para se lembrar de não fazer mais graça.

– Só estou dizendo que... parece que eles não escondiam.

Você lança a ele um olhar sem dizer uma palavra e murmura, a voz abafada:

– Wilhelm se sente tão culpado.

Thando faz um gesto irritado e estala a língua.

– Culpado de não ser um branco? É só dar ele aos zulus e o assunto está encerrado!

Essa ideia agrada a Sophie, que levanta a cabeça para voltar a nos escutar. Você acha graça:

– Entre os zulus? Que piada!

Você conclui que não vai me acompanhar até a Alemanha, já que Wilhelm precisa de você. A própria Sophie me lança um olhar acusatório. Um sentimento de vergonha me invade, e também de rancor. Por que você não me disse nada?

– Não sou feito de açúcar, Barbie, você devia ter me falado.

Nós nos despedimos de Sophie, que observa com uma espécie de melancolia enquanto nos afastamos. Caminhamos um pouco mais, logo chegamos diante de uma casa que reconheço. O velho casebre de Noah está resplandecente, reformado até o portão, que foi pintado e cuja tranca foi trocada. O interior onde você nos recebe não é uma descoberta para mim, nem que essa casa é a sua casa, onde há malas colocadas no meio do salão. As minhas, suponho, para a minha convalescença. Thando se joga no sofá aconchegante que substituiu o sofá desventrado. Eu também. Ele tira uma garrafa de aguardente do bolso e se vangloria de tê-la roubado na destilaria.

– Agora que Jacob está de cadeira de rodas, não recebo mais punição – ele proclama, abrindo sua garrafa com os dentes. – Às vezes ele me trata de *comunista*. Mas os insultos não doem.

– Comunista? – você repete, rindo. – Você é comunista, Thando? Como Bobby Kennedy?

Você rejeita a garrafa que ele te oferece e se senta numa cadeira baixa diante do sofá. Os tacos soltos deram lugar a lajotas brancas de cerâmica, rutilantes.

– O que é isso, afinal, *comunista*? – pergunta Thando.

– É alguém que está trancafiado na Alemanha Oriental – eu digo, reaquecendo a garganta com esse álcool de frutas.

Evoco um muro construído em Berlim para separar a Alemanha em duas. Desde então, elas não se encontram mais. Não têm mais o direito de se misturarem. Muito surpreso, Thando exclama:
– Ah é? Eles também têm apartheid na Alemanha?

●

Leitão ao leite e arroz com passas, Graça, afinal, serve a ceia de Natal dentro de casa: faz calor lá fora, mas uma tempestade arrisca desabar. Sorridente no meio dos seus cabelos brancos e de seus setenta anos, Graça está encantada por nos ver reunidos ao redor de uma mesa tão bonita, e perto do presépio. Personagens diminutos posam num cenário de estábulo diante de um berço vazio. Aguarda-se o nascimento do Cristo para a meia-noite. Jacob, no entanto, está carrancudo. O olho vidrado, ele murmura em sua barba:
– Noah... Volte para a casa de Noah...

Graça não ousa dizer *Isso não é gentil*. Sem deixar de sorrir, ela se retira em silêncio.

Observo o lustre oscilando acima da minha cabeça, enquanto você reza entre Michèle e Wilhelm. Jacob baba e interrompe pontualmente os louvores ao Senhor:
– Eles vão nos matar a todos... Eles vão nos matar a todos... Eles vão nos matar a todos...

Repete sua litania de olho em Wilhelm. Em alguns momentos, fita Michèle com uma expressão contrariada e mexe os lábios para dizer alguma coisa nada simples, mas só o que consegue é pronunciar sílabas desordenadas. Terminada a oração, Michèle lhe sorri com frieza e prende nele um babador vermelho decorado com estrelas brancas. Você limpa o canto dos lábios dele. Uma pequena leve tristeza incomoda Michèle, mas não tenho a impressão de que seja o estado de Jacob.

Lothar está aflito, talvez porque os cabelos de Wilhelm estejam com cheiro de queimado: Michèle teve que fazer uma escova para consertar os estragos da chuva. A chuva é um benefício para os campos, um malefício para os cabelos dele. Todo mundo sabe por que Deus fez a chuva e por que enviou o Messias, mas ninguém compreende por que Ele fabricou os cabelos de Wilhelm. Seus caminhos são impenetráveis, amém e bom apetite.

Guloso, Wilhelm planta o garfo numa fatia de leitão. Michèle e Lothar retiram a pele. Você prepara uma colher de sopa de arroz para Jacob, que saliva.

Há uma pequena televisão entronada sobre o aparador, e ela fala sozinha em seu canto, desolada que ninguém a escuta. Michèle parece triste, tão triste!

– Está tudo bem, minha querida? – preocupa-se Lothar.

Michèle bebe de um gole só uma taça de vinho tinto e diz que sim. Reassegurado, Lothar avança o braço para lhe acariciar a mão:

– E aquele editor?

Michèle fica sombria. Lothar já se arrepende da pergunta, mas é tarde demais, o estrago está feito. Michèle se lamenta internamente: o editor aceitou publicar seu livro sobre educação – quinze anos de escrita –, mas não dá mais sinal de vida. O que ela fez para merecer esse silêncio? Enxuga o canto da boca e observa o relógio.

– Dentro de quatro horas – diz ela, com uma alegria forçada – o Cristo terá nascido.

Lothar e Wilhelm, sentados lado a lado, trocam uma piscadela de olho e se servem de mais um pouco de leitão. Eu estou sentado bem ereto ao seu lado e ajo de modo a não chamar atenção, em particular de Michèle. Felizmente, meu apetite aumentou, eu devoro o jantar, ela não tem mais motivo para ficar espiando meu prato.

– Eles vão nos matar a todos – diz Jacob, espiando Wilhelm.

Lothar lança um olhar ao filho e o que vê lhe inspira um sorriso tão bonito quanto um raio de sol. Não precisa mais de uma câmera para embelezar seu mundo; seus olhos lhe mostram aquilo que ele deseja. Desse ponto de vista, Wilhelm lhe parece tão loiro quanto o Cristo que terá nascido dentro de quatro horas. Então, essa reclassificação... não dá para entender.

– Aparentemente, é um comunista – alerta Jacob.

Michèle e você lhe dão de comer na boca, mas a metade fica pendurada ali e termina sobre o guardanapo de Natal. Um quarto sobre o chão.

– Volte para a casa de Noah – profere Jacob, parecendo se dirigir a Michèle.

Os lábios de Michèle se torcem, parece que ela está se impedindo de chorar. Dá para notar que está tentada a roer as unhas. Mas se contém. Jacob dá uma gargalhada de ogro que faz chover cusparadas sobre ela. Michèle se enxuga calmamente, depois pergunta ao marido:

– Teve notícias do Distrito Seis?
– Eles vão nos matar a todos – diz Jacob.
– As demolições não devem mais tardar – continua Lothar.
– Aparentemente – diz Jacob – é um comunista.

Michèle remexe num cachinho antes de colocá-lo de volta no lugar.

– Volte para a casa de Noah! – exclama para ela Jacob, tentando desenvolver a ideia, mas seu cérebro se recusa a funcionar.

– Também haverá possibilidades em Claremont – prossegue Lothar, enxugando o molho do seu prato com pão. – E em Wynberg.

Enquanto Jacob abre a boca e Michèle coloca ali um pedaço de pão, Lothar evoca um belo grupo de imóveis que encontrou perto do porto. Dois andares cheios de indianos, de saltimbancos e de traficantes de álcool, drogas e curry. Depois das expulsões, ele vai instalar ali novos escritórios para a companhia.

Você sacode a cabeça, alguma coisa te revolta nessas palavras, mas prefere não dizer nada. Michèle coloca os talheres no prato vazio e, depois de chamar Graça para tirar a mesa, recomenda a Lothar que desinfete seu imóvel antes de instalar ali seus escritórios. Porque a peste grassou no Distrito Seis.

– A peste? – repete Lothar. – Isso tem mais de sessenta anos!
– Aparentemente... – tenta Jacob.

Ele se esquece de acrescentar que é um comunista. Michèle interroga o relógio, para não perder o nascimento de Cristo, e Lothar explica que a peste não foi por causa dos imigrantes de cor, mas dos negros africanos.

– Eles foram deslocados para Lang – explica.

Uma corrente elétrica corre pela minha coluna vertebral, depois, um cheiro de canela e açúcar vem me fazer cócegas nas narinas. O bolo de Graça é entronizado no meio da mesa. Ela o corta em fatias iguais, que coloca em nossos pratos. Lothar esfrega as mãos sem se dar conta de que Michèle o observa com um ar desconfiado. Inocente, ele troca sorrisos afetuosos com toda a família, exceto Jacob. É fácil para mim ler os pensamentos de Michèle: eu nunca deveria ter me casado com ele... Que erro monumental. E seu pai que, logo depois do nascimento de Wilhelm, de repente encontrou recursos para reformar a velha casinha de Noah... e expulsá-los para lá?

Lágrimas se retêm atrás das suas pálpebras.

Graças a Deus, Jacob teve seu primeiro ataque e eles puderam... eles tiveram que... voltar à fazenda para cuidar dele. Mas a suspeita em torno de Wilhelm agora pesa sobre a família. Seu editor não lhe dá mais notícias, o pastor não lhe dá mais bom dia; todo mundo a evita. É por pouco que ainda a deixam dar aulas. No entanto, ela decidiu não colocar Wilhelm na escola a partir do reinício das aulas, em janeiro.

Michèle ajusta os cachos do cabelo e limpa o queixo do pai, onde se colam cristais de açúcar.

– Volte para a casa de Noah! – ele cospe.

Ela enfia uma colherada de bolo na sua goela para fazer com que se cale. Ele é tão injusto. Por que lhe pede isso? Seu cérebro terá virado mingau a esse ponto? O que resta do homem que ele foi? A boca cheia de açúcar e de especiarias, o homem que ele foi se cala e se vira para a televisão ligada.

– Aparentemente, é...

... um comunista.

– Eles vão nos matar a todos!

Lothar tirar um frasco de pílulas do bolso e pega seu remédio para o coração. Cansada, Michèle anuncia:

– Vou pegar o menino Jesus para colocá-lo no presépio.

– Já? – surpreende-se Lothar, consultando o relógio. – Ele ainda não nasceu!

– Verwoerd está na televisão! – exclama Wilhelm.

Por fim, a televisão se vê escutada. Tem a alegria de nos falar de um cavalheiro importante, o qual ela nos lembra que é preciso não esquecer, pois foi assassinado, e era importante. A fim de que não o esqueçamos, seu sangue é conservado sobre a poltrona onde a morte o encontrou. Já faz seis meses. Deus, cujo filho está prestes a nascer, não quis isso. Aliás, o selvagem que matou Hendrik Verwoerd não descende de Adão. Agradecimentos mais uma vez aos Estados Unidos, à França, à Inglaterra... por suas condolências. Feliz Natal a todas e a todos.

●

Aqui estou eu no volante de um carro, uma BMW vermelho-grená, assento de couro. Sentada sobre o banco do passageiro, você está aterrorizada. Tem essa mesma expressão, sabe, de quando deixamos a fazenda para ir à Alemanha. Então, é isso. Demos o grande salto. Thando não está aqui e eu tenho o ar culpado.

O retrovisor enquadra um vulto cheio de ressentimento, o de Wilhelm. Sentado no banco de trás, ele está amarrado como uma minhoca imensa.

– Foi no exército que você aprendeu isso? – ele me culpa.

Eu reconheço essa estrada escarpada, essas árvores que cresceram, essas paisagens suntuosas que se surpreendem com meu carro vermelho. Wilhelm não tem a menor ideia do nosso destino. Fora a Cidade do Cabo, ele não imagina onde poderíamos ir.

Atravancado por suas cordas, ele tentar se aproximar da janela com pequenos saltos. Às vezes para, estuda a estrada pedregosa que sobe, que sobe, batida pelos ventos. São gélidos.

– Agora – você sussurra – é certo: a polícia está nos nossos calcanhares.

Sua voz é opaca, um frisson me corre pela espinha.

– Seria preciso que eles nos encontrassem primeiro – eu pronuncio, sem muita segurança.

Chegamos a um platô de terra molhada, tão mole que o carro atola. Um sorriso malvado se desenha no rosto de Wilhelm: Deus enlameou as suas rodas para te punir. Deus está contra você. Deus vai te punir: daqui a pouco as sirenes da polícia, espera meu irmão caçula. O desgraçado é bem filho de Michèle, não há dúvida.

Eu paro, desligo o carro e me precipito lá para fora, a fim de me abaixar sobre uma primeira roda e cavar ao redor dela. Não há tempo a perder, diríamos. Apesar dos meus reiterados pedidos, você não vem me ajudar. Está me fazendo pagar pelas cordas de Wilhelm? Você não é cúmplice, já que está aqui? Em todo caso, deixa eu me virar sozinho. É verdade, dentro do carro é mais confortável do que o chão onde estou agachado.

– Me solte... – Wilhelm sussurra para você, acreditando que eu não posso ouvir.

– É melhor conversar com Wolf primeiro...

– Ele enlouqueceu?

– Foi a Alemanha que fez isso com ele. Acredita que somos "pessoas deslocadas".

– Igual aos negros e aos... hm... mestiços?

– Exatamente, Wilhelm. Seu irmão mais velho quer colocar o mundo inteiro no seu *verdadeiro* lugar.

– Com os zulus? – pergunta Wilhelm. Por que ele quer me levar para o meio dos zulus? Meu lugar não é com os zulus!

Abatido, Wilhelm tomba para trás. As lágrimas que lhe brotam nos olhos te comovem. Tentando conter sua emoção, você lhe fala com suavidade, em voz baixa.

– Ele adiou a viagem a Munique por você... Os zulus, isso é ideia de Thando.

– Aquele comunista! – exclama Wilhelm, franzindo o nariz para colocar no lugar seus óculos todos embaçados. – Eu disse a ele, a Wolf, que não queria! Então ele me sequestra! E você permite?

Assustado por uma cabeça que surge de repente na janela, a minha, Wilhelm me olha como se eu fosse um diabo de mola saído de uma caixa.

– Por causa de Jung! – diz o diabo, que balança na ponta da mola.

Wilhelm se sobressalta, e você não sabe se deve rir ou chorar. Eu apoio os cotovelos na borda da janela.

– Wilhelm... Você compreendeu, não é? O que aconteceu na comissão?

Wilhelm vira a cabeça para o outro lado a fim de se esquivar à pergunta. Eu prossigo, mesmo assim:

– O sonho vai te dizer quem você realmente é. É importante sabermos quem somos.

Convencido de que não tem nada a responder, ele me olha de cima a baixo.

A roda por fim liberada, retomo o volante, as mãos pretas de terra.

– Eu devia ter previsto – resmungo. – Atolamos exatamente no mesmo lugar, eu e Anna.

O carro trepida por um caminho estreito coberto de cascalho. Sacolejando, você se vira para Wilhelm, que também chacoalha, e sorri para lhe prometer que as coisas vão se arranjar. Ele não acredita, visivelmente, mas se arrisca a me perguntar se pelo menos estaremos de volta antes do início das aulas.

– Claro que sim – digo, mentindo descaradamente. – Mas você tem certeza de que sua mãe te matriculou? Ela não queria que te vissem na escola, eu acho... Talvez tenha planejado te trancar na garagem, não?

Wilhelm fica púrpura, está indignado. Mamãe jamais faria uma coisa dessas! Ela bem sabe que se trata de um...

– ... erro lamentável...

... que papai vai consertar.

Babuínos aparecem numa curva com seus filhotes, bastante surpresos com a minha BMW vermelha. Normalmente são pessoas a pé, ou jipes cáqui. Mais longe, zebras matam a sede numa fonte d'água. Não prestam nenhuma atenção em nós. Você se maravilha com o traje preto e branco das zebras para alegrar Wilhelm. E ele irrompe em lágrimas.

– Por que vocês estão fazendo isso comigo? – ele berra, entre dois soluços.

Culpado, não consigo mais engolir. Wilhelm está encharcado de lágrimas que me perfuram. Ao cabo de um momento, paro de novo, dessa vez para soltá-lo, depois de fazer com que me prometa que não vai fugir:

– Aonde você espera que eu vá? – diz ele, resignado.

– Quando eu tinha a sua idade... pensei que podia ir até a Alemanha a pé. Tudo é possível, como vê.

– Sim, mas você é maluco.

Damos novamente a partida, uma poeira laranja se eleva do solo. Trazida pelo vento, ela nos segue. Você se vira para Wilhelm.

– Espero que nos perdoe, Wilhelm. Também é difícil para nós, sabe?

– O curador não vai te fazer mal algum – eu prometo a ele, sorrindo-lhe pelo retrovisor. – É a mesma coisa que um psiquiatra.

Wilhelm não parece seguro quanto a isso, chora baixinho, funga sem parar.

– Então... mesmo solto... sou prisioneiro?

Digo a ele que isso acontece. Às vezes, elos invisíveis nos prendem. São piores do que cordas, porque não os vemos. Acreditamos ser livres, mas estamos na prisão.

Uma chuva fina goteja de repente no capô. O céu escurece. Wilhelm alisa seus cabelos com a palma da mão.

●

Anna trocou o chapéu e a blusa por um avental de pérolas e uma saia de pele. Ela nos recebe nos braços de um velho de mais ou menos 117 anos. Ele não aparenta. Reconheço Mongezi, o colega de Gustav Jung. Através de uma estranha magia ele enfeitiçou Anna, a menos que a tenha drogado: tornou-se seu marido. Ela não é a sua primeira esposa, está bem longe de ser a única. Mas é a chefe. Vendo o capô do meu carro fumegar, ela ordena a dois homens fortes que o empurrem para junto de uma outra carcaça de veículo. O jipe de Anna está encostado num arbusto, onde serve de casa a um casal de cabras.

Mongezi pega Wilhelm gentilmente pelo ombro e o acompanha, falando com ele numa língua desconhecida. Uma expressão desconfiada no rosto, ainda mais porque a noite cai depressa, Wilhelm ajeita constantemente os óculos e lança de quando em quando uma olhada para trás, a fim de verificar que estamos ali, às suas costas, com Anna. Anna sacode a cabeça, aprovando todas as minhas palavras. Não está, contudo, a par do infortúnio de Wilhelm:

– Os jornais não chegam até aqui. Quem denunciou seu irmão à Secretaria de Classificação?

Nenhuma ideia, você responde, antes de explicar que Lothar apelou da decisão de reclassificar Wilhelm como pessoa de cor. Você não se sente muito à vontade e observa com o canto do olho nosso irmão caçula, que avança a contragosto. Anna para, de repente:

– Vocês finalmente encontraram sua família alemã? – ela pergunta.

– Nenhuma notícia...

Meu rosto assume um ar sombrio. Mas eu lhe anuncio minha partida próxima a Munique.

Paramos diante da cabana que Anna nos destina, enquanto Wilhelm e Mongezi seguem para o quarto dos sonhos. Da outra vez, eu tinha reencontrado ali a memória. Wilhelm se vira, inquieto ao se ver abandonado. Você faz a ele um sinalzinho de encorajamento, depois entramos em nosso abrigo. Muito simples, ele está mobiliado com duas esteiras, um tapete trançado e dois banquinhos.

– Descansem! – recomenda-nos Anna.

Os dois fortões de agora há pouco colocam ali as nossas malas. É estranho, há muitas. Anna se vai com eles, fazendo estalar as pérolas de seu avental. Estendemo-nos sobre nossas camas, face a face, joelhos dobrados. Nada mais existe no mundo além de nós dois, nossa respiração confundida e as estrelas que nos espiam através de uma abertura na parede. Um longo momento se passa assim, com a partilha do prazer de estarmos juntos, e também com uma inquietude, por Wilhelm. Não falamos sobre isso. O que ele teria a dizer a respeito? Você também deixa isso para os sortilégios de Mongezi.

Virando-se de costas, você respira fundo antes de murmurar:

– Quando você estava no exército...

Faz uma pausa, hesita antes de continuar, arruma finalmente coragem.

– ... e eu estudava em Stellenbosch...

Para de novo, pensativa. Eu continuo por você:

– Enologia e francês... Uma desculpa para não se casar. Eu me lembro muito bem.

Você coloca a mão atrás da nuca. Um sorriso vem passear sobre o seu rosto.

– Papai e mamãe fazem o que podem, sabe... e acreditam no que fazem. Mas realmente, os rapazes que me propuseram.

– E Kobus? Ele também não? Ainda não?

Você sacode a cabeça. Nenhuma vontade de se casar, sobretudo com ele! Você se aproxima do seu irmão, o único macho que tolera, além de Lothar... Por um breve instante, divisamos uma estrela que brilha mais do que as outras na abertura.

– Quando você estava no exército... arrasando corações... eu compartilhava meu quarto de pensão com uma amiga... Elsa. Nunca te falei disso, falei?

– Eu me lembraria...

– Ela era estudante de psicologia.

Sua voz fica rouca, você pigarreia para se livrar de um sapo na garganta.

– A dissertação de final de curso dela falava sobre o traumatismo da guerra. Como ela sabia... via... que eu tinha pesadelos com frequência, quis estudar o meu caso. A maior parte do tempo, eu sonhava que estava perdida em lugares tão escuros que mais pareciam florestas. Sentia a presença de pessoas que não queriam o meu bem. Elsa pensava, como você, que eu era uma *pessoa deslocada*... Francamente, isso é de um descaramento e tanto, quando sabemos o que se passa aqui! Além do mais, ela era a favor... quero dizer, das zonas reservadas, tudo isso.

Seus olhos baixam por um segundo, enquanto aguardam a minha reação.

– E você se deixou estudar?

Minha pergunta te faz estremecer. Você olha ao nosso redor com ansiedade. Sente-se nervosa. Fechando os olhos, confessa:

– Era a minha primeira vez.

Grumos se formam em sua voz, sobem aos seus olhos, onde se transformam em lágrimas. E, de repente, você se põe a cobrir a si mesma de reprimendas. Mas, afinal, como você se deprecia! Você é uma nulidade. Tem alguma coisa errada contigo. Deveriam ter te liquidado, porque você não é normal. Alguma coisa está fora de lugar contigo. Você é como uma deficiente. Agitada, remexe as mãos, balança a cabeça para todos os lados, quase como que para sair do seu corpo, liberar-se dele, porque ele te oprime. E me lança olhares irritados.

– Não me diga que você não está chocado!

Você está, visivelmente. Você é detestável, diz, ainda mais detestável por esconder sua doença de todo mundo, e eu não haveria de te detestar? Já que você nos desonra?

– Enfim, Wolf! A sua primeira vez foi com um garoto?

Eu me absorvo no teto, com um sorriso que te perturba.

– Não. Foi com a filha de um militar de patente alta, num dia de festa. Não foi terrível. Quer dizer... Eu não fui muito performático.

Você volta a dobrar as pernas, sua saia desliza até o alto das suas coxas.

– Eu às vezes me pergunto se não gosto de garotas para ser como você.

Sua voz está trêmula, mas você não chora. Impede-se. Seria realmente digno de pena, você supõe. Então, aponta para si mesma com um dedo acusador:

– O que eu fiz... O que sou... é proibido pela lei.

– Sarah também... ela era proibida pela lei. Você a amava, não?

– Sou, em tese, uma ariana, Wolf. Nós, em tese...

Não ouço o que vem em seguida, porque de repente noto, no alto das suas coxas, cicatrizes verticais que se superpõem. Você se vira, vira-se de novo, fica um segundo de costas, vira-se outra vez de lado, rola para a esquerda. E eu sigo essas cicatrizes, que não sei explicar. Não me lembro de você ter se machucado no alto das coxas. Você prossegue:

– O que mais me fez mal, com Elsa... Na verdade, ela não me amava. Tinha necessidade de uma cobaia para o seu trabalho. Ela me testou. Para ver como era com uma garota.

Você para e inspira um bom bocado de ar. O ar está faltando. Eu não te ajudo:

– O que são essas cicatrizes nas suas pernas?

Envergonhada, você estica as pernas e puxa a saia para baixo, com todas as forças, para não deixar um milímetro de pele aparecendo. Vi alguma coisa que não deveria ver? De repente, penso em Lothar. E fico horrorizado com o que imagino. Tremendo, eu te pergunto:

– Não foi Lothar que te...

Você nega, energicamente. Seu desconforto aumenta. Tudo menos isso. Nem pensar em falar desses ferimentos. Então você volta a Elsa. Será que é porque ela te faz menos mal do que essas mutilações?

– Ela fez a mesma coisa com um indiano. Em Durban. Teve relações com ele para estudá-lo, ver como era com um indiano. Mas quanto a mim, desde Sarah que eu não me apaixonava.

– Eu também não, desde Sarah nunca mais me apaixonei.

– Não acho que isso vá voltar a acontecer comigo algum dia. E você?

Seus olhos então ficam transparentes. Esses cortes, foi você quem fez.

Transtornado pelo que acabo de compreender, porque, você sabe, eu vi, vi realmente, desfaço-me em lágrimas. Você não entende por que começo a chorar.

Porque eu não podia te defender. E também nesse momento é você quem me protege, tomando-me nos braços.

●

A refeição é tão indefinível quanto na primeira vez, mas ainda melhor. Wilhelm bebe muita, muita cerveja, mas depois de comer se recusa a dançar e vai se sentar sozinho numa pedra isolada num terreno plano, onde digere seu álcool e compartilha sua impotência com Deus.

Completamente entregue, você se joga na dança. Eu também. Felizmente, não tenho medo do ridículo, porque é o que sou. Sobretudo diante de Anna, cuja perna ainda se ergue tão alto, e de você, que se vira tão bem. Não conhecia essa sua leveza. Você a explica com os bailes de primavera, aos quais Elsa te levou algumas vezes, na época em que te usava como cobaia.

Esgotados e suados, fazemos uma breve pausa. Você aproveita para me mostrar passos de Charleston. Eles também você aprendeu no tempo de Elsa. Ela teve muitas experiências, até nos clubes de jazz do Distrito Seis. Tinha suas entradas ali, e seus amantes. Quanto aos amantes, você só ficou sabendo mais tarde. Depois do jazz, vocês voltavam para a pensão de Stellenbosch e passavam o resto da noite escutando música em meio a afetuosos abraços.

Perto do meio da noite, Mongezi para as danças e se põe a contemplar o céu, onde um sinal misterioso se revelou. Então ele se reúne a Anna, bêbada de dança, álcool e alegria. Ele lhe sopra algumas palavras ao ouvido e depois, juntos, vão apanhar Wilhelm, arrancando-o de sua pedra, cada um por um braço. Wilhelm mal tem tempo de ajustar seus óculos. Ele esperava que o esquecessem, e que seus pais, ou a polícia, viessem libertá-lo. Suas orações não foram atendidas. Abatido, ele se deixa arrastar sem resistência até a cabana dos sonhos.

Deus o está punindo.

Ansioso, ele se deixa deitar numa esteira e examina com angústia a cabaça cheia de poção mágica que avança rumo aos seus lábios. *Okoma!* Quer dizer sede. Você deve ter compreendido. Não ousando recusar a bebida, Wilhelm a acolhe com apreensão. Que desliza sobre sua língua, depois para dentro de sua garganta, depois o sufoca antes de descer para sua barriga. Indiferente à tosse de Wilhelm, que luta para recuperar o fôlego, Mongezi pronuncia uma encantação para ajudar nosso irmãozinho a afundar no sono. Um sono que não é um sono de verdade, mas, antes, uma viagem por memórias ocultas, as suas, as das pessoas mais próximas, quem sabe mesmo distantes.

Wilhelm continua sem dormir, estuda o teto com uma expressão de pânico. Ainda não dorme, em absoluto. Recebe, contudo, o dom da visão.

Wilhelm se põe a sonhar.

Um jovem recuado atrás de carroças agrupadas em círculo se esquiva de lanças. *A sentinela do carro de boi*, pronuncia Wilhelm em seu estado semiadormecido, desconcertado por reconhecer a grande batalha do rio ensanguentado. Com frequência falava-se disso na escola... Mas aqui é em tecnicolor: bôeres com roupas de época lutam contra zulus, e esse jovem heroico evita as flechas.

Sua baixa estatura e suas sobrancelhas grossas fariam pensar em Lothar, e Wilhelm ficaria feliz em descobrir um antepassado tão corajoso. Mas ele é muito bronzeado. E, ainda que seus lábios sejam bastante finos, o nariz é achatado na ponta. E seus cabelos... Ele com certeza fracassaria no teste do pente.

Wilhelm levanta voo, agora é um pássaro. Plana sobre os vales, as montanhas, os anos. Então, aterrissa no pátio da fazenda, onde reconhece Jacob. Nesse tempo, Jacob não usa óculos, seu cabelo é preto e a sua idade está em torno dos 30, 35 anos. De macacão, ele masca tabaco numa varanda familiar, onde está sentado diante de um homem de chapéu. Entre os dois, uma mesa, um jogo de cartas, dois copos e uma garrafa.

Essa varanda... não seria a fachada de sua primeira casa? Aquela onde morou entre seu nascimento e o ataque de Jacob? Vovô tinha se endividado para reformá-la, para que eles pudessem ter seu próprio lar... Será esse sujeito de chapéu o antigo proprietário? Como é possível que Jacob e essa pessoa de cor joguem cartas e compartilhem tabaco? Sobretudo porque, se for mesmo o proprietário, Jacob o expropriou, não? O que dizem os sonhos...

Wilhelm se vai outra vez, e em sete segundos atravessa dois ou três anos. Jacob está muito emocionado ao ver o ventre arredondado de Maria. Pede a ela que não se esgote tirando o mato da horta. Maria tem exatamente o mesmo rosto daquela velha foto de casamento... e além disso, naquele ventre... *Mamãe*, murmura Wilhelm, é mamãe que está ali dentro e que ainda não está madura. À expressão de felicidade de Jacob se soma outra, de dúvida. Jacob duvida de alguma coisa. Interroga Maria com o olhar e ela lhe acaricia a face: *é claro que é seu. Eu escolhi você, não Paul. Casei-me com você, não com Paul!*

Aliviado, Jacob acredita na esposa, que acredita em si mesma, ela também. Exceto que às vezes nos enganamos mesmo quando acreditamos em nós mesmos. Os esposos se contemplam amorosamente e cuidam juntos dos jovens legumes da horta. Logo uma mocinha bem jovem e tímida se junta a eles. Parece-se com Thando, aquele comunista. Será Graça? Em todo caso, ela parece acreditar que Maria não deveria acreditar naquilo em que acredita, e que Jacob se engana, ou que é enganado, ou alguma coisa dessa ordem.

Jacob vai embora. A partir desse momento, Maria vira a cabeça e cruza com o sorriso distante do homem de chapéu, os ombros apoiados na varanda do terreno vizinho... Suas trocas de sorrisos são bastante surpreendentes, sobretudo porque, às suas costas, sua esposa balouça para cá e para lá numa cadeira de balanço. Embala um bebê que dorme junto ao seu seio, pronunciando afetuosamente seu nome. *Rabia*. Alguma coisa assim. Testemunha desse espetáculo incômodo, Graça vira o rosto. Não ver, nada saber. No entanto, ela sabe. Nos barracos dos negros, sabe-se tudo.

Um segundo mais distante (que deve valer alguns dias, penso), um flash cega Wilhelm: no jardim do cavalheiro de chapéu, alguém acaba de tirar sua foto. É a imagem que você encontrou debaixo do velho sofá, logo antes do nascimento de Wilhelm. Jacob a tinha visto cair do seu bolso, no quarto de Michèle. Ele a havia apanhado, virado-a sete vezes, lido, relido nove vezes: *Paul N. 1913*. Suas dúvidas, adormecidas fazia quarenta anos, tinham se reavivado em três segundos.

Pesadelo.

Durante todo o tempo que durou seu casamento, Jacob acreditara em Maria.

Durante todo tempo depois da sua morte, ele a cultuara.

Quarenta anos mais tarde, aparece-lhe um neto muito parecido com Paul N. Paul Noah.

Eis Wilhelm encontrando-se a si mesmo.

De repente, ele compreende quem é. Compreende por que Jacob grita constantemente a Michèle *Volte para a casa de Noah!*

Compreende por que o vovô mandou reformar a casa de Noah depois do seu nascimento: para mandá-los embora para lá.

E meu Deus, pensa Wilhelm, seus pais, os dois, não vêm unicamente da Holanda, da Alemanha e da França. Madagascar, a Companhia das Índias Orientais e Moçambique se convidaram para o banquete. Talvez mesmo os khois?

E esse adultério!

Com esse choque, mas não sei se é o choque do adultério ou dos khois, Wilhelm perde altitude, ziguezagueia pelo céu, tal qual um avião antes de se esborrachar na Rússia. A dois dedos de colidir contra uma montanha, ele é levado para outro lugar, sobre uma carta onde se inscreve:

> *Trago à atenção dos senhores que o assim nomeado Wilhelm Adolf Jacob Mahler é produto de uma infração das leis seguintes: Lei sobre a imoralidade de 1959, Lei de supressão do comunismo de 1950, Lei sobre a interdição dos casamentos mistos de 1º de julho de 1949, Lei de classificação da população de 22 de junho de 1950 (reforçada em 1957), Lei de moradias separadas de 27 de abril de 1950, Lei sobre a representação distinta dos...*

Wilhelm acorda, furioso por não ter podido ler a continuação da carta. Tomado de febre, ele se debate contra a Companhia das Índias Orientais, o adultério, a mentira e Moçambique.

Está furioso. Mas eu sei o que vem em seguida, quando a mão de um velho desenha as palavras dessa carta. Numa cadeira de rodas, Jacob já teve talvez o seu segundo ataque.

Ainda está consciente o bastante para se vingar de Paul, denunciando seu neto. Mas como já não tem pernas para enviar a carta, manda chamar Thando. Entrega-lhe o envelope, orientando-o a despachá-lo. Analfabeto, Thando não tem como ler que ela está endereçada à

Secretaria de Classificação. Também é distraído. Então, felizmente se esquece dessa carta, porque no dia seguinte Jacob é vítima de seu último ataque.

Deus o puniu, e aí está, cada um tem sua vez.

Anos mais tarde, pelo menos sete, Graça topa por acaso com essa correspondência no fundo de uma gaveta. Interrogado, Thando se lembra da missão que nunca realizou. Graça passa nele um de seus sabões... Será que ele não tem senso do dever? Um pouco de compaixão pelo pobre vovô?

Thando reconhece suas falhas, mas, num tom enciumado, censura a mãe pelo afeto que ela demonstra por esse vovô que o castigou para valer! É verdade, admite Graça. Mas Jacob sofreu tanto! Tudo isso lhe custou expropriar Paul Noah, que era seu amigo. Para se punir por tê-lo feito, e para jamais esquecer o adultério de Maria, ele jurou a si mesmo que ia observar aquela casinha se transformando em ruínas. Ou vender... muito, muito, muito caro. O preço do seu sofrimento. Pobre vovô... Até o nascimento de Wilhelm, ele acreditava... Então, um pouco de compaixão!

Jacob deve ser perdoado, amém.

Graça se encarrega, então, pessoalmente, de postar a carta do pobre vovô. Alguns dias depois, o destino de Wilhelm está selado, apesar de uma escova demorada e competente.

●

Nos degraus de entrada da fazenda, ao lado de Michèle e da cadeira de rodas de Jacob, Lothar fica ofuscado pelos flashes. São jornalistas e curiosos, em grande número, aos quais ele lê uma declaração: após oito meses e dezessete dias de procedimento, os juízes se uniram à sua causa. A lei sobre a população será em breve modificada. Daqui em diante, de acordo com o interesse da população africâner, toda pessoa nascida de duas pessoas classificadas como brancas não poderá mais ser desclassificada. Para crescer, o povo africâner deve suavizar suas regras! Pessoas um pouco mestiças, somente nas bordas, ainda valem mais do que pessoas negras até a medula. Sem falar nos indianos.

Assim, a unidade das famílias e da nação está preservada.

– Eles vão nos matar a todos – resmunga Jacob em sua cadeira de rodas.

De pé à direita do marido, Michèle segura com firmeza o pegador dessa cadeira. Ela sorri, mas também poderia estar fazendo uma careta.

Um jornalista lhe estende um microfone e pergunta se, depois da sua fuga, Wilhelm foi reencontrado.

– Não se trata de uma fuga – proclama Michèle – mas de um rapto. Oito meses e dezessete dias de inquérito foram necessários, mas acabamos por encontrar sua pista.

Ela sufoca um sussurro:

– A polícia está a caminho.

Duas gordas lágrimas rolam sobre sua face. Ela hesita antes de enxugá-las, pois o choro de uma mulher desrespeitada é sempre muito comovente. Vibrante, ela diz que é uma traição, uma traição das duas crianças alemãs que lhe haviam apresentado como arianas. De acordo com as provas, não é nada disso. Sobretudo a menina, que... Michèle se censura, de repente: a doença que você tem poderia se voltar contra ela. Não é o momento, realmente, não é o momento. Em poucas palavras, essas crianças compr... adotadas, sobre as quais fora enganada, levaram o seu filho para entregá-lo aos zulus.

Mas ela está disposta a perdoar. É mãe, não é? E é uma boa cristã. Um murmúrio de admiração se eleva da multidão de jornalistas e curiosos. Michèle é uma santa. Que seu nome seja santificado.

Ouço sirenes de polícia no momento em que, numa cabana, uma mulher estende um espelho para Wilhelm. Visivelmente, ele sai de uma sessão de penteado. A julgar por todos os cabides plantados nas paredes, Wilhelm vive aqui já faz bastante tempo. Eu diria oito meses e dezessete dias: um ano escolar pelo ralo abaixo. Outras roupas estão dobradas nas duas malas que aguardam ser fechadas. Os traços relaxados e a pele farta de sol, Wilhelm parece contente com seu reflexo no espelho. Satisfeito, ele enrola as compridas tranças que formam uma auréola em torno do seu rosto, e que chegam até a altura dos rins.

De fato, sim, isso lhe agrada muito, mesmo que ele pareça uma garota, ainda por cima uma garota de cor.

Você e eu sorrimos também, feito bobos, sobre dois banquinhos colocados perto da entrada. Uma barba cresce debaixo do meu queixo, e pelos sufocam as suas axilas. Note bem, esses pelos são ruivos, idênticos aos do rei Davi. Mas tinoni, tinoni, tinoni. Lá vem a polícia e lá vamos nós.

Pergunto-me se tínhamos previsto levar Wilhelm de novo à fazenda.

Pergunto-me se não estávamos, antes, a ponto de partir para a Alemanha...

Como teríamos feito com um garoto de treze anos?

Ele é uma pessoa branca!

Datado de 7 de setembro de 1967, o jornal traz essa resposta debaixo de uma foto de Wilhelm, cujo cabelo Michèle correu para raspar. Ao lado dessa, uma outra imagem mostra dois diabos atrás das grades.

O artigo recorda que os dois alemães adotados pelos Mahler aguardam julgamento por ter raptado um menor.

●

Uma placa de rua anuncia *Hanover Street* sobre um fundo de esmalte azul. Hanover, o mesmo nome da estação de trem de onde partimos.

Um rio de gente escorre por essa rua de Hanover, com carrinhos de frutas, bancas de mercado, crianças jogando bola e lençóis estendidos entre os imóveis. Brancos, rosas e azuis, eles mais parecem borboletas, e voam até as janelas. Luzes cansadas de néon piscam na fachada das lojas.

Hanover Street, repete um novo painel.

Mas isso não se parece com a Alemanha.

Tenho a mesma idade que antes, mas os cabelos cortados e o bigode curto. Não tenho mais barba. Ando pela rua ao seu lado.

– Essa cantora – você diz – é como um trovão!

Seus cabelos cresceram. Não vejo suas axilas, então não sei o que você fez com aqueles tufos de pelo. À sua esquerda, Kobus, que cresceu bastante desde a última vez. Os cabelos dele continuam reluzentes, seus ossos, cortantes, e seus olhos, flamejantes. Seus dedos e os dele estão entrelaçados. Um anel de ouro brilha nos anulares. Thando também está ali, caminha diante de nós assobiando.

– Eu a vi uma vez – ele diz. – É verdade, ela não canta nada mal para uma branca.

Um anel também cintila em seu dedo, mas de prata. Ele o esfrega constantemente com o polegar, aparentando estar surpreso por carregá-lo.

Não há outras mulheres além de você no meu braço.

Thando para diante de um painel que anuncia uma bebida preta, *Coca-Cola*. Cumprimenta um conhecido, nos apresenta:

– Eles pegaram três meses de cadeia! – ele exclama, cheio de orgulho.

O outro nos olha, pouco impressionado, mas um pouco surpreso.

– Três meses! Eles?

– Foi por ter levado o irmão num passeio... – responde Thando. – Partiram na véspera de Natal.

Saímos da prisão...

Kobus enrubesce até a medula dos ossos. Ele não sente orgulho, você também não. Chega de zulus, nunca mais. Chega de Elsa também. O casamento, sim. Mas é difícil para você ir contra si mesma: esquiva-se dos beijos de Kobus, que, por sua vez, sofre por não ser amado. Ele te queria... e conseguiu. E vai te ter. Kobus se parece com você, apega-se às pessoas que não o amam. E espera que isso mude algum dia, por mágica. No fundo, vocês até se saíram bem. Eu me pergunto qual o estado das suas coxas. Será que você ainda se mutila?

Thando dá algumas notas ao homem em troca de um saco cheio de ervas. Cheira-o, murmurando de prazer. Vamos embora – Thando na frente, vocês no meio, eu fechando o grupo. Kobus te acaricia no alto da cabeça. Parece até que está lavando a sua cabeça. Você se contém. Thando levanta o nariz na direção do céu.

– Eu não acredito em Deus. Mas mamãe rezou por vocês todos os dias. Por todos os prisioneiros do país. Ela reza por todo mundo... Isso me irrita.

Ele se vira para mim, com ar de deboche:

– E agora que você torrou seu dinheiro, como vai nos levar para a Alemanha?

Você faz uma careta de raiva e, com uma voz furiosa, lhe responde antes de mim:

– Não se preocupe com ele, já voltou a trabalhar no banco.

Eu balbucio qualquer coisa, gaguejo, não estou muito confiante.

– Vou refazer minhas economias, vou sim... Vocês me deixaram, vai custar menos.

Visivelmente, nenhum de vocês se arrepende de ter escolhido o casamento em vez da viagem à Alemanha. Quanto a mim, não renuncio ao nosso sonho de infância.

– De acordo com os meus cálculos, eu poderia embarcar no fim do ano.

Você se detém para fechar as fivelas das suas sandálias, e me denuncia:

– Sim... Se o seu nervo renal não ceder antes!

Bum. Desse jeito.

Crianças sentadas nas escadas contemplam as luzes dos navios que se acendem na baía. As ondas são altas. O mar não está bom para banho hoje, mas para a pesca, sim. Kobus me examina, perplexo:

– Não entendo como você conseguiu que te contratassem de novo no banco. Eles estão a par de que você é... um ex-presidiário?

– Não tinham ninguém mais à mão. Meu patrão foi embora se formar na Holanda... Na pátria-mãe.

Você acrescenta:

– Eles não tinham ninguém que trabalhasse como quatro. Mas que só tem um nervo renal.

Homens fumam no exterior de uma loja, debaixo de uma propaganda de cigarros. Não, eles não fumam cigarros, é *dagga*, você nos diz, com um tom de iniciada. Mais uma lembrança de Elsa, imagino. Com ela, você aprendeu, mesmo que não te amasse. Você para ao lado de uma escadaria de pedra para compartilhar algumas tragadas com os fumantes. Atrás de nós, um caminho pavimentado une duas ruas.

– É aqui que acontece – você observa. – Eles não devem tardar.

Jogadores de cartas, apostadores, fumantes e músicos estão ativos nos degraus e no beco.

Kobus vê você se sentar no capô de um Ford enferrujado, mal parado, uma das rodas sobre a calçada. Você soltou a sua mão, ele está perdido. Sente contra sua vontade esses vapores de ervas queimadas. Elas te atordoam. Você acha graça. Em seus punhos, porém, vejo cicatrizes parecidas às das coxas. São menos numerosas, mas mais nítidas. Mais bem desenhadas. Por pouco não desmaio.

Thando assobia para uma vendedora de laranjas diante da sua barraca. Ela morde a isca, então ele a repele, rindo:

– Sinto muito, eu vou me casar.

– Idiota!

– Você não ia querer se meter com Zandile! Ela é parte do congresso pan-africano!

●

Garotos de chapéu e cara suspeita se instalam nos degraus da escada. Têm violões na mão. Um outro, vestido para o carnaval e com rosto pintado, junta-se a eles. Sete degraus, cada um no seu. Os violões tocam para os passantes e para a garotada que se balança em torno dos hidrantes.

Uma garota surge lá do alto e se coloca no meio de todos eles, num ângulo.

– É ela... – você cochicha, colando-se a mim. – A cantora de quem eu falava há pouco.

Seu rosto é luminoso de bondade. O sol cria reflexos dourados em seus cabelos castanhos, bem curtos. Ela tem um belo perfil... parece Heidi.

Começa a cantar.

No mixed dancing,
No mixed dining,
No mixed bands.

Seu coração bate muito depressa contra mim. Posso senti-lo como se ele estivesse no interior das minhas costelas. O meu também se abre. Alguma coisa entra no interior, um calor que me sobe até a face.

How the hell do you run a jazz club in District Six?

Seu corpinho se balança com graça no degrau da escada. Segura de seus gestos, elástica, ela canta com uma força surpreendente para o seu gabarito. Thando estala os dedos no ritmo, todos os olhares a seguem. Seus movimentos lentos, a habilidade de seus músicos, tudo nos encanta. Prendo a respiração, impossível tirar os olhos daquela carinha radiante, daquela voz rouca, que me inflama.

Que te eletriza.

Nós dois reencontramos a emoção de nos apaixonarmos.

We won't move from District Six.

– É isso mesmo, Frances! Ah, não! Não vamos embora!

Frances...

Eu me viro para a pessoa que acaba de desvelar seu nome. Cabelos platinados emolduram seu rosto escuro, suas pálpebras estão excessivamente maquiadas, suas calças apertadas deixam ver um volume. Kobus me dá um tapinha apontando para ela:

– O que é isso...?

– Não sei – respondo a Kobus.

Kobus fita essa pessoa com um ar perplexo, e não é para chateá-la. Suando, seu esposo levanta de repente a cabeça para escapar de um cheiro de esgoto. Outros fedores saem das janelas. Ele estuda os arredores, inquieto, observa mais demoradamente velhas senhoras sentadas no meio da rua, em cadeiras de palha. Seus maridos fumam cachimbo nos degraus das portas.

Os passantes vão, cabeça baixa ou nas nuvens, chapéu na mão. Uma dança começa na escada de sete degraus, em torno de Frances. Thando se mete ali. O olhar de Frances para sobre mim. Eu continuo a me apaixonar, volta-me um sabor de biscoito de abóbora. O gosto de Sarah. Você também, não?

– Abdul! – exclama a pessoa de cabelos loiros platinados.

É a voz de um homem que quer ser mulher.

– Seu pai sabe que você está aqui, Abdul?

Abdul agita maracas atrás de Frances. O rosto pintado de preto e branco, ele usa uma fantasia de carnaval, vermelha com cetim azul, e uma gravata-borboleta amarela. Ele dá uma gargalhada:

– Será que você consegue guardar um segredo, Kewpie?

Kewpie exclama, para ninguém em particular:

– O pai dele é um homem muito rigoroso.

Há murmúrios divertidos. Com uma gargalhada, Frances se junta a eles. Uma covinha se escava na sua face, e eu sinto vontade de beijá-la na boca. Você suspira, acho que de cansaço, porque Kobus te puxa para ele. Ele sopra na sua orelha:

– Kewpie? É um nome de verdade?

– Ela se chama Eugène Fritz – você lhe sussurra, irritada.

– Como você sabe disso?

Kobus se sente desconfortável por te ver tão confortável nesse ambiente esquisito.

Uma voz se eleva do público:

– Abdul não tira mais sua fantasia desde que ganhou o primeiro prêmio do carnaval!

– Passei por Asperling Street agora há pouco – diz Abdul, sacudindo suas maracas. – Papai estava comendo sua fatia de torta no terraço antes de ir à mesquita. Não chegou nem a me reconhecer.

– Você vai me ver no Ambassadeur hoje à noite? – exclama Kewpie.

– É claro que não! Você não faz o meu tipo!

Risos. Encontro outra vez os olhos de Frances. Alguma coisa de quente se aconchega em mim. É uma febre sem dor.

Thando dança, sorrindo. É para os bancos públicos, lá embaixo, que ele sorri. Seu avô nasceu ali. E depois, num domingo, a peste o ceifou.

Estou perdido, perdido, perdido, perdido de amor.

Frances me levaria a uma mercearia, encheria um saco de amendoins, me diria *São os melhores da cidade*, e eu a pediria em casamento. Ela diria...

– ... pretendo continuar livre. Meus movimentos, minhas saídas, minha conduta... Se você se dispõe a me tratar como uma igual, então sim, quero me casar com você.

Então um avião voaria sobre o mar. Estaríamos ali dentro e, através de uma janelinha, admiraríamos as montanhas. Elas fariam pensar nos cartões-postais da sra. Pfefferli. As nuvens seriam brancas, feito creme, dariam vontade de provar. A cabine brilharia sob um raio de sol. Duas linhas verdes estariam pintadas perto das janelas. O avião se chamaria Luxair, Boeing 707.

Seria no meio do ano.

– Papai? É Rosie. Você não para de mexer os olhos... É porque quer acordar, não é? Dizem que vemos nossa vida inteira antes de morrer. Mas você vai voltar, hein? Porque está me ouvindo, não está? Papai... você viu essa pessoa que atirou, não? Me desculpe, não consigo mais pronunciar seu nome. É como se ela não fizesse mais parte da nossa família. Como se de repente fosse estrangeira. Sabemos que a mão que nos agride está com frequência perto. Sabemos disso. Mas não conseguimos imaginar. Papai? Não paro de pensar no seu aniversário... E no de Mandela. Ele, você bem sabe, muitos o veem como vendido. É verdade que ele foi conciliador com os brancos. É verdade que os negros não têm grande coisa, fora o desemprego. Não é com as palavras açucaradas de Obama que vamos fazer as pazes em profundidade. Sobretudo no Cabo! Quanto a mim, eu gostaria que você fizesse as pazes com você mesmo. Então eu te ofereceria a tanoaria do seu pai de presente no seu aniversário. Achei que assim Bremen estaria um pouco no Cabo, e que você se sentiria inteiro. Achei que você pararia de pensar que foi culpa sua, tudo isso. O nazismo. O apartheid. Mas como eu poderia pensar uma coisa dessas se até mesmo eu me sinto culpada? Papai? Você tinha razão. Você nunca devia ter voltado ao Cabo. Você queria ficar na Europa. Arya, Barbie e eu é que insistimos.

Marianne era pequena demais, mas ela certamente teria preferido ficar lá. Sinto muito, papai. E quero te agradecer por ser meu pai. Você não foi um super pai para mim. Para Marianne, porém... Mas não é grave. Ser sua filha é suficiente. Sua cara de ariano, eu a amo. Porque tenho a mesma. E não é uma cara de nazista.

– Eu não gostava de Hitler.

É um velho senhor sem cabelos, mas com bolsas inchadas debaixo dos óculos. Ombros estreitos e quadris largos, ele parece um triângulo. Deve ter seus 65 anos, e parece mesmo.

– Ele gritava muito – diz uma mulher que leva uma xícara com motivos florais aos lábios. – Mas era muito amado...

Bochechas rosadas e nariz pontudo, ela é redonda, um balão. Na minha opinião, são marido e mulher: parecem irmão e irmã. Às vezes o casamento faz isso.

Sentados no sofá de veludo verde, eles sorriem para dois jovens. Aquele que usa grandes costeletas nas têmporas e uma camisa branca de mangas arregaçadas sobre os braços cabeludos sou eu. Sorrio com ar afetuoso. Ao meu lado, Frances mordisca um pedaço de bolo de nozes, ao mesmo tempo que fuma um cigarro. Ambos usamos um anel de ouro trançado no anular. Entre eles e nós, uma mesa baixa coberta por uma toalhinha bordada e um vaso cheio de cravos vermelhos.

– Quando o seu pai caiu na Rússia? – pergunta o senhor.

– Em 43, senhor.

– Wolf teve a confirmação recentemente – precisa Frances – através da Cruz Vermelha.

Ficamos sem falar por um momento, depois a senhora pigarreia com uma leve tristeza:

– Você devia ser muito jovem.

– Mesmo assim eu me lembro, madame.

– Helge, pode me chamar de Helge.

Seu marido faz que sim:

– E eu, Markus.

– Pois bem... Eu me vejo com dois ou três anos. Meu pai empurra uma porta que tilinta. Ele afrouxa a gravata. Está de licença, suponho.

– Vocês moravam em Munique?

– Bremen. Meu pai ainda tem família por lá. Tínhamos planejado ir vê-los no fim da nossa visita ao país.

– Em seguida vamos voltar a Munique – diz Frances. – Se vocês quiserem nos alugar seu andar térreo.

– Vocês são um casal muito simpático – murmura Helge. – Nosso filho parece com vocês... Ele ficaria encantado. Você é muito corajoso por retomar os estudos. Já trabalhou, não?

Falo dos meus anos no exército, os primeiros estudos, minha experiência no Instituto Bancário da Holanda. Eu era muito jovem. Mas supervisionei vinte pessoas, depois trinta. Depois 83.

O casal fica seduzido por esse retrato meu, muito favorável. Nenhuma palavra sobre minha estada com os zulus ou meus três meses de prisão.

– Wolf adora as coisas bem feitas – acrescenta Frances, soltando uma baforada de cigarro. – Ele se esgotou no trabalho para nos oferecer essa viagem, retomar seus estudos...

– Você está exagerando.

– Foi você quem exagerou: hospitalização, convalescença...

Ela se vira para Helge:

– Um nervo renal. Foi uma recaída.

Markus nos serve mais chá enquanto Helge corta três fatias de bolo.

– Ele às vezes tem dificuldade para respirar – explica Frances com uma mímica dolorosa. – O diafragma, sabe. Tem também uns probleminhas urinários.

Ela franze as sobrancelhas e põe as mãos nos quadris, para lhes mostrar a que ponto eu posso sentir dor. Incomodado, abaixo a cabeça. Helge abre um sorriso largo para Frances: ela tem sorte de ser casada com um homem tão corajoso. Frances esmaga o cigarro no cinzeiro de cerâmica onde está escrito *Feliz aniversário papai*.

– Da minha parte, conto com encontrar um trabalho. Não quero viver às custas do meu marido.

– Qual é a sua profissão? – pergunta Helge, interessada.

– Cantora. Numa jazz-band na Cidade do Cabo. Mas o meu guitarrista e o meu tocador de maracas foram... enfim, deslocados. Hanover Park. Mitchell Plains. São zonas reservadas às pessoas de cor. Os negros não têm mais o direito de morar na cidade.

Helge e Markus parecem não entender.

– Me desculpe – diz Helge, envergonhada – não conheço muito bem o jazz. Eu era costureira, reparava meias finas.

Markus bebe uma gota de chá e recoloca sua taça no meio do pires, exatamente no meio. A voz de Helge se consterna.

– Só podemos encorajá-los em todos os seus passos. Como seria possível rejeitá-los depois...

Ela vira a cabeça para um grande guarda-louça com gavetas e vidraças, atrás das quais estão arrumadas a louça e livros infantis.

– Não entendo como é possível abandonar uma criança – diz ela, num suspiro.

– Deslocar, Helge, deslocar. Meus pais morreram, não me abandonaram.

– Eu sei, mas mesmo assim?

– Durante todo esse tempo, continuei sendo alemão. Pude fazer meu passaporte, recentemente.

– É o mínimo – suspira Helge.

Uma emoção contida passa pelo seu rosto. Depois de um breve silêncio, ela se volta para Markus.

– Você se lembra dos mísseis?

Os traços do rosto de Markus se crispam, seus olhos se enchem de uma súbita tristeza.

– Eles se pareciam com os pinheiros de Natal de hoje em dia.

Ela põe a mão no braço do marido com afeto.

– À noite, dormíamos vestidos. Para o caso de haver bombardeios.

Eles trocam um sorriso amoroso. Eu adoraria estar apaixonado desse modo quando tiver envelhecido. Markus se levanta com dificuldade, por causa dos reumatismos. Uma vez de pé, vacila por um segundo, depois vai remexer na primeira gaveta do guarda-louça, murmurando qualquer coisa. Encontra um monte de documentos presos por um pedaço de barbante. Sorriso nos lábios, ele volta a se sentar, mas é difícil, por causa das articulações que estalam. Uma vez tendo conseguido, coloca esses papéis ao lado dos cravos e desfaz lentamente o nó.

– Não falamos muito sobre isso – ele diz. – Eu tive que me alistar para não perder minha companhia de seguros. Se eu soubesse. Se eu soubesse de tudo, teria ido embora para a América. Meu irmão morava lá. Mas, depois da guerra, tive que responder a esse questionário.

Ele tira um papel velho do dossiê e o coloca sobre a toalhinha, entre os cravos e o bolo. Helge olha para o documento como se lhe queimasse os olhos. Eu não ouso tocá-lo. Frances também não.

– Os aliados queriam saber quem estava implicado – murmura Markus. – E como. E até que ponto.

Ele tira os óculos para esfregar as pálpebras, e eu estou aferrado ao que tem a dizer. Tenho a impressão de estar mergulhado no tempo em que meu pai acabara de morrer. Markus e ele são da mesma geração. Teriam podido se conhecer.

– É um questionário de desnazificação – diz Helge com uma voz rouca.

– Fui inocentado – se apressa em esclarecer seu marido.

Sua voz fica como que desmaiada.

– A Alemanha certamente abandonou vocês, mas talvez os seus não teriam podido lhes oferecer uma vida boa?

Frances esmaga o segundo, talvez o terceiro cigarro no cinzeiro e, revoltada, acende logo mais um:

– O que é uma vida boa, Markus? Wolfgang não vai lhes dizer, mas viveu coisas terríveis. Então a vida boa, para os outros!

Uma comprida trilha de fumaça sai das narinas de Frances.

– A organização que se ocupou da adoção dele era pró-nazista. Queria conseguir realizar na África o que os nazistas não tinham conseguido na Alemanha.

Frances se consterna. Markus abaixa a cabeça enquanto levanta uma sobrancelha. Helge se refugia numa xícara de chá. Eles dão a impressão de querer fugir das recordações, enquanto eu quero me afundar ali dentro. Ao cabo de um momento, ela diz:

– E você, Frances? Qual é a sua origem, afinal?

– Holandesa, pelo lado do meu pai.

– E pelo lado da sua mãe?

– Judia – sopra Frances, lançando uma bolha de fumaça no ar.

Um véu de vergonha recobre os esposos. Frances não o vê. Inocentemente, ela continua.

– A família da minha mãe fugiu da Rússia na época do czar. Moramos no mesmo bairro desde sempre, em cima de uma livraria que o meu avô abriu no Distrito Seis. As pessoas estão sendo expulsas de lá neste momento.

Sem recuperar o fôlego, Frances fala da retroescavadeira que demoliu o barraco do seu músico de carnaval. Ela segura as lágrimas:

– Ir embora daquela droga de país era a única solução. Custei a aceitar. Mas Wolf tinha razão.

Pálida, Frances amassa a ponta do seu cigarro. Eu a cubro com um olhar amoroso. Helge coloca seu pires sobre a mesa. A porcelana tilinta.

– Quando vocês chegarem a Bremen – diz ela – tenho certeza de que os seus vão recebê-los de novo em sua família.

●

Um trio de diabretes de ferro batido protege a fachada de uma tanoaria.

Os Irmãos Grimm

Acho que reconheço a campainha que o papai fazia tocar.
Veja, Frieda, aqui está o seu marido!
O rosto do papai era tão afetuoso.
Depois de Frances, atravesso a soleira da porta. A campainha rumoreja. Um forte cheiro de madeira nos acolhe. Há tonéis alinhados sobre compridas pranchas em diferentes níveis.
– Estamos aqui! – grita uma voz rude, atarefada no alto de uma escada.
A ponta de um sapato aparece no degrau mais alto, e depois o pé inteiro, numa bota onde se mete uma calça. No alto das pernas, curtas, uma barriga de homem se avoluma e uma pele brilha de suor.
Ele está aqui embaixo. Esfregando as mãos num pano sujo, nos diz bom dia, seus olhos param em Frances. É sensível à sua beleza, ela fica lisonjeada. Ele não é grande coisa em termos de aparência, com os mamilos despontando através da malha. Mas me inspira ternura e o sentimento de ter voltado para casa. De estar entre os meus. Será o lugar, que me reencontra? Será o cheiro, que me fareja?
Nas têmporas do cavalheiro, as costeletas são dos mesmos pelos que as minhas. Seus olhos têm a mesma forma alongada, mas são castanhos. Nossas sobrancelhas desenham arcos parecidos, mais finos no seu caso. Ele não me reconhece. Por outro lado, está incomodado ao ser estudado de cima a baixo por um desconhecido e sua mulher de sotaque engraçado. Falo primeiro, minha voz falhando:
– Adolf?
Seus olhos se surpreendem, me examinam durante longos segundos. E, estupefato, ele leva a mão à boca.
– Hans?
Ele se aproxima e me examina melhor.
–Hänsel!

Ele se joga em meus braços, onde estoura de alegria. Sua barriga vibra junto a meu estômago, faz cócegas. Estou perplexo, porque ele não me reconheceu. Mas com quem poderia me confundir? Ele recua para melhor poder me olhar.

– Você cabia numa das mãos, da última vez!

Ele cai de novo nos meus braços gargalhando, mas não tenho certeza disso, porque ao mesmo tempo derrama lágrimas. Sim, ele ri-chora. No nível do estômago, isso causa uma outra vibração. Eu também estou comovido, mas nada sai. Frances se mantém à parte, tocada e surpresa, e entrevê, na escada, outros sapatos. Pisam o primeiro degrau e a mulher que é a sua proprietária mostra finalmente a ponta do nariz, uma ponta muito tímida. Ela e o nariz e os pés ficam ali, imóveis, sem saber como reagir.

– Olá! – diz Frances, cuidando do sotaque.

Intrigada com essa estrangeira e o loiro alto nos braços do seu baixinho de cabelo escuro, ela continua hesitante. Adolf a tranquiliza com um sorriso amplo, faz sinal para que se aproxime:

– É Hans! Meu primo Hänsel!

Piscando muito os olhos, ela vem até nós enxugando as mãos no avental. Morde os lábios, esboça um sorriso, dá uma olhada na direção do marido, sem saber o que fazer.

– Pode beijá-los! – exclama Adolf.

Muda de estupor, sua esposa deposita um beijo frio na minha bochecha e outro na de Frances, talvez menos frio. Os beijos dela roçam na gente e vão embora. E depois ela balbucia, com uma voz muito grave:

– O que posso oferecer?

Frances lhe sorri para deixá-la à vontade.

– Se a senhora tiver, duas cervejas de cereja?

Quanto a mim, continuo sem voz, ainda abalado com esses reencontros, e sem saber como dissipar o mal-entendido. Katia faz que sim e foge para buscar a bebida, enquanto Adolf nos convida a sentar em banquinhos. Coloca suas duas mãos grandes sobre os joelhos e nos examina um e outro por um breve momento, não consegue acreditar.

– Recebi sua carta – ele diz. – Faz dezesseis anos. Mas, para começar, eu não me chamo mais Adolf!

Ele volta a rir. E eu não sei o que dizer.

– Você soube, não? Não podemos mais... Em poucas palavras, agora é Rüdi. Já faz bastante tempo que é Rüdi!

– Rüdi – repete Frances, encantada. – De Rudolph?

É nesse momento que eu digo:

– E eu sou Wolf.

Rüdi assume um ar magoado.

– Sim, eu vi na sua carta. Então eles te rebatizaram?

– Quem?

– É você que tem que me dizer, Hänsel!

Um anjo passa, e Rüdi exclama, de repente:

– E a sua irmã! Ela veio com você?

Um pouco envergonhado pela sua ausência, eu respondo a ele:

– Ela não pôde vir. Da próxima vez...

Rüdi faz que sim ligeiramente com a cabeça, como se não ousasse pedir mais. E Katia volta com três belas cervejas.

– Você não bebe nada, Katia? – sussurra-lhe Rüdi, segurando-a pela cintura.

Katia murmura que ainda tem que fazer a contabilidade e se retira com passos de camundongo. Ela sobe a escada que dá acesso ao depósito.

– É a gravidez que a deixa emotiva – diz Rüdi como desculpa. – Já tentamos muitas vezes. Nunca dá certo.

Frances segura a minha mão. Abandona-se a uma profunda melancolia:

– Nós também – diz ela a Rüdi. – Não conseguimos.

Profundo silêncio. Mas à medida que passam os segundos, minha alegria vence a tristeza. Estou tão feliz por estar em casa, as nádegas coladas neste banquinho de madeira que talvez meu pai tenha esculpido, dizendo a si mesmo: um dia, meus filhos colocarão as nádegas aqui, e depois, num outro dia, meus netos colocarão as pequeninas nádegas aqui... e até as pequeninas nádegas dos bisnetos e trinetos, até o fim dos tempos. Mas o tempo decidiu fazer de outro modo, papai se foi na Rússia. A corrente se interrompeu. Rüdi quebra o silêncio para evocar lembranças. Ele faz graça da criança que eu era, que só tinha uma expressão na boca: *Ah! Mas que engenhoso.*

– Pelo menos você não sofreu demais com a guerra – ele conclui.

É uma atmosfera curiosa, na qual se misturam calor, dor, gentileza.

– Sua carta me tocou bastante, Hänsel... Ou você prefere que eu te chame de Wolf?

– Confesso que já não sei mais o que pensar...

– Sua carta, de todo modo... Eu teria gostado muito se tivesse havido outras.

– Para isso você precisaria ter me respondido, Rüdi!

Rüdi encolhe o queixo, fica por um momento perplexo.

– Eu te escrevi duas vezes, Hänsel. Você nunca me respondeu.

Imagine o choque, uma corrente elétrica, meu coração que para e a neblina dentro da minha cabeça. Ouço a mim mesmo jurar a ele que nunca recebi suas cartas. Por sua vez, ele recebe uma descarga em pleno coração, não compreende nada. Como duas cartas timbradas, postadas e enviadas por um avião ou navio – companhias seguras, ainda por cima – teriam podido evaporar na natureza? Por qual fenômeno? Em nossos banquinhos, buscamos os três uma explicação.

– Michèle? – exclama bruscamente Frances.

– Michèle? – repete Rüdi.

– A mãe dele aprontou poucas e boas... Não seria de se surpreender que ela tenha confiscado essas...

– Ela nos disse que vocês estavam mortos! – exclama Katia, voltando com o seu passinho de camundongo.

Três pares de olhos se erguem para ela. Nos meus e nos de Frances, há uma incompreensão. Nos de Rüdi, uma reprimenda.

Quando os deixamos, Frances acha graça de uma estátua erguida não longe dali, que mostra um asno sobre o qual está um cachorro, sobre o qual há um gato, sobre o qual se empoleira um galo. Parece que saem de um conto em que são músicos.

●

Não uso mais bigode, mas sim óculos de sol e um short. Torso nu, estou sentado na grama, e despetalo uma margarida à beira de um lago onde flutuam barcos à vela. Grandes árvores de tronco fino se projetam para o céu, acho que são pinheiros, o vento sopra em suas agulhas. Preocupado, franzo as sobrancelhas.

– Por que minha mãe teria dito a eles que estávamos mortos?

Apoiada num assento de carro plantado na grama, diante de uma grande barraca laranja, Frances traga um cigarro e faz bolhas de fumaça.

– Acho que Katia falava de Michèle. Não da sua verdadeira mãe.

– Tenho certeza de que ela falava de mamãe.

– Você depenou o seu dossiê de adoção completamente. Não havia nada, Wolf.

Sua mão passeia em seus cabelos. Ela usa uma bela blusa zebrada com listrinhas vermelhas e azuis; bebe alguma coisa numa xícara enquanto fuma avidamente seu cigarro. Pensativo, prossigo:

– Esse dossiê está cheio de incoerências. Por que só tem o atestado de óbito do papai?

– Por que ele morreu como herói, Wolf. Quanto à sua mãe, ela morreu de fome.

Uma caminhonete vermelha e branca está estacionada bem perto de nós, também na grama. Um casco de barco preso na capota, cortinas nas janelas, a porta de correr aberta para uma cabine com uma mesa e uma pequena cama. Uma bandeira sul-africana flutua na traseira do trailer. Deve ter sido Frances quem a colocou ali. Não acho que seja o meu estilo. Além do mais, está descentrada – eu a teria colocado bem no meio.

Frances se aquece ao sol fechando os olhos e cantarola uma melodia de jazz, que me faz bem, que encanta a grama, os pinheiros e o sol. Mas não consigo apagar essa ideia da cabeça.

– E se ela não estava morta quando nos disseram? E se isso aconteceu mais tarde. E se roubaram seus filhos, antes de trocar seus nomes, ou ela morreu por causa disso, justamente.

– Você está inventando um filme, Wolf.

– De todo modo, quando pegamos o trem em Hanover, havia uma mãe na plataforma. Ela correu durante muito tempo ao lado do trem chamando sua filha. Karin...

Enrubesço, abaixo os olhos, tenho o ar desamparado. Frances se inclina para me beijar. Sua língua um pouco pastosa não me agrada tanto. Ela também está com cheiro de fumaça fria.

– Se a sua mãe tivesse vivido muito mais tempo – diz ela – Rüdi saberia, e teria te dito.

Ela abre os braços e se encanta com a paisagem:

– Desfrute do seu país natal!

Mas o país natal não me interessa. Pensamentos sombrios me perturbam: bom dia, eu me chamo Hans, e não estou a par... Será que eu deveria te contar tudo? Você também tem um primeiro nome? Não pensei em perguntá-lo a Rüdi. Não pensei ou não ousei? Uma rajada de vento nos refresca e faz voar a bandeira presa no carro. Debaixo dela, um grafite aparece: "Fascistas sujos". Alguém escreveu apressadamente – está bastante fresco, acho. A bandeira parece ter sido deslocada para cobrir essas palavras indeléveis. Não são lisonjeiras... Do contrário, não as teríamos escondido com a bandeira, que se encontra descentrada.

Ainda estou de cara amarrada. Frances termina sua xícara.

– Você nunca está contente, Wolf! Todo mundo fala alemão com você. Não veem a diferença. Você atravessa a Europa no verão como outro alemão qualquer. O que mais você quer?

Dou um suspiro de despeito.

– Eu esperava ter que lutar, ainda que só para pegar meu passaporte. Ninguém me declarou guerra. Não sou mais uma pessoa branca na zona reservada, sou um alemão. Mas... Não está bem assim.

– Você nunca vai se sentir aliviado?

– Agora, quanto a você, vândalos vêm escrever *Fascistas sujos* no carro no meio da noite, tudo isso porque você colocou ali uma bandeira sul-africana. Além disso, essas pessoas nos tratam de fascistas enquanto os pais delas eram certamente nazistas, e o que você quer...

Que desfrutemos da paisagem? Somos nós os fascistas, Frances? Quem são os fascistas?

Frances apaga o cigarro no cinzeiro que emerge da grama.

– De todo modo, você nunca estará em casa em parte alguma. A sua casa não existe. É o passado. Enfim... Estaremos em Lahn em três ou quatro dias. Você vai reencontrar o seu orfanato.

Frances oferece sua carinha ao sol, que a aquece. Que a cozinha, até. Põe-se a rir:

– Não vão ser exatamente as mesmas crianças da sua época, eu acho. Mas se isso pode te fazer bem...

O rostinho sujo de Heidi me passa diante dos olhos. Na minha cabeça, ela ainda tem cinco anos.

O trailer atravessa a região, atravessa regiões. Serpenteia por estradas nas montanhas, para na beirada de precipícios para piqueniques. Frances abre uma mesa, eu corto batatas para fazer uma salada, com um pedaço de salsichão. Coloco um molho pronto em nossos pratos. Tiro fotografias. Passam carros com pessoas que nos cumprimentam pela janela.

Frances não ousa responder quando falam com ela, ouve-se que é estrangeira, ela não exibe muito isso, mas ainda assim se vê, por causa da bandeira.

De manhã, ela se levanta com o sol. Ainda semiadormecido, ouço a porta correr, depois sinto cheiro de café e depois o seu sopro nas minhas orelhas, sua língua dentro da minha boca.

Sempre sinto falta de alguma coisa. Ou de alguém.

●

– Estou te dizendo que era lá...

No volante, eu indico um estacionamento, muito feio, à direita. Podemos vê-lo pela janela aberta de Frances. O dia chega ao fim.

– Tem certeza? Cem por cento de certeza?

Frances coloca a mão na maçaneta da porta:

– Não quer que a gente vá ver, assim mesmo?

Do outro lado, observo um imóvel de três andares, diante do estacionamento.

– E ali havia uma fazenda. Eu brincava lá com os filhos do fazendeiro.

Esse imóvel substituiu a fazendinha de Heidi. Desfeita, desaparecida, como as duas cartas de Rüdi. Um golpe de Michèle? Nada mais existe da minha infância. Exceto você, minha irmã gêmea. Mas você se desligou. Porque partimos. Nós nos tornamos nada. Mais parecemos mortos.

Frances sai sozinha do carro, uma foto minha entre as mãos, aos oito anos. A única, eu acho. Ela perambula entre os carros, caminha até uma paliçada. Eu me perco em pensamentos sombrios demais para serem contados. Um certo tempo. Um longo momento. E, de repente, vejo Frances me fazendo sinais de longe, na noite que cai. Não está sozinha, uma pessoa baixinha a acompanha. Estremeço. Essa pessoa, que gesticula perto de Frances, será que pode testemunhar sobre o meu passado? Reanimado pela silhueta desconhecida, mas talvez não, salto para fora do carro.

Avanço na direção delas, esforçando-me para não correr, para não mostrar a minha agitação. Não quero assustar ninguém.

É uma mulher. Morena, cabelos longos e cacheados, bem baixinha, de fato, pequenina. Sua silhueta fica mais precisa, ela me olha sorrindo, sinto uma espécie de vertigem. Oscilo. Acabo de voltar para trás; em alguns segundos recuo 25 ou 30 anos.

Tenho oito anos, entro no carro parado diante do orfanato, que deve nos conduzir a Hanover. Ele dá a partida. A caminho da estação.

Mas o carro para de repente.

Os campos se paralisam ao redor, e também as vacas. O tempo se imobiliza. Depois volta a se mover, ao contrário. O carro se põe em marcha a ré, lentamente. Não vamos mais a Hanover pegar o trem, depois o ferry, depois o barco. Retornamos a Lahn, em marcha a ré. No vidro, a silhueta de Heidi reaparece, se torna nítida. O carro nos leva de volta à pensão, Thomas está feliz por nos reencontrar, Heidi pula no meu pescoço e eu a acolho em meus braços. Peço-a em casamento. Mas aos oito anos, parece que não podemos. E depois o tempo corre adiante. Heidi se transforma nessa mulher a quem Frances apresenta seu marido.

Nesse segundo, tenho a sensação de jamais tê-la deixado. Ela me reconheceu, eu a reconheço. Ela havia me prometido jamais me esquecer.

Promessa cumprida.

Frances sorri para ela, sorri para mim, feliz por nos ver reunidos, o passado e eu. O passado, eu devia ter lhe contado. Um pouquinho. Mas ela não está a par. Então, pensa, agora Wolf vai aceitar o presente. Será mais fácil fazer um filho. Tornar-se pai. Está vendo, Wolf, você não tem mais oito anos!

Frances se engana, porque ela não sabe. É por isso. É por isso que, no minuto em que reencontro Heidi, tudo o que se passou desde a nossa partida do orfanato evapora.

Como uma miragem.

Esfregando minhas costeletas, olho para Heidi e não consigo mais acreditar que fui embora dali. Que cresci longe dela. Que me casei com Frances de verdade.

Vibrando de emoção, Heidi nos convida a segui-la até o imóvel de três andares.

– A fazenda foi transformada em apartamentos uns doze anos depois que você foi embora. Moro no último.

Há uma suspeita de reprimenda em sua voz. Frances capta sem compreender. Ela adivinha duas ou três coisas, me lança um olharzinho interrogador: por que eu nunca lhe falei de Heidi? Já que lhe disse tudo sobre Sarah?

Subimos a escada. Heidi conta:

– O orfanato foi demolido em 61, no dia em que construíram o muro de Berlim.

É um apartamento novo em folha, paredes brancas, um terraço forrado de lajotas dando para os campos agrícolas. Uma pintura bem grande está pendurada numa seção da parede do salão. *A guerra,* assinado Otto Dix. Sou capturado por pernas nuas, crivadas de balas.

Imagino para elas o rosto do papai, antes de descobrir, mais embaixo, o resto do corpo. E o rosto do cadáver. Não, papai não se parece com isso. Ele não pôde se decompor desse jeito. Não há rostos descobertos nessa pintura, mas soldados sob capacetes, mascarados, toldados, espetados no inferno. Um homem grandalhão arrasta um ferido, olhando para mim. Ele vive, é o único: ainda tem olhos.

– Dix queria se livrar de tudo isso – pronuncia um homem às minhas costas. – Mas será que podemos nos recobrar?

Eu me viro. Ele sorri para mim.

– Pelo menos... Não esquecer, não é?

Bom dia, ele se chama Wolfgang, é o marido de Heidi. Bom dia, eu também me chamo Wolfgang, mas pode me chamar de Wolf. Frances ergue a sobrancelha. Por que não digo a ele de quem sou marido? Ela corrige:

– Sou Frances... a esposa de Wolf. Eu não achava que Wolfgang fosse um nome tão comum.

Aparentemente, é. Culpa de Mozart? Wolfgang nos instala em poltronas enquanto Heidi se ocupa na cozinha. Caloroso, ele me diz como está contente de me encontrar. Perdão, de *nos* encontrar:

– Heidi me falou de você.

Ora, Wolf não me falou de Heidi, pensa Frances, cruzando e descruzando as pernas. Ela gostaria de dizer isso, mas não ousa fazê-lo. Procura um cinzeiro ao seu redor, não vê nenhum, pergunta se pode fumar. Wolfgang lhe responde que infelizmente ninguém fuma na casa.

– O pai de Heidi morreu de câncer no pulmão. E eu nunca comecei. E você, Wolf, fuma?

– Não, se antecipa Frances. Ele bebe.

Há um silêncio incômodo e pigarros. Frances se arrepende, descruza e cruza as pernas, porque não encontra assunto para conversar.

Heidi nos serve o chá em xícaras com motivos florais, sempre essas xícaras com motivos florais. Essas flores na porcelana me aquecem o coração, bem como o chá aromático que contêm e os biscoitinhos de pasta de amêndoa confeccionados por Wolfgang: ele é confeiteiro profissional. Observo o marido de Heidi com ciúme; Heidi examina minha mulher com raiva. Mas ela consegue, quando seus olhares se cruzam, esconder sua fúria sob um sorriso benevolente. De vez em quando me lança olhares eloquentes. *Você tinha prometido*. Falamos disso e daquilo, assuntos alemães, assuntos sul-africanos, Otto Dix, a guerra, as pessoas deslocadas, os países seccionados, as zonas reservadas, e Heidi pronuncia esta frase:

– Não quero chocar ninguém, mas é preciso ser realista. Se não nos protegermos, como vocês fazem na África do Sul, desapareceremos. Sem um muro, nós seríamos invadidos.

Estupefata, Frances escuta Heidi explicar que as pessoas do Leste são preguiçosas, despidas de senso de humor. Ela fica sem ar, não somente porque o apartheid a alcança onde ela jamais acreditou encontrá-lo, mas porque, apesar do desprezo demonstrado por Heidi, eu continuo a escutá-la, enlevado.

Eu mesmo estou chocado. Mas há pessoas que você ama incondicionalmente. As que são do seu sangue. As que são da sua infância. Não rompemos com o nosso sangue. E nossa infância, não a deixamos jamais. Porque, no meio daquilo que te desloca, do que te substitui, ela é tudo o que faz com que você se mantenha no mesmo lugar.

●

Meu irmão gêmeo,

Muito obrigada por sua longa carta e seu convite para me juntar a vocês em Munique. Estou muito contente que você tenha encontrado nosso primo, mas devo lhe confessar que não tenho muita vontade de voltar a mergulhar nessa velha história.

Compreendo também sua emoção ao rever Heidi, mas acho que não podemos voltar atrás. Não é saudável. Não somos mais essas crianças de oito anos. Você está se causando sofrimento, Heidi também está causando sofrimento a si mesma. Coloco-me no lugar de Frances e do marido. Você pode se sentir culpado por trair sua mulher, mas isso redime alguma coisa?

Por aqui, tivemos o nascimento de Samora, cuja foto te mando junto com esta carta. Zandile deu à luz no último dia 17 de março. Thando ainda não pode acreditar nesse pedacinho de si mesmo. Uma pluma. Samora nasceu prematuro. Sou sua madrinha. Thando insistiu. *Sua segunda mamãe*, ele disse. Nada de oficial, é claro, mas esse papel me convém e é importante para mim. Jamais serei mãe, você sabe por quê. Então, Samora me convém.

Thando (ele bebe cada vez mais) continua muito presente nos trabalhos da fazenda, dos quais papai não entende nada. Os braços de Wilhelm fazem falta, agora que ele entrou para o Instituto de Formação Agrícola. Para resumir, a chefe sou eu, Kobus me ajuda bastante enquanto aguardamos a volta de Wilhelm.

Papai acabou por aceitar que Wilhelm tomasse conta da fazenda, em vez dos seguros. Fez de tudo para que fosse aceito no Instituto de Elsenburg. A lei mudou graças ao seu caso, é verdade, mas as mentalidades custam a evoluir. Basta ver como mamãe reage ao seu novo corte de cabelo, você sabe, as tranças. Ele não quer mudar. Alguma coisa se rompeu entre a mãe e o filho. Eles não se perdoam.

Mamãe faz o que pode. Ser mãe não deve ser simples... Exceto para Graça! Samora fica sempre feliz em seus braços. Como Zandile está muito ocupada no Congresso Nacional Africano, Samora passa a maior parte do tempo com sua avó ou comigo. Eu me tornei uma perita das mamadeiras e das fraldas. Não sou avara quanto aos chamegos, e com esse pequeno são tantos que às vezes me considero sua mãe!

Kobus, sim, é um amor de marido. Não há nada a dizer, ele se desdobra. Apoia-me em tudo e me ajuda com esmero. Mas não o amo. Não consigo. Às vezes, deixo que me toque. Penso em outra coisa enquanto espero acabar. O pobre se consola nos barracos. Lá, as garotas não podem recusar. Eu me sinto mal por elas. Ainda por cima porque é um pouco minha culpa.

Vovô Jacob, agora. Ele está como sempre... Imagine... Não lhe bastou denunciar Wilhelm, sabe? O notário nos informou recentemente que ele havia deserdado mamãe. Todo mundo sabe por quê. Mamãe ficou morta de vergonha e faz de tudo para reparar. Ocupa-se de Jacob como uma filha legítima. A propriedade poderia mesmo ficar para a Fraternidade. Só temos agora que esperar que o vovô não se vá cedo demais.

Finalizo com Sophie... Nossa avestruz morreu anteontem, tinha acabado de completar 73 anos.

Acredite em mim se quiser, mas chorei a noite inteira.

Só a respiração de Samora, que dormia em seu berço no pé da cama, podia me reconfortar.

É isso, meu irmão gêmeo, espero não estar esquecendo nada, você me faz falta, é estranho me encontrar a treze mil quilômetros de você.

Treze mil quilômetros.

Impossível me dar conta do que isso significa. É como se fossem treze mil anos.

Sua irmã gêmea

●

Uma mecha caindo na testa, estou debruçado sobre uma mesa onde trabalho arduamente, muito, sou alguém que se aplica. Rabisco numa folha em meio a um monte de dossiês. Há rugas na minha testa. Minhas costeletas cresceram, ficaram grisalhas. Não pareço velho, mas sou mais adulto do que há algum tempo, apesar dos meus pés descalços debaixo da mesa e de um short de listras verdes.

Sai música de um alto-falante. Um homem canta em inglês. De acordo com a capa do disco, chama-se Sixto Rodriguez. Sentada numa cadeira de balanço de vime branco, debaixo de uma coberta, Frances cantarola junto com a música. Ela se sai melhor do que o cantor. Sua voz é estonteante, mas não estou sensível a ela.

Há material fotográfico no canto do cômodo, ao lado de uma estante cheia de arquivos. Minha câmera está ali.

Frances se balança cantarolando, espiando pela janela onde o céu está claro. De tempos em tempos, para de cantar e mastiga uma fatia de pão de centeio. Ela também envelheceu. Com o fim do cabelo bem curto, usa um rabo de cavalo preso por um elástico. Seu rosto ficou mais redondo, está recoberto de manchas marrons marmorizadas. Sua mão, manchada ela também, sobe dos seus joelhos ao peito. Ela engordou. Engordou bastante. Está grávida.

Uma tristeza em seu olhar. Bruscamente, ela dispara:
– Você voltou tarde ontem.

Hesito um pouco, depois declaro:
– Eu tinha um dossiê de crédito para terminar no escritório.
– Você estava com cheiro de cerveja e cigarro.
– Passei na casa de Markus no caminho de volta.

Frances vira a cabeça, parece não acreditar em mim. Acrescento:
– Ele pode confirmar, se você quiser.
– Confirmar o quê. Que você foge de mim?

Fico gelado ao nos ouvir falar tão friamente. Não combina com a música, tão calorosa. Retorço-me na minha cadeira e, de viés, suspiro, suspiro, suspiro. Frances se balança na sua, massageando a barriga.
– Você estava com ela.

Meu pé vai se esconder atrás da minha panturrilha, o que forma dois nós nas minhas pernas.
– Por quanto tempo você vai continuar com essa história, Frances. Acabou. Já faz muito tempo.

Frances continua acariciando o ventre para que seu bebê sirva de testemunho:
– De todo modo, um dia foi verdade. Como pôde fazer isso conosco.

Pigarreio, alguma coisa me obstrui a garganta. Quando você se sente culpado, a sensação é de um arranhão em torno da glote, mas é difícil saber exatamente onde e por quê. Minhas pernas se descruzam e voltam a se cruzar. Meu pé se enrola em torno do meu tornozelo. Frances recomeça a cantarolar, fechando os olhos para melhor imaginar que acompanha Sixto Rodriguez. Seu grupo deve lhe fazer falta. Não tenho certeza de que ela tenha conseguido formar outro. Seu rosto se crispa, sua respiração acelera, seus lábios se franzem e, subitamente, ela vem com tudo:

– Não consigo esquecer os seus olhares, na floresta, quando compartilhávamos aquele baseado...

– Faz cinco anos, Frances.

Ela não escuta. Não consegue me ouvir.

– A ocasião era boa demais...

Ela se cala e fica em silêncio para me fazer reagir. Eu continuo me retorcendo, abro a boca, mas sou incapaz de falar. O peso de uma grande bobagem me paralisa, me impede de pronunciar uma palavra que seja. Frances continua, a voz rouca:

– Se ela não tivesse dado um fora em você... não seria eu a grávida hoje.

Meu coração aperta. Tenho dificuldade em sustentar o olhar de Frances. Abaixo a cabeça.

– Eu achei... eu me enganei. Já te disse.

Barriga na frente, Frances se levanta, com dificuldade por causa do peso do bebê. Caminha até mim e coloca a minha mão sobre o seu abdômen.

– Você acha que ele não sente nada? Seu pai se toma por um garoto... E quanto a mim, todos os meus amigos estão fechados em guetos, enquanto eu relaxo na Alemanha Ocidental com uma criança de oito anos...

Mãos nos quadris, Frances pestaneja, dá uma volta, parece procurar uma saída, dá uma volta de novo e suspira fazendo ruído. A respiração é difícil para ela. Sixto Rodriguez continua cantando com sua voz humilde e suave.

– Quero voltar para casa... – ela pronuncia, de uma vez só.

Essas palavras têm em mim o efeito de um choque na cabeça. Uma nuvem tolda minha visão. Frances não se deixa comover. Ela acrescenta:

– Você tem seu primo Rüdi, em Bremen... E Katia... não precisa de mim. De nós.

Levanto-me bruscamente da cadeira, que cai para trás.

– Pare com isso! Eu não vivo com Rüdi! Não estou fazendo um filho com ele! Eu o vejo uma vez por ano! Nem sei se a última gravidez de Katia continuou...

– Quero voltar para o Cabo! – exclama de novo Frances.

Minhas pernas ficam trêmulas, a beirada da mesa me segura. Sixto Rodriguez continua a cantar com sua voz humilde e suave.

– Não me peça isso, Frances. Não a mim! Não vou dar meu filho à África do Sul.

– Porque é melhor aqui? – grita Frances.

Ela se desfaz em lágrimas e se deixa cair em sua cadeira de balanço. Cubro-a com sua coberta xadrez, depois me ajoelho e coloco a cabeça sobre sua barriga.

– Você devia ligar de novo para aquele produtor.

– A Hansa Records não tem interesse nas minhas canções contra os muros. E ninguém aqui dá a mínima para o Distrito Seis... Quero voltar para casa.

Eis que o bebê se põe a gesticular. Posso sentir de forma distinta seus dedos sob a pele de Frances, amassando minha bochecha. Recomeçam, de novo e de novo.

Começo a falar com ele. Digo coisas bonitas, que vou levá-lo ao parque, construir-lhe castelos de areia em Bremen, levá-lo à tanoaria no seu primeiro Natal, vou fazer saladas de batata, colher cogumelos, castanhas e avelãs, ensiná-lo a andar de bicicleta e me levantar de noite quando ele tiver pesadelos.

Frances dá um gritinho de dor, que não ouço, porque estou conversando com o bebê. Alguma coisa está errada, e também não me dou conta quando meus joelhos se molham com um líquido que escorre por entre as pernas de Frances.

Ao cabo de um momento, porém, noto a poça ao meu redor.

O bebê recebeu minha mensagem perfeitamente.

●

Caro Wolfgang,

Recebi o anúncio do nascimento, com a foto de Rosie, sua fina penugem loira e seus olhos azuis, não é? Queira Deus que continuem dessa cor.

Tenho dúvidas de que essa correspondência tenha sido iniciativa sua, mesmo que esteja assinada a quatro mãos, pelas da sua esposa e as suas. Mas não lhe quero mal. Deus é testemunha, uma mãe perdoa tudo. Estou tão feliz por receber finalmente notícias suas, após sete anos de silêncio.

O nascimento de Rosie é para mim uma alegria imensa. Como a maior parte das crianças recolhidas pelo Fundo, agora você é pai, uma bela resposta às nossas expectativas.

É sempre uma felicidade ser pai ou mãe, sobretudo para nós, você sabe, você compreende, os tempos são difíceis. Jamais seremos numerosos o bastante para fazer triunfar nossos ideais... Então, que Rosie seja bem-vinda.

Acredito que você escreva regularmente à sua irmã? Essa boa ação será contada a seu favor no dia do juízo final. Já que ela o escuta, será que poderia convencê-la da felicidade e da necessidade de se ter filhos? Eu me preocupo, ela não quer se submeter ao dever conjugal. Tenho medo de que tenha estado sob a influência do diabo durante seus estudos em Stellenbosch. Será que ela infringiu a lei de Deus e as dos homens? Você sabe do que estou falando, não? Se for possível, argumente com a sua irmã antes que seja tarde demais. Nossa família não se recuperaria de um novo escândalo.

Wilhelm pede com frequência notícias suas. Não a mim, mas à sua irmã e também ao seu pai. *Wolf não escreve muito...* Wilhelm, você sabe, entende-se bem melhor com Lothar e Barbara do que comigo. Eu o carreguei, dei-o à luz na dor, acolhi-o nas provações que atravessamos. Mas Wilhelm sempre me desafia. Considera-me culpada de todas as suas infelicidades.

Se isso lhe interessa, saiba que ele terminou seus estudos e que se entrega de coração a Terre'Blanche. Deus é minha testemunha, sou a única a acalmá-lo um pouco. Impulsivo, ele gostaria de nos lançar na produção de pinotage, abrir um restaurante, fabricar queijo de cabra, organizar visitas, criar *"terroirs"*, vender nosso vinho no estrangeiro. Wilhelm sofre influência de forças demoníacas. Isso me inquieta, como a muitos dos nossos vizinhos. Deus nos submete a provações.

Quanto ao seu pai, se você quiser notícias, o coração dele se fragilizou ainda mais, mas ele encontra um grande alívio na regência do coral, nos filminhos que faz com sua câmera e na igreja, onde, com o Pastor e sua esposa, ele se envolve sempre mais. Nada mais tenho a dizer de Lothar além do fato de que me esforço sempre em ser uma esposa devotada ao seu marido, como sempre tentei ser a melhor das mães para vocês e levar os meus alunos ao ápice de suas possibilidades. Deus é minha testemunha.

Seu avô, por fim, vai comemorar em breve seu centésimo aniversário. Ele está bem, graças a Deus, que lhe confere a vida, e à Fraternidade, que fez dele o seu presidente de honra. Papai, que já não está mais de posse da sua razão, às vezes sofre de delírios, nos quais se dirige a Paul Noah, que imagina ver por toda parte e que acusa de ter seduzido minha mãe. Acabamos por não mais prestar atenção a esses desvarios. Sabemos a que nos ater. Seria uma infelicidade, ainda assim, que tivéssemos que sofrer com a dilapidação do seu avô. Além disso, eu me tornei sua tutora e assino todos os documentos que dizem respeito a Terre'Blanche, ou que dizem respeito a *nós*. Assim, pude me restaurar, *nos* restaurar, no testamento, que por fraqueza seu avô tinha modificado. Deus é testemunha de que cuido muito bem dele.

Quanto a mim, se isso te interessa, é claro, saiba que meu livro foi publicado faz três anos, mesmo que as acusações infundadas que pairavam sobre Wilhelm tenham atrasado sua difusão. E pesado nas vendas. Dos malefícios, alguma coisa sempre fica... Porém, mesmo que as más línguas ainda ponham em dúvida a minha qualidade, e a de Wilhelm, meu livro foi muito bem recebido nos meios da educação e da pedagogia, onde em breve servirá, espero, de referência. Uma mãe que é também educadora sabe do que está falando.

Saiba também, Deus é minha testemunha, que não se passa um dia sem que minhas orações se dirijam a você. Deus me ouviu e nos concedeu o nascimento dessa menina. Devemos sua existência aos nossos pais, nossos pioneiros, nossos heróis sacrificados, todos aqueles que, como Hendrik Verwoerd, morreram por nós.

Seu pai, seu irmão, seu avô e a Fraternidade se juntam a mim, então, para lhe felicitar pelo nascimento dessa menina, *nossa* menina, e também para lhe desejar, para *nos* desejar, um filho do seu sangue, que não vai tardar em chegar, como esperamos que aconteça com a sua irmã, mas não volto a esse assunto. Fico muito gratificada por ver que você compreendeu: a África do Sul é a pátria da nossa menina, seus problemas são os dela, seu futuro é o dela. Ela participará do nosso combate e vai lutar, como todos nós, para fazer triunfar nossos ideais.

Seu avô me chama, caro Wolfgang, ele exige um constante cuidado, cujo inventário não farei aqui, mas que contará a meu favor no dia do juízo final.

Alegramo-nos com o seu regresso – pois vocês acabarão regressando, não? E em ver crescer nossa menininha num ambiente propício.

Que você fique livre do mal, meu caro filho.

Sua mãe, que perdoa.

●

A cabeça sobre uma almofada apoiada na parede, releio essa carta, acho que pela sétima vez, e esfrego os olhos. Eles continuam não acreditando no que leem.

Recomeçam.

Estupefato, não ouço os gritos vindos da cozinha, onde um bebê gordo se debate contra o alimento que Frances tenta enfiar em sua boca.

Não me acostumo com a ideia de ser seu pai.

– Uma colherada para o papai! – tenta convencê-lo Frances.

Volto a reler as palavras de Michèle. O queixo encolhido, coço minhas costeletas com um ar perplexo.

Os gritos pararam. Apoiada na parede ao meu lado, Frances me anuncia que Rosie está dormindo. Contanto que ela durma uma meia hora, estará tudo bem. Olheiras testemunham o seu cansaço, mas as manchas marrons desapareceram. Ela emagreceu muito. Seu pulôver está coberto de legumes esmagados, que ela limpa lamentando que não tenham terminado dentro do estômago de Rosie:

– Ela perdeu mais cem gramas – pronuncia, com um soluço na voz.

Frances se sente culpada, não compreende, por que essa *anorexia mental*? É porque ela não conseguiu amamentá-la? É porque eu a traí.

– E os olhares de Helge quando nos cruzamos na escada. Rosie grita tanto, ela acha que eu a maltrato. Só eu, é claro! Tudo é culpa das mães, não?

Frances segura as lágrimas, mas não a raiva. Rosie que chora o dia inteiro, nós que discutimos à luz do dia e depois das 22 horas. Eles só têm uma ideia na cabeça, os Gruber, isto se vê: que vamos embora.

– De todo modo, minhas tentativas jamais vão dar em coisa alguma. A Hansa Records assinou com Frantz Reuther. É verdade que suas melodias são muito trabalhadas... mas enquanto isso...

Após uma pausa, ela continua:

– Vamos ter que voltar para casa, Wolf.

Sinto um balde de água glacial que me afoga sob suas torrentes. Transpiro, gotas gordas de suor na testa. São geladas.

– Jamais vou dar minha filha aos Schultz, Frances.

– Sua filha? – dispara Frances. – Por que de repente ela te interessa?

Agora é o dilúvio. Ah! As promessas não envolvem aqueles que as fazem! Felizmente!

– Porque você não tem filha alguma!

Rosie é pequena demais para se dar conta, mas Frances é grande o suficiente para me repreender: não, eu não me levanto à noite. Não me levantei nem uma única vez, não. É bem simples, eu nem mesmo a ouço chorar. Veja, agora há pouco, enquanto ela berrava na cozinha, eu não ouvia. Como de hábito, eu estava noutra parte. Mas onde, dessa vez? Com Heidi? E em que época? Em 48? Ou vinte anos depois? Não, eu continuo não sabendo trocar as fraldas de Rosie. É simples, não suporto o cheiro. No entanto, não podemos dizer que ela cague muito, visto que não come! Não, eu não a levo ao parque, não, sob o pretexto de que o carrinho é muito baixo, e que me deixa com dor nas costas.

– E eu, você acha que não sinto dor nas costas?

Bruscamente, ela se levanta, vai ao quarto de Rosie, que abre com miados de mamãe gata. É que a ouviu chorar, antes de mim, que só compreendo agora. Ainda estou com essa carta desgraçada nas mãos, e o que me assusta, talvez mais do que o que leio aqui, é que no fundo eu sempre soube.

Eu sabia o que essa carta diria antes que ela fosse escrita.

E, no entanto, me surpreendo, não posso aceitar que seja verdadeira.

É esse o inferno.

Não são as fornalhas onde o Diabo gira os pecadores em espetinhos. O inferno é essa carta, que existia antes que Michèle tenha pensado em escrevê-la, e onde eu estou trancado como numa garagem, e que me impede de cumprir as promessas que fiz à minha filha. À minha mulher.

Então, as críticas chovem sobre mim, tais como aviões militares sobre a Rússia. Frances não pode compreender. Então, está furiosa comigo. Muito furiosa.

Frances, eu sinto muito. Mas se você estivesse em meu lugar, então sentiria. Quando te deslocam para que você reproduza, e você termina por cumprir sua missão, não pode trocar as fraldas dessa criança: ela é o triunfo de Michèle. Sobretudo quando a criança é a sua cara, e você detesta a sua cara. Porque eles a veneram.

Apesar disso, amo Rosie.

Mas não consigo dizê-lo. E não sei demonstrar.

Acho também que amo Frances. Mas não consigo me dar conta.

●

O apartamento está vazio e completamente silencioso. Há um bilhete sobre a mesa, dobrado em dois. Apanho-o, minha aliança de ouro trançado cintila. Minhas mãos tremem, hesito em ler. Por fim, abandono esse pedacinho de papel sobre a mesa e meto um casaco antes de sair, com um cachecol laranja. Cruzo com a sra. Gruber no andar térreo. Alho-poró sai de seu carrinho de compras, e há flocos de neve grudados no seu cabelo. Bom dia, Helge, como vai? E os reumatismos de Markus?

– Puxa – eu digo – está nevando?

Ela vira a cabeça e foge rumo à porta do seu apartamento. Será que tem medo de mim? Eu saio, princípio de noite, cinza, opressivo. O frio me morde maldosamente, mas é seco. Aperto ainda assim meu cachecol, que não combina com meu casaco de caxemira bege. A neve cai no meu pescoço antes de se transformar em gotas d'água. Alguns passos depois, viro à direita, a rua serpenteia e chego diante de uma espécie de taverna, cujo grande vidro embaçado abriga uma multidão que berra, ri, briga. Entro ali e apoio os cotovelos no bar. Peço uma cerveja.

Mergulho nela de cabeça. Um bigode branco se desenha em torno dos meus lábios.

Sozinho no meu canto, perco-me nos meus pensamentos, lembrando-me de minhas brigas com Frances. Dou-me conta de que estou a ponto de perder tudo. Talvez já tenha perdido tudo. Às minhas costas, zombarias se destacam do burburinho.

Dou-me conta de que falam de mim. De Frances. Que foi embora para a África.

Ouvem-se gargalhadas de deboche. O álcool deixa tudo engraçado, sobretudo a infelicidade dos outros. Mas não estou bêbado o suficiente para rir do meu destino. Tenho que me segurar para não explodir. Enxugo a boca, minha mão me parece monstruosa. Caramba, ela é mesmo grande, com veias salientes. Um homem, um homem de verdade, que bebe, e eu bebo de novo, e de novo, mas não me sinto mais contente. Minhas narinas se dilatam, minhas pupilas aumentam.

Ao cabo de um momento, eu me viro animadamente para os que riem. Agora falam de outra coisa, não é mais de mim que zombam, mas eu retomo o assunto:

– Se vocês têm alguma coisa a me dizer, gente, aproveitem, estou aqui!

Eles me lançam olhares incrédulos, alguns amedrontados. Eu não sou uma bela visão. Um rosto de assassino, a cara deformada pela raiva. Um inconsciente, que bebeu tanto que acha tudo engraçado, termina por disparar:

– Com essa sua cara, eu é que não vou te chatear!

Ele acha graça de si mesmo, muita, dá tapas nas próprias pernas. A alguns metros, as pessoas começam a cantar em coro. Indignado, apoio o indicador no meu peito:

– Nazista? Sou eu o nazista?

Os risos e os cantos encobrem minha voz, e o meu provocador segue se divertindo: uma mulher acabou de vomitar em cima de uma mesa. Sozinho, eu continuo me inflamando no meu canto.

– A África do Sul sou eu? A política racial sou eu? O apartheid sou eu?

Sinto pena de mim. E bebo, bebo, sempre com o indicador no peito, e falo para o vazio, para a minha caneca de cerveja, para as costas de alguém que esbarra em mim, para um olhar que não faz mais do que cruzar comigo. Dirijo-me a todos como a promotores responsáveis pelo meu processo. Experimento um sentimento de injustiça tão grande, e tenho o cérebro tão encharcado, que termino por descarregar num sujeito que tem o infortúnio de apoiar os cotovelos ao meu lado. Aturdido, ele me escuta cuspir na sua cara:

– Os africâneres não são todos nazistas!

Amigável, o sujeito me dá um tapinha no ombro:

– Você devia voltar para casa.

Em condições normais, eu teria compreendido que ele me convidava a voltar para casa. Isso teria me deixado triste. Mas, agora, estou bêbado. A raiva aumenta. *Volte para casa!* Estou de novo furioso... *Volte para casa!*

E Frances que fez as malas para voltar para casa.

Para o Cabo?

Eu teria preferido que ela me deixasse por outra pessoa. Mas o Cabo? Explodindo, eu berro. Um soco é desferido a esmo. Sou eu que o desfere, as pessoas riem de se acabar, outras dão gritos, punhos cerrados voam em todas as direções. Um me chega por cima, me acerta no alto do crânio.

Agora estou no chão, diante da entrada. No alto, um sujeito que eu agarro me insulta. Se eu tivesse um machado... Só tenho meus punhos, dou socos com toda a raiva, meu sangue ferve.

Perco a consciência.

Acordo no mesmo lugar, com um bando de idiotas de pé ao meu redor, inspecionando-me como se eu tivesse lepra.

Tenho dificuldade para respirar. Meu diafragma se bloqueia, meus intestinos se retorcem.

– Nazista! – alguém berra.

Eu viro as costas, enxugando o rosto.

Chego em casa com o raiar do dia, e cruzo com a sra. Gruber junto a seu carrinho de compras. Pela sua cara horrorizada, compreendo que estou lastimável. Não vou durar muito tempo no apartamento que Frances já abandonou...

E o bilhete, o bilhete que eu não quis ler, abro-o agora.

Rosie é o seu retrato escarrado e você não suporta isso. Volte então para junto de Heidi e se mandem os dois para 1948, porque é o que você quer. Rosie e eu voltamos para casa, onde tudo está por construir.

É um soco no estômago. O soco afunda, gira, me chega até os rins.

●

Estou sentado no chão, de pernas cruzadas, e a carta de Frances está dobrada sobre minhas coxas. Um telefone nas mãos, não digo nada, escuto, observando as cortinas brancas e transparentes que esvoaçam nas janelas do apartamento. Ele está vazio. O fio do telefone se enrosca em torno dos meus dedos. Muito comprido, ele liga Munique ao Cabo. Você a mim:

– E você sentiu a mesma dor que eu, no mesmo momento?

– Como socos nas minhas entranhas, sim.

Após um silêncio, você diz que tentou falar comigo durante vários dias a fio. Eu te digo que dormi fora de casa. Desamparado, abro a carta de Frances, mexo nela sem lê-la. Minha garganta se incha de tristeza. No início, tenho a impressão de haver uma bola de gude mole na minha laringe, que cresce, que endurece, que se transforma num balão. De um golpe só, eu solto:

– Frances me deixou.

Não consigo mais falar. Você também não, nenhuma palavra. Escutamos um ao outro respirar por um breve momento e, depois de uma grande inspiração, eu digo:

– Não suporto a ideia de que Rosie cresça lá.

– Lá... – você repete, com uma voz muito gentil.

E de repente você é tomada pela dor, começa a soluçar. Transtornada, me conta em detalhes uma história louca, um drama que aconteceu em Terre'Blanche no momento em que eu sentia dor nas tripas, quando você tinha a sensação de receber socos na barriga. Você estava grudada no vaso sanitário. *Aquilo* não saía. Estranha essa maneira que você tem de dizer *aquilo*, como se *aquilo* tivesse um nome, mas que fosse impossível ou proibido pronunciá-lo. Um tiro, por outro lado, foi pronunciado quando você estava fechada no banheiro. Ele não se proibiu disso. Era Jacob. A bunda na cadeira de rodas e o fuzil sobre os joelhos, ele ficava de sentinela no pátio. Tinha adquirido esse hábito, um passatempo, e, como não fazia nada de muito danoso, Michèle deixava.

– Era o brinquedinho dele – você diz.

Você conta, eu vejo Jacob murmurando o seu habitual *Eles vão nos matar a todos* enquanto acaricia a coronha do seu fuzil. Bruscamente tomado pelo pânico, acreditando ver um fantasma, ele coloca o fuzil junto ao ombro e atira, atira, atira em tudo o que se mexe. Balas em todas as direções. Galinhas, cabras, avestruzes, homens... Aliás, Jacob mira sobretudo nos homens. Um rapaz acaba por cair no chão. Morto. Atingido em pleno coração.

– Eu acabava de recrutar Gadhla como carpinteiro. Dezesseis anos recém-completos...

Você faz uma breve pausa, funga para tentar se acalmar. Mas as palavras escapam da sua boca com soluços. Você não viu nada, foi Thando quem te contou. Ao cabo de alguns minutos, um cavalheiro se atira sobre a cadeira de Jacob para derrubá-lo, e para que a carnificina pare. Jacob vacila. Cai dentro da prensa e a liga tentando se endireitar. E você, grudada no vaso sanitário, com o ventre em chamas, impossível se levantar. *Aquilo* te atravessava do alto do estômago até os rins. Você achava que ia morrer. Do banheiro, ouve os gritos de Michèle. Ela grita ao assassino, porque a prensa começa a despedaçar Jacob, principiando por cima. Michèle vê o destino que espera seu pai da janela do quarto, no primeiro andar. Sentado na cama, joelhos dobrados sob o queixo, Lothar treme. Imagina com certeza que *eles* virão buscá-lo, por sua vez, e que *eles* vão jogá-lo na prensa também, onde seu sangue vai se misturar ao suco de uva seco nas paredes do tanque. Michèle grita a ele que faça alguma coisa. *Seja homem! Seja homem pelo menos uma vez!*

Ele não se mexe, Michèle o chama de imbecil, de todo tipo de nome de pássaros, de mamíferos e de insetos. Então ele realmente não reage, enquanto na prensa Jacob se debate dando gritos. Uma dor se faz sentir sob a axila de Lothar. Espalha-se pelo braço, ele é jogado no chão, seu peito o oprime. Ele mexe nos bolsos, encontra um frasco de comprimidos, mas se afunda no chão antes de abri-lo. Deitado de barriga para baixo, ele olha fixamente para o chão, perguntando-se se não estará tendo uma crise cardíaca. Espera que não, pelo menos é o que eu acho. Michèle não presta nenhuma atenção nele, não tira os olhos da prensa e se pergunta se ela própria não vai descer. Mas e se *eles* a jogarem no tanque também?

– Thando chegou – você diz, com a voz rouca. – Correu até Gadhla, mas era tarde demais. Um buraco no coração, imagine!

Um soluço te sufoca, é preciso um momento para recuperar o fôlego.

– E depois ele viu as pernas de Jacob na prensa. Sua cabeça estava esmagada, mas as pernas ainda se mexiam. Um reflexo, sabe, como os galos quando continuam a correr depois que cortam seu pescoço. Então...

Então, na janela de Graça, Samora, oito anos, vê seu pai pegando o fuzil no chão. Thando vê a cabeça de Jacob transformada em mingau. Ele entendeu, acabou. Mas essas pernas que gesticulam... Ele atira.

– Thando quis abreviar o sofrimento do vovô. Pensava que ele ainda sentia dor. Eu estou persuadida de que ele já estava morto. Você pode imaginar que Michèle não é da mesma opinião! Ela conta por toda a parte que teria sido possível salvá-lo!

Você para a fim de se recuperar um pouco da emoção. Respira, está desolada:

– Não havia mais nada a fazer.

E você, durante esse tempo, fazia força, fazia força. Dizia para si mesma que nunca tinha estado constipada a esse ponto. Não conseguia dizer outra coisa a si mesma.

– Kobus tinha partido para a Namíbia durante alguns dias, e, como o telefone está com defeito, Wilhelm tinha ido buscar o médico pela manhã... para mim.

Wilhelm volta de carro com o médico. Ao passar pelo portão de Terre'Blanche, ele lhe confia sua inquietude a seu respeito: você não saiu do vaso sanitário desde que o dia raiou. O carro sobe por um caminho, contorna a casinha, chega até a fazenda. Aterrados, Wilhelm e o médico descobrem um cadáver numa poça de sangue. Um pouco mais adiante, um mingau de vovô macera numa prensa ainda ligada. E Thando, uma múmia, fuzil no braço, está sentado na beirada da prensa com Samora, que segura sua mão.

– Thando se encontrava em estado de choque. Samora acariciava sua mão repetindo que ele tinha agido bem. Graça estava cuidando das avestruzes... Não tinha visto nada nem ouvido nada.

E Wilhelm é tomado por uma crise de nervos quando, no quarto dos seus pais, descobre o cadáver do pai, estendido de cara para o chão. Ele está morto, Michèle não entendeu, ou então não consegue se convencer. Então, ela o insulta, chama-o de bunda mole e continua gritando para que ele faça alguma coisa.

Você dá um gemido de partir o coração.

– Quando eles vieram me liberar... Havia um bebê morto no vaso sanitário! Sua irmã pôs um cadáver de bebê na privada! Eu sequer sabia que estava grávida! Um monstro, Wolf! Sua irmã é um monstro!

Meu coração está partido. Eu te escuto chorar e depois ouço a mim mesmo te dizer:

– Às vezes, eu queria dormir... acordar e recomeçar a nossa vida.

– Seria a mesma, Wolf! As vidas não gostam que as desloquemos...

– A foto do velho branco está nos jornais, você viu? Como se ele fosse a prova.

– Prova de quê, Naledi?

– De que os negros não queriam somente substituir os brancos, mas também exterminá-los.

– Quando eu escuto esse tipo de cretinismo, isso me transtorna um pouco, Naledi...

– Ele, em todo caso, partiu para muito longe. O dr. Malema falou com a equipe para desligá-lo.

– Ele teve sorte de receber cuidado. Não podemos dizer o mesmo de Samora Sisulu!

– Sisulu? Ele não escolheu por conta própria se matar depois de ter atirado nesse velho, talvez?

– Sisulu é um herói, Naledi... Os fazendeiros brancos por acaso devolveram as terras? Eles nos removem com escavadoras de onde nossos ancestrais estão enterrados. Arrancam as cruzes dos nossos túmulos. E você se incomoda porque desligam aquele sujeito! Isso vai ensinar eles a não nos tratar como animais!

Um fuzil está apoiado na parede coberta de papel florido.

É um cômodo grande, com teto baixo, uma parede com duas janelas sem cortina, protegidas por barras exteriores. Dão para uma rua onde passeiam cachorros levados na coleira por seus donos, e crianças levadas na coleira por suas mães. Passam junto a um muro de cimento, encimado por arame farpado. É uma prisão onde as pessoas escolheram se trancar. Lá em cima, o céu é azul.

Uma garrafa de vinho, uma taça e um par de tesouras estão sobre a mesa. Ela se situa no meio do cômodo, perto de uma pequena cama junto à parede, onde estou sentado sobre as pernas dobradas. Os cabelos em desordem, barbudo, tenho rugas pronunciadas e grandes olheiras.

Devo ter 44 anos aqui. Minha cama é pequena, pequena demais.

Papel de presente nas mãos, com corações, embalo uma boneca. A televisão está ligada sobre uma cômoda. É a cores e pequena, mas tem uma traseira imensa. Uma mulher de voz suave balbucia no interior. Aguço o ouvido, ergo a cabeça para ela. Seus cabelos são pretos, sua pele, castanho-escura, e dois cachos em forma de edelvais pendem junto às suas orelhas.

Sinto uma imensa ternura por ela.

Microfones se aglutinam ao seu redor, os mesmos que nos saltaram no pescoço na estação de Hanover. Bombardeada por perguntas, ela responde:

– Thando Sisulu apodrece há oito anos numa cela, onde é impossível se deitar, por um crime que não cometeu. Alegramo-nos por termos obtido a comutação de sua pena de morte em pena de prisão perpétua, mas não é o suficiente.

Suas edelvais me hipnotizam. Ela tenta avançar, mas a nuvem de microfones forma uma barreira:

– Por que a senhora, advogada indiana, representa um condenado africano?

– Meus documentos de identidade me estabelecem como malaia do Cabo. O que não é...

Suas palavras são cortadas e passamos a uma outra imagem, em que uma mulher maquiada, sentada diante de uma escrivaninha, um papel na mão, mergulha os olhos em você, para que escute bem.

Sem se dirigir a ninguém, ela explica a todo mundo: Jacob Terre'Blanche, presidente de honra da Fraternidade, foi vítima de um assassinato político oito anos atrás. O criminoso, Thando Sisulu, esposo de Zandile Sisulu, uma ativista do Congresso Nacional Africano, foi inicialmente condenado à morte graças ao testemunho da filha do defunto, Michèle Schultz. Sua pena foi reduzida... Ele a cumpre na prisão de segurança máxima de Robbeneiland. Como seus congêneres, teve a oportunidade de reforçar sua doutrinação pelos terroristas Mandela e consorte, até 1982. Quanto ao terrorista comunista Goldberg, ele está detido na prisão central de Pretória. Mas é difícil compreender como uma revisão do processo de Thando Sisulu pôde ser obtida nessas circunstâncias, e como a sua libertação não comprometeria a ordem pública.

Afetada, a mulher para um segundo para conter as emoções, e prossegue.

São os próprios netos da vítima, dois órfãos alemães adotados após a Segunda Guerra Mundial, que pediram a revisão do processo. Recordamos que Barbara e Wolfgang Schultz (ela pronuncia bem cada sílaba) passaram um tempo *eles também* na prisão, faz alguns anos. Quanto à mestre Patel, ela pertence a uma família cujas atividades clandestinas, no seio do Congresso Nacional Indiano, são conhecidas de longa data. Que não nos enganemos... O que está em jogo nesse caso é a independência da África do Sul, sua força de resistência face às pressões internacionais que...

Depois, a mulher maquiada fala de três câmaras, um referendo e uma Constituição. Pessoas brancas deram uma câmara a pessoas mestiças, uma outra a pessoas indianas, mas não deram câmara alguma a pessoas negras. Porque só há três câmaras no parlamento. Os negros, acredito, ficam então nos bantustões. E Thando dorme na prisão. Estou de volta à África.

●

Caminho lentamente, de banda, no meio de um terreno baldio onde há escombros empilhados. O vento sopra lá em cima, e ao longe fumegam as chaminés dos barcos que deslizam no oceano de prata. Curvado, a vista turva, o que penso ser efeito do álcool, tenho na mão meu presente embrulhado, com seus corações.

Paro diante de uma grande construção, dilapidada, de dois andares. Uma livraria, no térreo, está fechada. À sua porta há uma outra adjacente, onde se pendura uma campainha.

Hesito em tocar.

Não será esta a casa de Frances? Distrito Seis?

Sai música berrando de uma janela aberta no andar de cima, decorada com balões de borracha.

Daddy, daddy cool!

É inglês. Quer dizer papai é bacana.

Tenso, hesito em tocar.

We Won't Move está escrito com tinta vermelha sobre a fachada.

Continuo hesitando.

She crazy about her daddy
Ooo she believes in him

She loves her daddy
Quer dizer que ela é louca pelo pai. E que acredita nele. Porque o ama.

Um acessório de festa cai sobre a minha cabeça, ergo os olhos, deve ter caído por acidente da janela.

Continuo não ousando tocar, *daddy, daddy cool,* fico parado diante da porta, um idiota que treme e que tem a vista turva.

Ao cabo de um momento, passos descem uma escada, atrás da porta. Ouço a voz de Frances:

– Você vai dar esses sanduíches à professora, para as crianças que não levaram nenhum. Escutou bem?

Meu coração bate a ponto de estourar. Ele explode quando a porta se entreabre. Ela volta se fechar, pois Frances esqueceu de tirar a corrente. Não consigo recuperar o fôlego. E pronto, está aberta. Uma menininha mestiça entra e desaparece correndo. Continuo com a vista turva, mas adivinho o saco plástico cheio de sanduíches que balança na mão de Frances, penso em pasta de amendoim.

Frances adora pasta de amendoim. Enquanto espera, parada sobre o degrau que a separa da calçada arrebentada, ela está estupefata por me ver. Continua tão bonita. Talvez ainda mais. Quanto a mim, sinto-me um traste. Emocionado, balbucio:

– É uma bela música.
– Boney M.? Sim. Um golpe de Franz.
– Franz?
– Reuther. O que era vedete na Hansa Records quando eu...
– É ele que está cantando?
– Sim. Mas ele tem um dublê. Era preciso um cara negro para esse tipo de música. A mesma coisa com Sixto Rodriguez. Se fosse branco, as pessoas teriam se dado conta de que ele valia mais do que Bob Dylan. E quanto a mim, eu precisava... Enfim, se eu tivesse a cara de Sarah Vaughan ou Frank Sinatra... E você? O que você quer?

Balbucio. Ela me fita e me examina dos pés à cabeça.
– Você bebeu?

Desajeitado, eu lhe entrego o presente.

– É para Rosie...

Frances continua plantada em seu minúsculo alpendre, muda, pontos de interrogação em lugar dos olhos. Atrás dela, um grande salão está decorado com uma flâmula na qual está escrito *Feliz aniversário*. Acima, uma outra, murcha, proclama *Os amigos do Distrito Seis militam pelo regresso dos que foram expulsos: we won't move!*

Passos descem a escada atrás de Frances. Ouvindo-os, ela fica confusa, avança sobre o degrau para fechar a porta. A voz de uma criança a atravessa:

– É papai?

Frances se transtorna e, virando-se:

– Não é nada, Rosie, suba, eu volto logo em seguida!

Acho que em vez disso ela fica lá embaixo e cola a orelha na porta. Frances também desconfia, então murmura, bem baixo:

– No ano passado você não veio. No anterior também não. E antes também... nada.

Rosie aparece na porta.

– Papai! É você?

Acredite se quiser, não consigo responder... E por que Rosie não ousa sair? Verificar por si mesma. Será que ela tem medo de mim?

– Não podemos contar com você – Frances atira, antes de se virar para a porta: – Suba, vou estar lá em cinco minutos!

Não digo nada. Alguma coisa me paralisa e me impede de reagir. Os passos de Rosie sobem a escada. Uma raiva surda me invade.

– Eu te pago uma pensão alimentar sem atraso...

– Porque o juiz te obrigou!

Continuo plantado ali, entrego-lhe de novo meu presente com os corações coloridos. Ela sacode a cabeça, não quer.

– Eu fui um mau pai, mas...

– Você não foi um pai em absoluto, Wolf! Rosie mal começa a se recuperar de... Ela come quase normalmente. Não jogue tudo pelos ares!

No ano passado, no anterior e nos outros eu não vim, repete Frances. Rosie me esperava. Este ano, não me esperavam, não vão mais me esperar. Um beicinho desolado se desenha nos lábios de Frances. Ela vira as costas para mim. Vou embora.

●

Thando deve ter 47 anos, mas parece ter vinte a mais. Não apenas por causa dos óculos, mas por causa dos olhos vermelhos, inflamados, que piscam porque a luz os irrita. O céu está cinzento, no entanto, e o dia, não muito claro.

Seus cabelos cresceram, tornaram-se brancos. Rugas se enroscam sobre sua testa, outras formam sulcos entre o nariz e a boca.

Correntes presas aos seus tornozelos e às suas mãos o ligam a outros homens, todos com a mesma cara feia, negra, marrom, bege. Sentados num barco, eles observam uma ilha que surge no horizonte. À exceção de um jovem, que fita a costa do outro lado. Ela está tão distante, mais parece um brinquedo. O garoto se pergunta se conseguiria alcançar o continente a nado, uma vez que o tenham libertado. No lugar dele, eu não arriscaria.

Focas nadam ao redor da ilha. As ondas arrebentam em seus pedregulhos. Eles desembarcam. A correnteza é forte. Você não poderia regressar à outra margem a nado, não, ou ela te arrastaria ao fundo antes do primeiro quilômetro.

Cruzam uma porta, seguem por um corredor, estreito, e são revistados por guardas brancos. Thando recebe uma calça curta, uma camiseta e sandálias. Os menos negros recebem sapatos fechados e calças compridas. Thando continua avançando, sua cabeça está em outro lugar, ele não pensa em muita coisa. Estou cansado, diz-lhe seu corpo, cansado, cansado, cansado. Can-sa-do.

Ei-lo numa pedreira, uma grande bacia cheia de condenados que escavam as paredes com picaretas. Essa rocha é tão branca que cintila. Deixa Thando cego, incomoda seus olhos. Por alguns instantes ele para, mas muito brevemente, porque os guardas, óculos escuros sobre o nariz, supervisionam, atentos. Durante um segundo, ele descansa os olhos e cospe a poeira que engole. Aliás, ele não respira, ele geme.

Deve fazer um tempo que cavam.

Acho que é cal.

Cavaram talvez eles mesmos essa bacia parecida com uma cratera. Quanto mais cavam, mais seus olhos os incomodam, mais sua pele se resseca, mais seus pulmões ficam tomados, mais seu olhar se extingue. Exceto alguns. Os sonhadores.

Lá está ele de novo. Dessa vez, recolhe merda de pássaros. Está satisfeito. É menos ruim do que a cal. Mas continua tossindo e seus olhos estão vermelhos e secos. Redes de pesca vieram parar na praia. Ele pega uma ou duas com seus companheiros.

Come agora um mingau. Outros ganham também sopa ou arroz. A pele deles é mais clara, então também ganham um café. Está escrito numa parede. Quanto mais negro você for, menos tem direito a geleia. A mesma coisa com a manteiga, o açúcar, o café, o... Mas tanto faz para Thando. Mesmo quanto a ter escapado à morte ele pouco se lixa. Viver para quê? Sempre haverá um Terre'Blanche para meter o pé no seu traseiro ou chumbo nas suas nádegas. Sua palavra jamais terá peso em comparação à de Michèle. Como aquela advogada espera tirá-lo dali? E Zandile... ah, ela levou Samora ao processo, mas era mais um modo de lhe ensinar o ódio. Ele não tem nem mesmo forças para odiar. Às vezes, se arrepende. Se Graça tivesse lhe ensinado o ódio, ele teria, talvez, forças para se revoltar?

Porque...

Ninguém sabe o que é o isolamento entre os cachorros no meio de um canil. O que matou Sobukwe. E depois o que é cavar uma trincheira para ser enterrado ali, e os guardas mijarem em cima de você. Depois, você não tem o direito de se lavar.

Ele viu. Mas nunca fizeram isso com ele. Porque se cala.

Para que te deixem em paz, basta não existir.

Thando desfaz as cordas de sua rede de pesca. Fabrica um cinto de náilon. Com couro. Usou sandálias o bastante para fazer quantos cintos quiser.

Urina num balde, deita-se sobre um trapo velho, dobra os joelhos. Sua cela deve medir três metros quadrados. Recita uma oração, mas ela mais parece um poema.

Na escuridão que me encerra,
Negra como um poço onde me afogo,
Dou graças a Deus, haja o que houver,
Por minha alma invencível.

Repete várias vezes.

Mas não consegue se convencer.

●

A noite caiu, eu me vejo através das barras que protegem a janela de um cômodo iluminado. Estou sentado num salão, um fuzil sobre os joelhos, diante de um homem. Ele esfrega a coronha de uma pistola como se estivesse polindo prata.

– Por que remexer nessa merda?

– Que merda?

– Não brinque comigo, Schultz. Esse sujeito que matou seu avô.

– Ele queria abreviar seu sofrimento.

– Você não sabe de nada, não estava lá.

– Minha irmã estava.

– Quando... enquanto afogava seu bebê na latrina?

Não vacilo. Mas estou ardendo de vontade de lhe cuspir alguma coisa na cara. Não devo fazê-lo, porém. Ele tira cartuchos de uma caixa, me oferece alguns. Recuso.

– Você, então... eles pegaram em armas. Você tem consciência?

Atônito, ele tira outros cartuchos do bolso e coloca-os na pistola.

– Como você pode ser ingênuo, Schultz. Você atira para o ar, a esmo... Acredita nas mentiras da sua irmã, quando sua mãe viu o crime pela janela. O menino diz que o pai agiu como um herói..., e é mais do que convincente. Mas quanto a você, será que não encontra nada melhor para fazer além de recrutar essa advogada?

– Ela se apresentou voluntariamente à minha irmã. E quanto ao menino... Samora tinha oito anos quando foi interrogado. O que mais você queria que ele dissesse? A mãe deve tê-lo influenciado. Evidentemente eles querem fazer disso um ato político.

Seus lábios resmungam qualquer coisa, como se ele murmurasse uma oração.

– Correm boatos... Como por exemplo que sua irmã seria sapatão?

Eu me obrigo a rir:

– Deixe isso para lá, sim. E quanto ao bebê, ela não sabia.

– O quê.

– Que estava grávida.

Ele se põe a rir.

– Conte outra, Schultz! Abra os olhos!

Ele fica mais sombrio, termina de carregar sua arma, depois se levanta – ou, antes, se desdobra, porque seu corpo é comprido e fino, mais parece um boneco de papel.

– Mesmo assim... vocês, Schultz, já não estiveram debaixo dos holofotes o suficiente?

Saímos do seu estúdio, fechamos a porta, aferrolhamos quatro trancas, umas mais sofisticadas que as outras.

– Você me conhece, Schultz. Sou um sentimental.

Ele fecha uma grade sobre a porta do estúdio, gira duas chaves numa fechadura, ajusta uma corrente que se abre e se fecha graças a um código de quatro números. Continua:

– Mas certas pessoas...

– Ficariam contentes em apontar o fuzil para mim. Estou a par.

Ele prende seu chaveiro, sete ou oito quilos de ferragens, no cinto. Gasto, ele suporta ainda assim o choque.

Caminhamos pelas ruas dessa vila – a minha – enquanto continuamos a bater papo. Passamos por imóveis baixos, de dois andares, todos iguais. Vasos de flores decoram o parapeito de algumas janelas, as das famílias, de onde pendem cortinas diáfanas ou mais espessas.

Homens sozinhos, mais frequentemente no térreo, se ocupam com isto e aquilo por trás de vidraças nuas: sem mulheres, sem flores, sem cortinas. Do lado de fora, homens similares passeiam com seus cachorros idênticos, e nós passeamos com nossas armas, diferentes.

Esposas que entram com os carrinhos na garagem e com as crianças na cozinha nos cumprimentam com respeito. Tudo está calmo, os passarinhos dormem em seus ninhos e insetos silvam nos arbustos. Por toda parte, painéis presos em fios de arame farpado advertem os que estão do lado de fora e tranquilizam os que estão do lado de dentro: atenção, cachorros bravos, milícias armadas. Faço parte. Das milícias. Donde o fuzil, a pistola do homem de papel e os cinco sujeitos que encontramos diante de uma casa. Nº 357. Apertamos as mãos, damos tapinhas nos ombros, ouvimos notícias uns dos outros.

Lançamo-nos, sete homens que fiscalizam as ruas.

De repente, o que vai na frente do cortejo se imobiliza, e o restante de nós congela – os que estão atrás dele e eu também. Um barulho engraçado sai de um arvoredo, muito grande. Parece que algo se move no interior. Atiro para o céu. O homem de papel grita, com uma voz sufocada:

– Agora não! Ele vai escapar!

Pistola na frente, ele avança até o arvoredo, mira, mete a mão ali, sacode... nada.

Ameaçando o arvoredo, o homem de papel grita:

– Saia daí! Estou pronto!

Ninguém responde. Até que uma silhueta bem pequena escapa bruscamente da massa de árvores, junto com uma nuvem de vaga-lumes. Surpreso com esse tamanho minúsculo, o homem de papel atira, mas para o lado; depois, um outro homem da patrulha atira, ele próprio tampouco um perito. Os outros tremem, eu inclusive, e o dedo no gatilho. A dois dedos de atirar, eles se detêm. Eu também.

A fugitiva se distancia. Mais ágil do que as balas, ela se volatiza num buraco de rato aberto numa grade.

E o homem de papel nos passa um sabão:

– O que deu em vocês? Vão ficar parados aí ou o quê?

Os homens abaixam a cabeça, enquanto um deles protesta:
– Quem foi que te disse que ela estava armada?
– Ela não estava armada – eu acrescento. – Nem mesmo com uma pedra.
– Você, Schultz, você devia calar a boca.
Porque com sujeitos como eu, ele acrescenta, compreendemos melhor por que a Alemanha perdeu a guerra.

●

Estou ao volante de um carro, um volante muito bonito, todo de couro, os assentos também, couro, o carro vermelho bordô, igual àquele que terminou seus dias entre os zulus.

Talvez ele não tivesse terminado seus dias, então.

Seja como for, ele reluz, as nuvens se refletem sobre o capô e também o sol tímido escondido por trás delas. Meus cabelos estão bem curtos, estou bem barbeado, o queixo quadrado. As olheiras persistem e as bolsas também, inchadas de álcool. Rolo sobre o caminho que conduz até a saída de Terre'Blanche.

Começa a chover de leve, uma cortina fina. Ao longe, uma mulher caminha junto à estrada, na mesma direção que eu. Uma maleta nas mãos e saltos nos pés, ela se apressa para chegar ao ponto de ônibus, mais adiante, antes de ficar ensopada. Paro junto a ela, abaixo o vidro, ofereço-lhe meu mais belo sorriso:

– Senhorita Patel...

Clac clac clac, seus saltos continuam estalando sobre a estrada, ela mal presta atenção em mim. Deslizo lentamente ao seu lado, sem me desfazer do meu sorriso, que estou convencido de que é encantador:

– A senhorita não me conhece... Sou o irmão de Barbara Schultz, a quem a senhorita ofereceu seus serviços.

Sem parar, ela diz, com frieza:
– Ah. Sim, entendo. Encantada.
– Posso lhe dar uma carona até algum lugar?
Ela sacode a cabeça:

— Não, eu agradeço. Meu ônibus não vai demorar. Um pouco mais adiante.

— Está chovendo, senhorita.

— Uma chuvinha de nada, não se preocupe.

Com essas palavras, uma trovoada acima das nossas cabeças. O céu desaba. Um aguaceiro! Meus lábios tremem de tanto sorrir.

— A senhorita não quer se proteger?

Ela se obriga a ser amável, força-se a me agradecer, mas é inútil acompanhá-la; aconteça o que acontecer, ela prefere o ônibus, muito obrigada, não insista.

O aguaceiro se transforma em dilúvio. Bem acima da sua cabeça, as nuvens mostram a que vieram, mostram realmente a que vieram. Ao menos desta vez, os elementos estão do meu lado. Encharcada, ela tenta enxergar ao longe, mas não vê nenhum ônibus se aproximando, e o teto do abrigo no ponto sai voando. Eu continuo insistindo, é de meter medo:

— Entre, senhorita. Meu carro é alemão!

Como se fosse garantia de segurança.

Abro a porta. Contrariada, ela acaba por ceder às vantagens do meu assento. Ele está seco, é de couro, e sou eu quem agradece quando ela fecha a porta.

— Onde posso deixá-la?

— O próximo ponto de ônibus está ótimo, senhor.

— Para?

— Paarl. Volto para Paarl.

A caminho!

Um momento se passa sem uma palavra, mas é muito bonito, porque a chuva canta sobre o capô, e porque suas edelvais dançam junto às suas orelhas. Mas sinto que ela está desconfortável.

— Como avança o dossiê de Thando? Enfim... Se não estiver impedida de falar pelo sigilo profissional.

Ela hesita.

— Eu estava voltando da casa da sua mãe quando nos cruzamos.

— Não estava saindo da casa da minha irmã?

Ela pousa timidamente as mãos sobre as coxas, e pigarreia.
– É sua mãe que é preciso convencer.
– A?
– A alterar seu testemunho.

Começo a rir. A advogada não ri em absoluto.
– A pena do sr. Sisulu só repousa no depoimento dela. Tentei convencê-la de que o sr. Terre'Blanche já estava morto quando o sr. Sisulu atirou, acreditando aliviá-lo. É um fato, não havia nada a fazer para salvá-lo.
– A senhorita está pregando a um convencido, srta. Patel.
– Eu imaginei ter compreendido. Mas a corte judicial... é uma outra história.

Dou uma gargalhada:
– A sra. Schultz também! Eu lhe desejo coragem!
– Eu não me desespero, sr. Schultz.
– Pode me chamar de Wolf.

Incomodada, ela franze o nariz, agarra-se à sua maleta. Sua presença me enche de alegria. Ela poderia não dizer nada, poderíamos rolar até o fim do mundo, eu não estaria menos feliz. Tanto que quando ela me anuncia O *próximo ponto de ônibus vai estar à sua esquerda* eu não o ouço, não paro, continuo a deslizar.

Suas mãos se crispam sobre a maleta. Ela está tensa.

A chuva ameniza, um raio de sol atravessa uma nuvem, meu carro chega a um cruzamento que indica que Stellenbosch e a Cidade do Cabo estão à esquerda, mas que Paarl e Wellington estão à direita. Viro à direita. Confusa, Arya murmura:
– É um desvio e tanto...
– O que a faz pensar isso?
– O senhor trabalha na Cidade do Cabo, na companhia de seguros que pertence ao seu irmão, e mora em Somerset. Não em Wellington... Nem em Paarl... Que eu saiba.
– A senhorita se informou bem.
– Conheço todos os meus dossiês na ponta da língua, sr. Schultz.
– Pode me chamar de Wolf.

Lanço uma olhada para a espessa maleta que está sempre pousada sobre seus joelhos, mas que ela largou para agarrar a maçaneta debaixo da janela. Continuo sorrindo um sorriso beato.

– E como vai fazer para convencer a sra. Schultz de rever seu testemunho?

– O senhor chama sua mãe de *senhora*?

– Achei que a senhorita conhecia o meu dossiê?

Ela se esquiva ao meu olhar, o que me dá coragem, atrevimento:

– Ainda tem muitas coisas a descobrir, está vendo?

Ela abaixa a cabeça:

– Eu quero a libertação de Thando Sisulu. Ele tem um filho para criar... Se for preciso transigir, não vou aceitar mais do que dois anos. Ele já cumpriu oito. Oito, o senhor se dá conta? É um homem destruído.

Sinto um aperto no coração. Revejo Thando, depois que ele me libertou da garagem e tentou nos levar os três até o porto. Aquele maldito barco que jamais veio nos buscar. Ele que manchou as costas de pintura naquele banco. Chutes na bunda, o castigo que ele recebeu.

Dois anos além dos oito já cumpridos? É demais, sim.

Entramos em Paarl. Arya me guia até grandes armazéns onde se vendem tecidos, especiarias, frutas e legumes. Uma mulher de setenta anos, mas que parece ter dez a menos, realmente muito bonita, está de pé diante de uma bancada de melões. Um lenço contorna o seu rosto. Um tanto autoritária, ela dá ordens a homens que enchem caçambas, descarregam caminhões, dispõem as mercadorias nas bancadas, mudam-nas de lugar...

Vendo Arya chegar, ela exclama:

– É a essa hora que você volta? Não sabe que jantamos todos os dias no mesmo horário?

A advogada feroz se torna uma menininha levando bronca da mãe. As mãos nos quadris, a mãe se inclina sobre o carro para ver quem é responsável por esse atraso. Lança um olhar surpreso para Arya, que abaixa um rosto culpado, aquele com que ficamos depois de ter trazido para casa um cachorro vira-lata e suas pulgas. A mãe continua me examinando e, como eu não tenho o ar muito sarnento, convida-me a tomar um suco. Cachorro, você quer que eu te adote? É só o que o cachorro quer, ele balança o rabo.

●

A mãe é mais calorosa que a filha. O fato de eu ter nascido do outro lado do mundo a encanta. Por causa disso, ela me convida a me espalhar em grandes almofadas que enquadram uma mesa baixa, no chão de um salão comprido. Oferece-me um copo de suco de fruta, muito espesso, antes de servir à sua filha e depois a si própria. Nossa produção, diz, orgulhosa. Copo na mão, ela o faz dançar, fala e só se interrompe para recuperar o fôlego, bebe seu néctar em grandes goles, reajusta constantemente seu lenço.

Risonha, conta a história de um camelo – muito alto, muito bonito e com os dentes muito brancos – que chegou ao Cabo faz muito tempo. Não era para ter sido mais do que uma escala, mas, tendo perdido seu barco para a Austrália, o camelo – com seu dono, evidentemente – se estabeleceu no Cabo. As pessoas se intrigaram com sua presença – nunca tinham visto um camelo no Cabo –, então ele acabou por fazer disso seu ganha-pão, intrigando as pessoas nas praias, nas feiras e nos circos. Moeda após moeda, seu dono – muito grande, muito bonito e com os dentes muito brancos – juntou um tesouro.

– Meu avô acabou comprando a Indian Plazza inteira em Joanesburgo – ela conclui.

Mas depois disso houve as expropriações, os indianos perseguidos, a praça rebatizada.

– ... então ele entrou para o Congresso Nacional.

Do outro lado, o materno, toda a família deixa o Gujarat nesse momento. O Gujarat se situa na Índia. Eles são muito numerosos, então se espalham entre a ilha da Reunião e o Quênia. Alguns vêm parar no Cabo, por acidente. Só paramos aqui por acidente, compreende. Apesar disso, com o passar dos anos, indianos crescem no Cabo Malaio. Mais fácil para as autorizações de circulação. Eles se misturam com os griqua, os mestiços, os...

– ... então eu nasci em Franschhoek, não muito longe de uma enorme fazenda que...

Arya a interrompe:

– Você está aborrecendo nosso convidado com as suas histórias.

Eu lhes garanto que de jeito nenhum, e encorajo a mãe de Arya a continuar. É apaixonante. Arya se transtorna, eu me pergunto por quê.

– Meu pai acabou por deixar Franschhoek – relata a mãe, entristecendo-se. – Eu era um bebê. Felizmente – ela se alegra de novo – ele refez a vida em Paarl. No comércio de frutas, especiarias e tecidos. Tudo o que o senhor está vendo aqui é...

– Mamãe...

Arya está terrivelmente incomodada com essa conversa. Murmura alguma coisa numa língua desconhecida. De fato, o sujeito sentado diante da mãe e perto da filha não entende nada. Mas eu compreendo tudo.

Mamãe, ele é o neto de Terre'Blanche.

Sua mãe se imobiliza por um segundo, chocada. Depois me exibe um sorriso que parece inteiramente falso.

Ele sabe?, pergunta a mãe à filha.

Você está louca?

O olhar de Arya foge por uma janela. Virando-se para mim, a mãe ajeita o lenço e diz:

– Arya me dizia ter sempre sonhado em ir para a Europa... Nunca conseguiu os meios.

Arya levanta o queixo para se mostrar digna, mas percebemos que está ofuscada. Sua mãe a obscurece:

– Desde que você se viu caminhando com duas pernas, nunca se dedicou a outra coisa que não fossem os estudos. Você é uma boa advogada, mas enfim...

Ela se inclina para mim e assume um tom da confidência:

– Temos família na Europa. Meu primo da Reunião se instalou em Bordeaux, onde tenta importar vinhos sul-africanos. Não é fácil, com a política. Vocês não estão longe de Bordeaux, não é?

– A Alemanha não fica logo ali ao lado, mamãe.

Nem um pouco desconcertada, a mãe se ergue sobre os joelhos para mudar de posição.

– Não deve ser mais longe do que de Paarl a Pretória – ela diz, instalando-se como uma amazona em sua almofada. – Não?

Respondo que vou verificar, mas explico desde já que a França e a Alemanha são vizinhas.

– Isso não as impede de estar com frequência em guerra.

– Não compreendo que as pessoas se estraçalhem umas às outras – diz a mãe, com gravidade – quando são do mesmo povo.

Arya permanece espantosamente silenciosa. Envergonhada e ao mesmo tempo na defensiva, ela se mostra atenta aos gestos de sua mãe e desconfiada de suas palavras. Quanto a esta, consulta o relógio, fala de um marido que não vai demorar para voltar para casa, então eu me levanto e a cumprimento respeitosamente. Caminhando até a porta para sair, ouço as duas mulheres murmurando às minhas costas, a mãe dizendo *É claro, você estava sentada ao lado dele não disse duas palavras, então não viu nada, mas eu posso te dizer, ele te devorava com os olhos, minha filha, e sem querer te magoar, você não é um cânone de beleza, não pode desperdiçar uma ocasião como essa.*

Chegamos à porta, Arya me diz até logo de forma polida e sua mãe me toma nos braços. Quanto a mim, adoraria que ela me adotasse.

– Até a próxima, senhora, espero que até breve!

– Pode me chamar de Rabia, Wolf. Até breve, sim.

Ela ainda não fechou a porta e eu ainda não fui embora quando ela diz à filha, *É verdade que ele não é circuncisado, mas...*

A porta estala, volto ao meu carro radiante, estrelas nos olhos. Às minhas costas, continuam falando de mim.

O casamento interracial não é proibido pela lei islâmica, Arya. Finalmente um homem se interessa por você! Pense bem! Aos 42 anos, está na hora de você descobrir a vida!

●

Nada orgulhoso, estou deitado numa mesa de exame, uma touca branca na cabeça, chinelos nos pés, o corpo coberto por um lençol, até o que você chamaria de o troço. Céus, que selva. Todos os pelos que você quiser, subindo até o meu umbigo e escapando para os lados. Alguns já são brancos. Mais barbudo do que no passado, faz algumas semanas, faço que sim com a cabeça ao que me diz um homem sentado num banco alto.

– De acordo com o que me diz meu assistente, o senhor pronunciou sua profissão de fé para poder se casar com uma mulher... que recusou seu pedido de casamento.

– Se eu cortar a pontinha, ela deverá aceitar.

– Ela lhe pediu isso?

– Ela não está a par, quero lhe fazer uma surpresa.

Ele suspira, me explica que seu assistente vai vir depilar tudo isso. Prendo a respiração. Ele inclina a cabeça para o meu baixo ventre, suspira de novo.

– O Corão não obriga a fazer isso, o senhor sabe.

– Sei. Mas, como não nasci no Islã, tenho que dar provas. É assim em toda parte.

Entra o assistente, um jovem de jaleco branco equipado do que precisa para me depilar.

– É irreversível, o senhor sabe? – me diz o homem que vai me cortar.

– E também mais higiênico, acredito?

O assistente oficia. Faço uma careta, mas me armo de coragem para o que vem a seguir. O auxiliar de circuncisão coloca eletrodos sobre o meu coração, outro sobre minhas nádegas. É para a cauterização, diz seu superior. Sorrindo, o segundo me mete em seguida uma cinta no braço, para, ele murmura, medir minha pressão.

Tudo vai bem. Ele me enfia um tubo muito fino debaixo da pele do braço e se retira sem fazer ruído. O outro dá um suspiro muito longo. E eu me sinto todo grogue. A voz do homem me parece distante:

– Se o senhor fizer isso, pela lei não vai mais ser um dos seus... Tem consciência?

– Eu não sou um *dos seus*, meu senhor. Sou alemão.

Ele cruza os braços, as pernas, afirma que eu lhe coloco um verdadeiro problema de consciência:

– O senhor tem ideia do que isso representa? *Colored* em seus papéis de identidade? Fim da liberdade de circular. E seus futuros filhos, pensou neles? Quer vê-los crescer nas favelas de Hanover Park?

– Eles vão ser criados na Alemanha. Não sou daqui, estou lhe dizendo. Fui deslocado. Depois do meu casamento, vou levar minha esposa para a Alemanha. Minha família tem uma tanoaria.

– Uma tanoaria...

Ele parece se perguntar se a religião é compatível com tanoarias. Eu percebo, então me vanglorio de ter parado com o álcool:

– Eu bebia muito, na minha vida anterior. Parei por completo. Estou me conformando aos preceitos.

No entanto, sinto-me um pouco bêbado. O tubo no meu braço deve soltar algo em minhas veias. Pensativo, o homem se põe a pincelar alguma coisa em minha pele, em torno do negócio. Lá em cima, ele o faz passar através de um pedaço de tecido – estéril, ele diz – que cola sobre minha pele.

– Conheço uma família muçulmana que cultiva uvas – ele me anuncia. – Não é grande coisa, mas... que eu saiba, nada proíbe o comércio do vinho, certo?

Ele hesita, pega uma seringa.

– Seria preciso interrogar os sábios do Islã – declara, dando petelecos na agulha.

– A anestesia é necessária? Eu preferiria... sentir.

Ele ri suavemente.

– Não se inquiete! O senhor vai ter bastante o que sentir depois da operação!

Aparentemente, os sete primeiros dias são os mais duros, é difícil caminhar a não ser com as pernas arqueadas. Mas ao fim de quatro a seis semanas, ele me explica, isso se resolve. Tenho a impressão de que ele tenta me meter medo. Fora de questão eu me deixar desconcertar. Mesmo que seja preciso esperar oito meses por uma cicatriz definitiva. Nada de tocar ali durante pelo menos trinta dias. A *função* se restabelece devagar, espere de doze a catorze semanas para que tudo volte ao normal.

– Sua noiva e o senhor devem se munir de paciência...

Tenho dificuldade para engolir. Ele massageia meus testículos para preparar a etapa seguinte.

– Não poderão dizer que o senhor não está motivado – ele diz, com admiração. – Sofrer para fugir de quem o senhor é...

Ele me espeta o negócio, lá embaixo, profundamente, e em todo o comprimento. Eu murmuro, dolorosamente.

– Não estou fugindo de quem eu sou, senhor... Ai... procuro meu lugar. E... ai... estou bem perto de encontrar.

●

Arya está radiante, luminosa num comprido vestido de cetim feito com um imenso corte de tecido, um sári. Braceletes de ouro se entrechocam em seus punhos, flores rosas e brancas formam um buquê em suas mãos. Ela usa um colar das mesmas flores, que também encontramos em sua coroa e no bolso de um paletó masculino.

O meu.

Essa cor não é muito bonita. Parece cocô de ganso.

Debaixo do paletó, uma camisa branca e uma gravata. Minha barba está grisalha. Muito grisalha. Cada vez mais grisalha. Eu sorrio, meus lábios tremem, porque minha felicidade é grande demais para minha boca.

Você está aqui, braço dado a Wilhelm, em meio à família e às pessoas mais próximas. Têmporas grisalhas, você tem os cabelos curtos, a pele frouxa, mas um sorriso efervescente. Wilhelm, na casa dos trinta anos, tem cabelos compridos e bagunçados, contrastando com suas roupas bem cortadas, seus sapatos impecáveis. Ele procura alguém na assembleia. Você pega o braço dele e cochicha:

– Conforme-se, Wilhelm, mamãe não vem.

– Pelo menos Wolf a convidou?

– Claro que sim. Porque sabia que ela não viria.

Wilhelm se cala por um instante e examina a esposa.

– Arya é muito bonita. Mas daí a se deixar arrastar até a Alemanha pelo meu irmão...

Vocês dão risadas dissimuladas.

Mais tarde, imagino, um grande jantar de mesas redondas e toalhas brancas. Os pratos são simples, mas cheios de cores, sabores e perfumes. Arya mudou de roupa, usa um vestido de seda verde decorado com bordados, e eu ainda sorrio amorosamente no meu terno, sobre a minha gravata, mesmo que as flores no meu bolso estejam murchando.

Minha mulher e eu presidimos a mesa, seguro sua mão com a impressão de flutuar acima de uma nuvem que se desloca. Você está sentada ao meu lado, toda radiante. Não acho que esteja fascinada por Arya, não. Será que encontrou uma Elsa? Encantada, você distribui sorrisos ao seu redor e se detém em Wilhelm, que, do outro lado da mesa, conversa com a mãe de Arya.

Segurando o peito, ela ri a plenos pulmões em meio ao burburinho das conversas.

– Quando o noivo veio me pedir a mão de Arya – ela segreda a Wilhelm – andava feito um pato. Acabava de se fazer circuncisar.

Ela estoura de rir, mas Wilhelm não sabe nada sobre circuncisão. E acaba de queimar a boca com uma comida apimentada demais. Rabia prossegue:

– Ele me disse, posso me casar com sua filha? Eu lhe respondi: quando nós nos frequentamos, não *podemos* nos casar, *devemos*! Se não, é pecado.

Wilhelm faz que sim, sorrindo, ele não vive no pecado.

– Minha mãe se inquieta por não me ver casado – ele brinca, sufocando a tosse. – Eu aguardo a pérola rara – acrescenta, pudico.

Com certeza não deve ser simples para Wilhelm. Seus cachos devem desagradar a muita gente, exceto nos meios onde ele não pode se casar.

Rabia acha divertida a sua timidez. Ele é sempre assim, reservado?

– Não é de família, senhora.

– Pode me chamar de Rabia – ela diz, encantada.
– Rabia... – repete Wilhelm.
Isso lhe diz alguma coisa. Várias vezes ele repete a si mesmo esse nome, familiar.
– E você? – pergunta Rabia.
– Eu sou Wilhelm.
Isso não lhe diz nada. No entanto, Wilhelm lhe recorda alguém.

●

Um chapéu de penas de pássaro na cabeça, Graça está sentada entre duas mulheres pelo menos tão idosas. Meu casamento ainda. A mais velha confia seu segredo de juventude enquanto palita um dente:
– Bebo todas as manhãs um copo de leite quente com uma colher de açúcar.
Quanto a Graça, deve ter seus 89 anos, e parece ter vinte a mais.
Nostálgica, ela observa sorrindo as crianças que correm ao redor das mesas. Dá um suspiro atrás do outro.
– Ouvi dizer que o seu filho sai dentro de dois anos? – pergunta-lhe a velha do copo de leite quente.
As pupilas de Graça se dilatam, é como se ela sentisse vergonha.
– Um pouco menos, sim.
– Disfarce a sua alegria! – a outra exclama.
Graça dá de ombros, as outras voltam a mergulhar o nariz em seus pratos.
Um dia eles vão te matar, ela havia advertido.
Ainda assim, ele se jogou na boca do lobo. Onde ela falhou em sua educação para que ele matasse Jacob? Ela mais parece achar que seu filho é culpado. Sabe por que Michèle mudou seu testemunho depois do processo. Por que reconheceu que seu pai já estava morto antes que Thando atirasse nele. Em todo caso, ele não era mais viável, ela concordou em admitir. Arya não lhe deixou muita escolha.

Graça suspira como num lamento, lembra-se de um momento muito tenso durante o processo, o primeiro, quando, sentada ao lado do juiz, Michèle disse:

– Meus filhos não são dignos de serem ouvidos.

E quanto ao seu filho, será que ele é digno de... Thando é uma decepção. Prisão perpétua, o primeiro veredito. Samora estava lá, acompanhado de sua mãe. Veja bem o quanto eles nos odeiam, Zandile soprava em sua orelha. Seu pai vai morrer como herói. Samora só tinha oito anos. Quem quer que o pai dele morra? Ele te rejeita quando você se aproxima para abraçá-lo. Joga-se nos braços de Graça, chora com ela, e depois Zandile pega-o de novo, eles partem, se afastam, não os vemos mais, eles desapareceram, Thando vai para a prisão.

Será que meu filho é digno de viver? Graça se pergunta. Ela o ama tanto. E Michèle. É a primeira a quem ela deu o seio. Fruto de um belo amor, Michèle, mesmo que adúltero.

Pobre vovô Jacob.

Pobre Michèle... Que choque deve ter sido quando Arya ameaçou revelar tudo. Graça bem sabe, é a única. Juntamente com Arya.

A velha revê as lágrimas de Michèle, no último processo. Seu olhar está cheio de ódio por Thando, quando ela se obriga a dizer:

– Não sei... Talvez ele já estivesse morto.

Arya triunfa em silêncio. Mas por quais meios! E, depois disso, Michèle ainda recebe um convite para o seu casamento?

Graça me fita por alguns segundos com inquietude, depois fita Arya, que me lança seus risos e recebe meus beijos. Será que ela está apaixonada por mim, pergunta-se a velha ama de leite, ou está se casando comigo para atingir Michèle? E eu? Também?

Graça vira o rosto para o canto da mesa onde Rabia está batendo papo. Ela não a reconheceu de imediato, não. Como reconhecer uma bebê pequena quando ela se tornou uma velha? Rabia era tão pequena quando Jacob expulsou seu pai da casinha. Não era apenas por causa da lei, das expropriações, de tudo isso.

Era para ficar com Maria.

Era para se vingar de Paul.

Pobre vovô Jacob.

Ele sempre quis acreditar que Michèle era sua. Paz à sua alma. Que o todo-poderoso faça com que Noah e ele se reconciliem, lá no alto. Que tenham encontrado sua cumplicidade do início, quando jogavam cartas.

Rabia e Wilhelm conversam animadamente, lá adiante. O que Graça não daria para poder ouvi-los.

É sobretudo Rabia que fala. Wilhelm escuta com atenção. Rabia ainda não sabe que ele é da família dos Terre'Blanche. Com essa cor? Como todo mundo, ela leu nos jornais o que havia acontecido, faz quase vinte anos. Aquela história de reclassificação e a foto daquele menino com o cabelo quase raspado a haviam feito rir. Mas daí a pensar que é o filho dos Terre'Blanche sentado ao seu lado... Vinte anos mais velho, cabelos compridos e a pele bronzeada. Irreconhecível.

Wilhelm, por outro lado, se lembra: Rabia era o nome do bebê que ele viu em seus sonhos entre os zulus... A filha de Paul Noah. É ela, então? *Meu dia de sorte*, ele pensa. Porque nunca conseguiu fazer sua mãe desembuchar, nem quem quer que fosse, alguma coisa sobre o mistério Noah. E eis que no casamento do seu irmão encontra-se uma pessoa que é a chave. Sem sabê-lo. É engraçado.

– No começo – diz Rabia, em confidência – esses dois jamais deveriam se casar...

Ela olha em todas as direções para ter certeza de que ninguém escuta.

– Arya queria recuperar nossa casa, a casinha onde eu nasci... Sabe qual é, aquela no fim do caminho cercado? Foi por isso que ela se tornou advogada.

Wilhelm faz que sim com uma cabeça interessada.

●

Um outro momento, até mesmo uma outra estação.

Michèle está sentada numa cadeira de rodas, no meio de um quarto cheio de caixas de papelão e roupas espalhadas pelo chão. Sua cama está desarrumada, os lençóis amarrotados. Cabelos inteiramente brancos, rosto transfigurado, ela olha pela janela onde trabalhadores agrícolas caminham sobre tábuas de construção. Cruzam com homens de capacete que empurram grandes carrinhos de mão cheios de escombros. Eles os esvaziam em caçambas rebocadas por caminhões, que se vão pelas estradas, rumo ao sol poente, o motor estourando.

Diante da visão desses fragmentos de pedra e madeira, dessas nuvens de poeira que se elevam, Michèle sente as lágrimas lhe subirem aos olhos. Segura-as com todas as forças. A poeira e os destroços, sua vida que desmorona diante dela.

Nas caçambas atrás dos caminhões, ali vão suas lembranças.

Ela vai até uma cômoda, fungando. Ao contrário do resto do quarto, a cômoda está impecável, as fotos dispostas ali com velas acesas. As mesmas imagens e as mesmas janelas do quarto-mausoléu onde ela nasceu, onde Maria morreu, onde Wilhelm nasceu. Teve que ser transformado em poeira, ele também.

Michèle fabricou de novo o quarto da sua mãe nesse cômodo todo novo, de paredes brancas, cerâmica também, branca, as roupas espalhadas. Não há vivalma. E um cheiro de pintura misturado ao de solvente.

Ela se põe a falar, diríamos que sozinha, mas na verdade dirige-se aos mortos dispostos sobre a cômoda. Os mortos sempre estão de acordo com você. De seus túmulos ou suas fotografias, não podem responder, somente obedecer.

– O filho Schultz começou essas obras... Oito gerações de memória que desaparecem!

Sua voz está rouca de tristeza. É estranho vê-la tão diminuída. Perdeu a metade de sua altura, três quartos de seu esplendor. Sua tristeza me toca. Quase poderia esquecer sua maldade. Resta-lhe o bastante, no entanto, para continuar viva.

Observa pela janela as marretas, as picaretas e os martelos que se abatem sobre as velhas pedras de Terre'Blanche.

– Wilhelm Schultz vai colocar aqui uma *casa de sítio provençal* em lugar da fazenda! Os arquitetos se dedicaram a isso de corpo e alma!

Constroem também um restaurante diante do cocho, onde vão cavar um lago e plantar nenúfares!
Um riso doentio lhe vem aos lábios.
– Ali, uma fábrica de laticínios! Do outro lado, criação de ovelhas. Para fabricar queijo de cabra? Sim, papai... Tudo o que você construiu, tudo o que os nossos pais criaram... desapareceu!

Não acho que ela esteja falando com seu pai verdadeiro. O que Paul Noah construiu, seu comércio de tecidos e especiarias, isso ainda está de pé. Não, é a Jacob que ela se dirige. Será que ela se esqueceu que ele a havia expulsado da casa de Paul? Onde se encontra hoje, acredito, porque não tem mais pernas para subir as escadas.

Michèle pega a fotografia de casamento dos seus pais e a beija antes de colocá-la de volta no lugar. Perde-se em seus pensamentos. Ela foi, por sua vez, deslocada. Não para muito longe do lugar onde nasceu, mas isso não impede que, exceto pela velha prensa, conservada por Wilhelm, a fazenda já não esteja mais aqui.

A mesma coisa que aconteceu comigo diante do estacionamento que havia substituído o orfanato.

A mesma coisa que aconteceu com Abdul, o amigo de Frances, diante do terreno baldio do Distrito Seis.

Um dia, você tem uma casa. No dia seguinte, não tem mais nada.

A Michèle resta esse quarto que você preparou para ela. O fantasma de Noah vem talvez dar uma olhada de tempos em tempos. Eu me pergunto o que será que ele pensa de sua filha. De repente, ela estoura:
– Ele também começou a produzir pinotage! Pinotage!

Dobra-se ao meio para pedir perdão aos pais:
– Se vocês soubessem como eu me odeio! Tudo foi destruído por culpa minha! Sinto tanto!

Seus olhos se enchem de lágrimas.
– Será que vocês podem me perdoar!

A cada vez que suas pálpebras se fecham, lágrimas escorrem pela sua face. Ela se dá ao trabalho de enxugá-las, mas é inútil, porque só o que fazem é aumentar. Seu pranto a sufoca, ela fica com soluço. Pobre Michèle… Parece-me outra vez que ela tem um coração. Está ferido.

– Deus está me ouvindo, eles serão punidos!

Mal termina essa frase e um grito penetrante vem lá de fora. Não para. O coração de Michèle volta a bater. Ela rola até a janela, abre-a para trás, coloca a cara ainda molhada de lágrimas e entrevê, no meio dos destroços, um corpo prostrado de dor.

Sacudida por espasmos, essa forma compacta berra sem parar. Trabalhadores, mulheres e crianças chegam de todos os lados e se agacham ao lado dessa bola de sofrimento. Nada pode aliviá-la. Michèle sente uma espécie de alegria. Ouvir esse lamento prolongado a consola. Subitamente, uma cabeça deformada por um esgar de dor sai da bola.

– Graça? – surpreende-se Michèle.

Ela fica de ouvidos atentos para discernir as palavras entrecortadas que se destacam dos gritos. Não consegue ouvir muito bem, no início, depois compreende que é algo a respeito de Thando. Thando? Eis a cena mais interessante que ela jamais viu… Um lume se acende em seus olhos. Será que Deus a escutou? Será que atendeu a uma de suas orações?

Sim, ela ouviu bem. Thando morreu. Morreu na prisão.

De repente, Michèle se sente rejuvenescer.

Já era tempo, sim, que Deus a ouvisse.

Thando teve o que merecia.

E a intriguista que se casou comigo já está punida. Acabou a chantagem.

●

É seu corpo, mas não é ele. São seus traços, mas não é seu rosto. Não reconheço essa cara crispada, essa boca pendurada, esse nariz flácido.

Eu nunca tinha visto um morto. Sobretudo um morto que conheci. Thando está deitado entre pessoas próximas e distantes. Ele não teria acreditado que tanta gente haveria de se reunir ao seu redor.

Você chora, assim como alguns.

Assim como outros, eu não consigo.

Atordoado, observo-o e me pergunto como a vida pôde escapar do seu corpo. E seu sorriso, como ele pôde se apagar da sua boca?

De pé junto a mim, Arya o observa com ternura. Ele tinha menos de dois anos a cumprir na prisão. Mas era insustentável. Morreu lentamente. Um lento processo que o despedaçou.

É impossível acreditar que ele esteja morto. Quando você perde a fé em si mesmo, morre. Com a cal, é claro, que te sufoca.

Ajoelhada junto à sua cabeceira, Graça lhe acaricia delicadamente a face. Chora lágrimas quentes. Uma mulher se coloca atrás dela e a abraça com ternura. De tempos em tempos, dá um beijo na nuca de Graça, que sacode a cabeça. Parece que ela quer sair de um pesadelo. Mas tudo é verdade. Esse momento é tão verdadeiro que ninguém pode escapar: a morte de Thando é uma prisão de segurança máxima. A mulher colada às costas de Graça olha por uma janela onde esvoaça um pedaço de pano esfiapado. Ela procura, eu acho, a luz. Para os nossos corações, onde está escuro neste momento.

Nos braços de Arya, tenho subitamente a sensação de que algo se cola no meu rosto. Alguém acaba de cuspir na minha cara. É um jovem com a testa marcada por uma cicatriz em forma de estrela.

– Vocês o mataram! – ele exclama, enxugando a boca.

Você tenta tomar Samora nos braços, mas esse grande rapaz de quinze ou dezesseis anos te rejeita com violência. Você não consegue acreditar. Ele, que dormia tão tranquilo num berço ao pé da sua cama. Quando era pequeno, e que não podia escolher, ele bem queria ser seu filho. Agora, é outra coisa, ele nos maldiz.

– Ladrões! Assassinos!

Paralisada, você escuta, enquanto eu te puxo para mim num instinto de proteção. A voz falhando, Graça ordena a ele que se cale, e a jovem se descola de suas costas para vir acalmar o jogo.

Ela se chama Masechaba, diz. Está desolada pelo comportamento de Samora. É preciso compreender. Vocês duas trocam um olhar demorado, muito demorado.

Só eu consigo adivinhar o que ele diz.

Você ainda não se deu conta.

Masechaba também não, acredito.

Você pede desculpas. Eu peço desculpas. Depois você, Arya e eu acabamos por nos expulsar nós mesmos dali.

– Vai ser preciso dizer adeus, talvez...

– Não quero ouvir essa palavra, doutor. Aguardamos. Meu pai vai acordar.

– Os dados clínicos não são bons, Marianne... Suas funções vitais não indicam nada de...

– Meu pai não vai partir. Ele nunca fez o que se esperava dele.

– Talvez ele não possa... Não queira...

– Eu o proíbo de dizer isso... Do mesmo modo como eu me chamo Marianne Schultz, minha filha e eu não vamos deixar o quarto do meu pai enquanto ele não se recuperar. Hein, Louise?

– A senhora lhe disse com muita clareza, acredito, que ele não era culpado. Talvez ele tenha entendido? Talvez tenha encontrado a paz?

– A paz? Bem, nesse caso, que ele volte! Eu devo regressar a Paris no fim do mês. Faça com que ele esteja de pé dentro de oito dias.

Voo sobre nuvens reluzentes. Sentado ao lado de Arya, estendo um copo vazio a uma aeromoça. Ela o enche de suco.

Meus cabelos, que estavam grisalhos, se tornaram castanhos. Mas eu não rejuvenesci. Pinto os cabelos. Minha barba está bem cortada, rente, também castanha. Eu teria podido pintar de loiro, minha cor natural, mas queria parecer menos ariano.

Isso persiste.

Nas minhas altas maçãs do rosto, pronunciadas, no meu queixo quadrado (ele é escavado por uma covinha), nos meus ombros largos, tão largos que Arya apoia ali a cabeça, o pescoço e o ombro.

O avião sobrevoa picos cobertos de neve, penso nos cartões-postais da Suíça da sra. Pfefferli. As nuvens são sempre tão brancas, parecem creme, dá vontade de comer. A cabine do avião brilha ao sol. Uma faixa azul atravessada por uma linha decora as janelinhas. Chama-se Air France, Boeing 747.

Desce agora rumo a um imenso círculo parecido com um disco voador, de onde partem oito braços. Às minhas costas, uma voz de criança exclama:

– O camembert!

Oito prédios em forma de triângulo estão presos aos braços do camembert. Cantos de gramado surgem entre placas de concreto, perto de aviões colados nos prédios. Linhas brancas ziguezagueiam no chão.

O avião aterrissa, freia com todas as forças numa pista muito larga. De um lado, campos e coelhos que nos observam. Do outro, o camembert, ou antes um polvo, com oito braços. Pequenos veículos se deslocam em todos os sentidos, com homens de capacete ao volante.

O avião estaciona, seguindo as instruções de um homem que faz amplos sinais.

Paris Charles de Gaulle está escrito no prédio central.

Arya se alonga:

– Só uma escala... e terminou.

Uma ponte de embarque sai do braço do polvo e se cola ao flanco do avião. Abro meu cinto de segurança. Com gravidade, digo:

– Durante toda a viagem eu esperei que ele fosse aterrissar em Bremen.

– Não há aeroporto em Bremen – Arya acha graça. – E Bordeaux fica só a novecentos quilômetros. É menos distante do que...

– Pretória de Paarl, eu sei.

Os viajantes avançam lentamente entre as fileiras. Pessoas que abrem os compartimentos acima dos assentos nos atrasam. Eu também criei um engarrafamento por não conseguir abrir o meu. Uma mulher, habituada a essas viagens, vem voando me socorrer e o desbloqueia em menos de três segundos. Arya lhe agradece com um sorriso. Logo nos encontramos na fila que avança rumo à saída do avião. Uma vez cruzada a porta, não estamos do lado de fora, mas no comprido intestino do polvo, que conduz ao prédio em forma de triângulo. Seguimos por corredores intermináveis sob luzes de néon, andamos por esteiras rolantes, observando enormes painéis nas paredes anunciando relógios, cigarros e joias. Chegamos diante de guichês onde policiais conferem os passaportes.

Papéis na mão, aguardamos com calma. Arya está encantada, eu resmungo:

– Você há de convir que é paradoxal...

– O quê – diz Arya, fazendo rolar uma malinha.
– Vinho sul-africano? Na França? Quando somos muçulmanos?
– Em você, isso não se vê.
– É porque o seu primo conta comigo para bancar o africâner de serviço...
– O *bom* africâner. Parece que se come muito bem em Bordeaux.

Uma jovem policial se coloca subitamente diante de Arya. Apontando para o seu passaporte com o dedo, ela indica uma outra fila:
– Os passaportes não europeus – diz ela, muito educada – são na outra fila, senhora.

Arya me dirige um olhar de aflição. Começo a segui-la, mas a policial me detém:
– Não o senhor. O senhor está na fila correta.
– Mas é a minha m...
– O seu passaporte é alemão, posso ver. Para o senhor, é aqui.

Ela me faz sinal para voltar à fila. Arya hesita, depois retorna, pedindo desculpas aos passageiros que empurra. Eles não estão com raiva dela, sentem muito, seus olhos expressam uma impotência comovida. Arya desaparece, funde-se em meio aos não europeus.

Estou perdido.

Então – jamais teria acreditado fazer uma coisa semelhante – enterro meu passaporte alemão no bolso, bem fundo, sepulto esse passaporte que eu quis, que eu recuperei. Depois abro minha maleta e retiro um outro passaporte, aquele que me escolheu. Ficou no fundo porque eu o esqueci. Mas ele me permite ir para a fila não europeia.

Um vinicultor africâner.

Na fila dos viajantes europeus, uma mulher pergunta à policial:
– A senhora é de Guadalupe, não?

Não, responde a policial, vexada. Ela alisa o cabelo com a palma da mão. Mais parece Wilhelm no tempo de suas escovas.

●

Uma luz fraca ilumina um pequeno cômodo. Teto baixo, paredes de pedra cinzenta, ele é fresco e dotado de uma única janela, que o separa da sala de um restaurante contíguo, vazio no momento.

Um homem de pescoço grosso e rosto avermelhado está sentado sobre um banco de bar, atrás de uma mesa de madeira, muito nobre. O cavalheiro parece uma lagosta cozida. Há taças dispostas no meio da mesa, perto de pequenos recipientes de prata. Uma caixa de papelão onde está escrito *Joli Merle, made in South Africa* aguarda ser aberta.

No fundo do cômodo, prateleiras cheias de garrafas de vinho se empilham junto às paredes, e também livros em estantes. As garrafas dormem em vestidos de poeira. Faz tempo que aguardam o beijo de um príncipe encantado.

Estou sentado diante do cavalheiro.

Minhas pernas tocam o chão. As suas se balançam a vinte centímetros do solo. O homem me observa abrir a caixa e retirar dali três garrafas de vinho. Elas se chamam *Joli Merle*. Manipulo-as com precaução, porque são mágicas. O homem pigarreia e arregaça as mangas. Um relógio muito bonito realça seu punho.

– Eis então o seu tesouro – ele diz, com uma voz de tenor.

– Chegou esta manhã do Cabo, sr. Andrieu, de barco.

O sr. Andrieu segue meus movimentos, pensativo.

– O vinho – ele declara – é como a literatura: um domínio de excelência. Método champanhês, o senhor me dizia?

– Para os vinhos efervescentes, sim. Duas fermentações na garrafa, uma *prise de mousse* de dezoito meses.

Surpreso, mas cheio de admiração, ele me observa tirar a rolha e servir o vinho em sua taça, depois na minha.

– Este é uma mistura de chardonnay e pinot noir.

Intrigado, o sr. Andrieu pega sua taça. Levanta-a, franze as sobrancelhas, faz girar delicadamente o vinho, examina-o:

– Palha... *perlage* amarelo.

Coloca o nariz ali, inspira, extasia-se:

– Maçã verde... crocante... perfumes sutis de framboesa também.

– Com um toque de lima – eu acrescento, colocando o nariz ali dentro também.

Ele leva sua taça à boca, eu também.

Eu também?

Ainda mais surpreendente, o barulho da língua do sr. Andrieu enquanto ele aspira e engole. Slurp, slurp, slurp, faz o sr. Andrieu. De minha parte, faço o vinho passear de uma bochecha à outra sem ruído. Depois, cuspo no recipiente de prata.

O sr. Andrieu faz dançar seus dedos acima da cabeça:

– Temos as mesmas sensações que no nariz – ele se encanta. – Sabor residual cremoso e fresco. Muito jovem, é verdade, mas promissor.

– Ele convém perfeitamente como aperitivo, sr. Andrieu, ou com um café da manhã gastronômico.

– Adoro seu odor de pão também. Um efervescente inesquecível. Combinaria com um peixe azul, o senhor sabe. Não servimos poucos aqui.

Um sorriso se desenha em seus lábios.

– Provamos outro?

– Decerto que sim, sr. Andrieu.

Abro uma segunda garrafa.

– Este, o senhor verá, apresenta aromas de frutas vermelhas e uma nota final de brioche.

Ele examina. *Que rica mousse!* Dilata suas narinas. *Melão de inverno?* Prova, sempre com aquele barulho da língua.

– Há um toque cítrico no palato... adocicado por uma nota açucarada. Ervas. Vivacidade ligada à framboesa. Longo final. É espantoso... Quer dizer... é francês, mas não é francês. Ele me faz pensar nas Antilhas, o senhor sabe? Completamente atípico.

– Decerto que sim, sr. Andrieu.

– Poda *en godet*?

– Certamente.

Na verdade, não compreendo grande coisa de suas observações e perguntas. Mas *decerto que sim* e *certamente* são respostas que sempre convêm.

– Notável – extasia-se. – Suas vinhas são jovens, mas já de uma elegância...

– Nossa fazenda data do século XVII. Encontra-se em Paarl.

– *Joli Merle* é um belo nome.

– A propriedade se chama *Terre-Neuve*. *Joli Merle* é a razão social.

– Que representa uma bela marca comercial. *Terre-Neuve* também está bem.

Ele acaricia os rótulos, em que um fazendeiro africâner colhe sorrindo a uva de sua vinha. Sozinho, sem ajuda de nenhum trabalhador agrícola, ele colhe. Não tem mesmo cara de indiano. É como Boney M., que não tem cara de alemão. Há rostos assim, não funcionam em certos lugares. É também isso o apartheid.

– E o seu famoso *Pinotage?* – o sr. Andrieu pergunta, esfregando as mãos de gulodice.

– O melhor no fim.

Tiro a rolha da última garrafa, trocando um olhar cúmplice com o sr. Andrieu. O vinho escorre suavemente para dentro de uma nova taça.

– Esta variedade é um cruzamento, sr. Andrieu, entre a pinot e a cinsault.

– A famosa variedade autóctone – diz ele, suavemente, com uma voz rouca e contemplativa.

– Decerto que sim, exato. A assinatura da África do Sul, certamente.

Ele olha, inspira, prova e coloca de volta sua taça com uma leve careta.

– Ele tem mesmo esse lado... selvagem, não? Apimentado, eu diria. Não sei se o palato francês está pronto para...

– Saiba que, com o Pinotage, Terre-Neuve se associou a Terre'Blanche, cujo criador nos chegou de Poitou em 1688.

– Certo... Vinho e literatura são nossos domínios de excelência. Temos os nossos hábitos, mas... é preciso ser moderno, o senhor tem razão.

Ele reflete por um instante, depois segura meu braço de maneira amigável:

– Falta a esse vinho, mesmo assim, a fineza de um Saint-Émilion *grand cru*. A fineza de Bordeaux, mas na África do Sul.

Segurando a taça pelo pé, ele a gira gentilmente de lado, sem me largar. Com a mão livre, desenha arabescos.

– Dito isso, bela cor. Intensa, quase negra. Há um degradê que vai na direção do rosa e do laranja.

– Decerto que sim.

Ele passeia de novo com as mãos acima do seu álcool, com gestos místicos:

– Brilhantismo, tom aveludado, bastante gordura. Complexidade no nariz... notas de compota de frutas... cassis... cereja...

Ele prova para verificar mais alguma coisa:

– Chocolate, sim, eu tinha mesmo pensado... tabaco...

Ele testa de novo:

– Especiarias...

– Certamente.

– Mas é sensual demais, o senhor compreende? Voluptuoso demais... Quer dizer que sentimos o sol, ainda assim. O lado exótico, oriental, que faz com que saibamos que não estamos na França. Veja – ele acrescenta, apontando para sua estante de livros – lembra-me Maryse Condé, uma escritora que aprecio... mas não podemos, por assim dizer, misturar tudo. O senhor entende?

– Decerto que sim, sr. Andrieu. Eu diria que estamos na montanha, nos campos sul-africanos.

Surpreso com a minha reflexão, ele ergue de leve as sobrancelhas e volta a degustar, imagino que para encontrar a montanha no meio do exotismo oriental.

– É redondo, cresce na boca... ganha volume. São as frutas negras... De acordo. Alcaçuz... Ok. E... Olhe só!

Ele ergue os braços para o céu e se ilumina:

– Tem violeta!

– Certamente.

– Menta também!

– Decerto que sim.

Rugas se formam em sua testa.
- É muito nobre, sr. Choutze.
- Schultz. Dizemos Schultz. Muito nobre sim, decerto que sim.
- Sim, sim, muito nobre, mas não como de hábito. Esse sotaque, sr. Choutze, é um pouco pronunciado.
- Decerto que sim, sr. Andrieu.
- Pablo, pode me chamar de Pablo.
- Decerto que sim, Pablo. Mas esse vinho merece carnes com molho, ou carne de caça. E o sotaque sul-africano estará em breve na moda.

●

Entre o céu e os telhados, duas cegonhas brancas, as asas negras, expandem um ninho feito sobre uma chaminé. Juntam galhinhos, folhas e detritos sobre esse ninho que já é três ou quatro vezes maior do que elas. A maior desliza o pescoço para baixo da asa, porque, debaixo dos telhados, ela nota a cabeça de um homem que sai de uma janela. Intrigada, observa minha testa ligeiramente calva, enquanto passeio a mão entre meus cabelos tingidos de castanho e observo, mais abaixo, do outro lado de uma rua, um grande pátio interno.

Ele se encontra ali com frequência, esse cavalheiro, examinando esse pátio de muros muito altos, onde estão detidas crianças. Com idades de seis a dez anos, elas se divertem a céu aberto. Adultos as supervisionam, sobretudo mulheres, e raros homens de cabelo comprido e aspecto descuidado. Os muros são tão grandes e tão altos que parecem o pátio de uma prisão, apesar das árvores e dos bancos.

Essa prisão de segurança máxima é uma escola.

É na prisão que ensinam as crianças a se tornarem livres e a refletirem. Então, elas acham normal estarem presas. Além do mais, comportam-se como pequenos criminosos.

Um garoto se ocupa de bater em outro, enquanto uma menina agarra seus cabelos. Seu crime? Ele é contra a greve. Claro, tem liberdade de opinião. Mas, enfim, como é possível ser contra a greve?

Há os que se perseguem com gritos agudos, outros que pulam corda às gargalhadas. Alguns manipulam grandes cubos cujas faces multicoloridas se misturam, outros compartilham lanches. Tudo isso sob a supervisão dos guardiões da prisão infantil, que, de tempos em tempos, elevam a voz.

Observo esse tumulto com um ar maravilhado. Acho-os uma graça, esses monstrinhos. Adoráveis ditadores. Quanto a mim, envelheci. Tenho mesmo dificuldade em me reconhecer.

– Jonathan solucionou seu cubo mágico em menos de um minuto! – exclamo para alguém que não me responde.

Arya?

Sentada na borda de uma banheira, dentro de um banheiro com ladrilhos cor de rosa, ela não pode me ouvir: a porta está fechada à chave. Mesmo que estivesse aberta, ela não me teria ouvido. Está em outra parte, concentrada no tubo que segura entre os dedos. Distante, minha voz entra ali pelo buraco da fechadura:

– ... que a gente tente, não?

Arya ergue a cabeça por um segundo, abaixa-a de novo para o tubo, onde dois traços cor de rosa aparecem. Espantada, ela põe a mão na boca para não gritar. Minha voz atravessa a porta:

– ... porque reconheço que fui um mau pai para Rosie.

Os cotovelos apoiados na janela, eu me viro para o salão:

– Então você não acha que devíamos tentar?

Deixo às minhas costas o pátio do recreio e me volto para esse grande cômodo muito claro, bonito, ao qual o sol se convida. As paredes são cor de laranja, exceto uma, toda branca, onde se apoia um armário com porta de vidro. Ele protege os objetos da poeira. Bem no alto, reina um Corão antigo, e lá embaixo cochilam garrafas de vinho. *Joli Merle.* No meio, fotos do nosso casamento, uma velha lamparina a querosene e dois minúsculos quadros combinando. No primeiro, uma camponesa loira alimenta dois gansos diante de um riacho, um moinho de vento às suas costas. No outro, seu marido, um lenhador de chapéu, agita um lenço para saudar um barco a vela que chega à costa.

– Não é possível! – berra Arya de trás de sua porta.

A chave gira na fechadura e eu a vejo sair do banheiro, devastada. Ela corre para o quarto, desaba na cama e me pergunta, quando entro atrás dela:

– Como isso pôde acontecer? – ela bufa.

Então mergulha a cabeça no travesseiro, que aperta com todas as forças entre as mãos. Preocupado, eu me sento perto dela e lhe acaricio os cabelos. São de um tom muito bonito de preto, mas eu me pergunto se ela não os está pintando também, porque pendem um pouco para o azul. Duas mesas de cabeceira de madeira enquadram a cama, com abajures idênticos e uma coleção desses estranhos cubos multicoloridos que agora há pouco eu chamava de cubos mágicos.

Arya me lança um olhar ansioso, depois se vira para o outro lado. Tento segurar sua mão, mas ela se esquiva, levanta a cabeça para um guarda-roupa. Fita por um longo momento as três malas empoleiradas no alto, por ordem de tamanho.

– Não posso fazer parte do 1% que...

Ela continua aterrorizada:

– Eu achava que...

Aperto sua mão na minha, gelada.

– Fale comigo... – eu murmuro. – O que houve?

Ela balbucia:

– Eu achava que era a menopausa!

Então é isso. Sua mãe lhe dissera que em sua família a menopausa e os cabelos brancos eram precoces. Ela então não se inquietou por não ter mais suas regras, mas... Enquanto ela fala, examino seus cabelos quase azuis, como se procurasse ali provas de *menopausa precoce*. Nem o menor traço de fio branco. Será que ela também pinta? Como eu não ficaria sabendo? Ela continua. Como tinha vertigens ultimamente... como vomitava... fez o teste.

– E pronto!

Ela está grávida!

Segura os próprios seios como testemunho, sopesa-os. Dobraram de volume. Eu não notei? Ela achava... A menopausa! Será que eu estou entendendo? O peito da sua mãe é enorme, de resto. Será que eu me dou conta do que está acontecendo?

Arya se desespera, enquanto um arrepio de alegria me invade. A onda de calor que me arrebata me deixa envergonhado. Os raios do sol me penetram, estou luzindo com os seus fogos. Aperto Arya em meus braços para compartilhar essa luz, essa felicidade. Eu a amo tanto, ela que me dá a oportunidade de ser pai de novo, a chance de um sucesso depois do meu fracasso com Rosie. Uma oportunidade como essa é rara e preciosa. Mas seu corpo está inerte entre meus braços. Mole, Arya segura a cabeça entre as mãos e a sacode em todas as direções.

– De jeito nenhum! De jeito nenhum! De jeito nenhum.

Então, de jeito nenhum.

Um fluxo de palavras, a maior parte sem sentido, sai de sua boca: 43 anos, é tarde demais para ser mãe, sem contar que eu tenho 45? Somos velhos..., diz ela.

Cabeça baixa, pego um cubo mágico na mesa de cabeceira. Arya se refugia no silêncio e me observa girando os lados do meu quebra-cabeça para juntar as cores umas às outras. Arya me examina com surpresa, estupefata por me ver brincar feito um menino quando o momento é tão grave. Depois regressa ao seu fluxo: o que vai ser dessa criança na África do Sul? Em que caso vão classificá-la? Continuo sem dizer uma palavra e também não penso em nada. Absorvo-me no cubo cujas seis faces misturo para unir as cores: áreas brancas com áreas brancas, faces amarelas com faces amarelas, os verdes juntos diante dos azuis, e os laranjas contra os vermelhos. Em menos de trinta segundos eu os alinho. Jonathan, o menino do pátio do recreio, foi derrotado. Continuo sendo o campeão.

– E você seria pai... – diz Arya com suavidade. – Você está exilado em sua infância.

Ela se levanta, sai do quarto e eu não ouso segui-la, com medo de que me culpe outra vez de estar fechado em 1948. Meu cubo mágico na mão, ouço Arya tirando o telefone do gancho. O disco gira, ela liga para um número. Aguarda que atendam e eu desfaço meu quebra-cabeça.

Bruscamente, com uma voz de falsa alegria, ela solicita uma consulta com o dr. Baroz-Mao. Pigarreia. Envergonhada, diz:
— Não, para uma interrupção de gravidez.
Escuta atentamente as explicações do outro lado da linha. Sim... sim... Ah, é? Claro, sim... O doutor não... Sim? Mas será que... Sim... Sim... Sim. Bem, de acordo.
Uma caneta rabisca uma folha de papel. O horário e o endereço da sua consulta, suponho. Sua consulta. Porque eu, em tudo isso... Meu cubo mágico rola para o chão.
Entre o céu e os telhados, as cegonhas expandem seus ninhos, e pela janela aberta do salão, crianças explodem de vida.

●

Meu irmão gêmeo,
Muito obrigada por sua longa carta e pelo convite para passar alguns dias com vocês em Bordeaux.
Em breve, prometo, mas no momento estou ocupada com Masechaba, Terre'Blanche e todo o resto.
Masechaba insiste que vivamos juntas. Nunca estive tão apaixonada desde Elsa, mas ela precisa sempre de mais. É muito mais radical que sua irmã, você sabe: Zandile está muito chocada com essa relação. A emancipação, sim, mas não para as sapatões, se você sabe o que eu quero dizer.
Às vezes me pergunto se Masechaba está apaixonada por mim ou pelo que eu represento. Declararmo-nos como um casal daria destaque às suas causas. Eu prefiro o segredo, a intimidade. Assim, nunca tinha falado de Elsa a ninguém, exceto a você. Você sempre conheceu minhas tendências. Para resumir, Masechaba me pede provas constantemente. Por essa razão, acabo de aderir ao Congresso Nacional Africano deles. Não é prova suficiente de amor?
Que eu te dê também algumas notícias da mamãe, mesmo que você nunca peça. Ela vai levando, mas não enxerga mais de um olho.

Aconteceu de repente, depois que Masechaba passou para me ver em Terre'Blanche. Era hora da sesta para mamãe, então eu achava...
Mas ela nos viu pela janela enquanto nos beijávamos atrás do cercado das avestruzes. Eu não tinha visto. Masechaba sim, ela havia reparado. Tenho consciência de que me beijou por provocação. Mas sou incapaz de sentir raiva dela por causa disso, mesmo que esse beijo tenha queimado os olhos da mamãe. Masechaba é o que me aconteceu de mais bonito desde... Dela eu tolero tudo.

Mamãe, então, vai levando. Quando não faz a sesta, discute com as velhas fotos de Jacob e Maria. Ou então fica plantada durante horas diante da profissão de fé do avô: Théophile Terre'Blanche, o pastor do Poitou, você se lembra? Wilhelm mandou pendurar o palavrório sobre a cama da mamãe. Acho que ela te escreveu também. Você recebeu sua carta?

Wilhelm está muito contente com o 2CV que você mandou para ele, mesmo que seja tão velho! É um viciado em trabalho. Quando não está no restaurante, na sua fábrica de laticínios, nas suas cabras, suas oliveiras, seu Pinotage... ou em seu projeto de associação com os trabalhadores, passeia com o seu carro por toda a propriedade, escutando música. De vez em quando, leva Graça (mamãe não quer sair).

Graça não se recupera da morte de Thando. E Samora cortou todo o contato. Você não pode imaginar como é doloroso. Com Samora era como se o bebê morto, *o meu* bebê morto, tivesse reencontrado a vida. Samora é carne da minha carne. Masechaba, que é a sua *verdadeira* tia, também não tem nenhuma notícia. Espero que ele não esteja a par do que há entre ela e mim. Envergonho-me em dizer isso, mas teria dificuldade em assumi-lo diante dele.

Recebemos a visita de Rosie, sabia? Como ela se parece com você na mesma idade, é incrível. Ela tem em torno de dez ou onze anos (não ousei perguntar, que impressão isso causaria de mim!). A mãe dela a trouxe até aqui porque ela pedia para te ver. Como você pôde partir para a França sem avisar? Rosie ficou decepcionada por não te ver, mas não está de todo insatisfeita por descobrir uma tia e um tio. Veio trabalhar na colheita de uvas e desde então nós a recebemos em fins de semana alternados na fazenda. Ela adora acima de tudo preparar o queijo. A história da nossa adoção também a fascina: ela nasceu na Alemanha, então é mais do que normal. Mas não tem nenhuma lembrança.

Isso parece lhe fazer falta. De modo parecido como faz a você. Mas não exatamente. A você, não são os lugares que fazem falta, nem os laços. É o tempo. A época dos nossos oito anos, que ficou em Lahn. Mas Rosie ainda é pequena demais para ir à Alemanha, não é? Ela não tem um Thando para ajudá-la na fuga! Fazemos o possível para tornar sua vida agradável.

É isso, a fazenda provençal terminou. É imponente, com a velha prensa que Wilhelm conservou, e a cave novinha no subsolo. Tenho ali quase que uma suíte, com um banheiro que dá para o jardim. Rosie também. Mamãe nunca quis pôr os pés (quer dizer: a cadeira de rodas) ali, ainda que Wilhelm tenha conservado o frontispício original. Ele planeja neste momento construir um campo de golfe... Jacob deve se revirar no túmulo.

Arya está melhor? Tentou fígado bovino? Em todo caso, é preciso beber muito líquido. Espero que ela se acostume, mesmo que, no momento, seja normal estar se sentindo mal. Posso compreender a perturbação dela: descobrir-se grávida de quatro meses quando acreditava estar na menopausa... e não ter mais a possibilidade de abortar deve ser um choque. Sei do que estou falando.

Confesso que a sua ideia, substituir suas pílulas por balas, não me encantava. Não podemos forçar uma mulher a ficar grávida, Wolf. Sei do que estou falando... Alegre-se, como eu, de que essa gravidez tenha aparecido "naturalmente", e sem tráfico da sua parte! Arya tem alguns meses para se acostumar. Vai ser para vocês um belo presente de aniversário. Senão, pode dar o bebê para adoção! (Estou brincando).

Dê um beijo grande em Arya por mim, está bem?

De todo modo, fico feliz com a sua boa forma, apesar das suas dificuldades para convencer certos *sommeliers* das virtudes do *Joli Merle*.

Você também me diz como a ideia de voltar o repugna. Tanto que não teve oportunidade nem encontrou coragem de partir para

Bremen. Tranquilize-se, você ainda tem uns bons anos antes do fim do seu contrato com o *Joli Merle*! E se tiver que voltar (o que eu espero), não pense que a África do Sul ainda é o pesadelo que conhecemos. O vento começa a mudar de direção. O apartheid está fazendo estrago até nas fileiras do Partido Nacional. O neto de Verwoerd rompe com a família. Daí até ele entrar para o Congresso Nacional Africano é só um passo... De resto, Nelson Mandela não é mais um homem. Transforma-se em ícone. Certo, em detrimento de alguns.

Claro, tudo isso é perfumaria. Mas está na hora de nos reconciliarmos. Então, viva o perfume, e fique em paz, meu caro irmão. Sobretudo com você mesmo!

Sua irmã gêmea

●

Passou-se algum tempo. Perdi mais cabelo, muito, de repente. E bruscamente meu cabelo está grisalho. Minhas pálpebras estão ficando caídas. Estou na casa dos cinquenta anos e me comporto como um garoto: escondido atrás de uma porta, escuto Arya falando no telefone com sua mãe.

– Marianne vai bem, muito bem, uma verdadeira diabinha. Wolfgang lhe permite tudo. Eu faço o papel de malvada.

Várias folhas de papel voam na mão de Arya. Aparentemente, é uma carta. É endereçada a mim, mas eu não deveria estar ciente. Parece que Arya a interceptou e a esconde de mim faz muito tempo. Gostaria de me falar a respeito, mas não sabe mais o que fazer. Do outro lado da linha, Rabia se surpreende. Sentindo-se culpada, Arya pigarreia e lê para ela essa mensagem em voz alta.

– *Wolfgang...*

Aguço os ouvidos, pode acreditar em mim. O tom não é muito agradável, acho. Acrescente-se a isso que Arya a escondeu de mim. Não, não estou de bom humor. Ao meu redor, o silêncio. Postado atrás da minha porta, espiono Arya, que continua sua leitura.

Agradeço-lhe pelo convite a essa cerimônia que não posso chamar de casamento.

Arya se interrompe porque sua mãe a corta, do outro lado da linha. Quanto tempo faz que ela esconde essa carta? Tempo demais para informar a Wolf, diz Arya. Ele não a perdoaria. E depois, descobrir, passados seis anos, que... é mais do que ele poderia suportar!

Atrás da minha porta, mal consigo respirar. Mas escuto prestando ainda mais atenção.

Esse casamento é um insulto à lei, à Bíblia, à sua família. Você vai compreender que eu não compareça; e eu o conheço o bastante, de resto, para saber que é o que você esperava. Mas não sinto raiva de você. Deus é minha testemunha, uma mãe perdoa tudo. Ela é sempre uma boa conselheira.

Arya se interrompe para voltar a se justificar: essa carta, ela a leu pelo menos cinquenta vezes. Quanto mais a lia, menos era possível entregá-la a mim! Prossegue com a leitura:

Você se lembra da escola dominical, dos sermões do pastor e das aulas que eu dava a vocês na escola? Lembra-se do sangue de Hendrik Verwoerd, que nunca foi limpo de seu assento. Adão, Noé e Davi são nossa família, a sua, e exigiram que nós procriemos. Foi para obedecer e sermos dignos deles que Lothar e eu adotamos vocês. Foi em honra deles que nos tornamos os pais de Wilhelm. Que o seu irmão tenha se voltado contra nós, contra mim, é uma ferida sem cura, mas que você tenha traído seu povo, sua religião, sua mãe, aliando-se a Maomé!

Você esqueceu seu avô?

Tudo tinha sido preparado para que você fosse o sucessor dele. Jacob depositara todas as esperanças em você. Mas você só quer saber da Alemanha? Faz nascer Rosie ali e a arranca de nós? Aceita o divórcio e deixa a minha neta na casa da mãe, uma comunista que só quer saber de jazz e dos "expulsos" do Distrito Seis!

E aí você cai de amores pela advogada que defendeu o assassino do meu pai! Vai consultar um charlatão para que ele corte as suas partes... Casa-se na lei islâmica?

Você perdeu o juízo.

Deus é minha testemunha, fiz todos os sacrifícios possíveis.

Mas você ainda pode ser salvo. O que eu tenho a lhe confiar talvez vá arrancá-lo das garras de Satã.

Rabia interrompe outra vez sua filha, acho que para chamar Michèle de abjeta. Arya aquiesce, sim, sim, diz ela, e continua:

Saiba, então, meu filho, que essa mulher só apareceu em nossas vidas para nos extorquir. Ela veio até a minha casa e, depois de se apresentar como neta de Paul Noah, ameaçou-me para me constranger a mudar meu testemunho... Sem suas ameaças, eu jamais teria dito que meu pai já estava morto! Deus é minha testemunha, papai estava vivo quando Thando Sisulu o matou! Tenho certeza! Tenho a convicção de que ele poderia ter sido salvo! Mas se eu não mudasse meu testemunho, Arya Patel ameaçava me tomar a dita casa de Paul Noah, e propagar a calúnia de que eu sou sua filha e que minha mãe, que sua alma descanse em paz, teria tido uma relação adúltera com esse homem, que ocupou nossas terras de maneira ilegal!

Graças a Deus, Paul Noah e sua família desapareceram das nossas existências quando seu avô retomou a casa, o que tinha pleno direito de fazer.

Arya faz uma pausa para conter a emoção, enquanto Rabia continua a xingar, mas dessa vez as expropriações impostas à sua família. Quanto a Arya, ela jura a sua mãe que nunca, em tempo algum, quis ferir Wolf. Jamais teria imaginado que ia se apaixonar por um filho dos Terre'Blanche, mesmo adotivo!

Apoiado na porta, eu me deixo escorregar lentamente, e me vejo agachado no chão. É como se eu não soubesse mais o que pensar. Sou tão apaixonado por Arya. Meu coração arrebenta dentro do peito. O amor é uma coisa idiota e invencível.

Arya passa nervosamente as páginas dessa longa carta... que esconde de mim desde antes do nosso casamento! E se detém na última.

... A mão de Deus fará justiça: Arya Patel será punida, vou garantir que sim. Por que você acha que ela se casou com você, senão para botar a mão na sua herança, da qual consta a suposta casa de Noah?

Ela não terá nada.

Pois eu o deserdo.

Faço isso pelo seu bem.

Que você fique livre do mal, meu caro filho,

Sua mãe que perdoa.
– É isso... – conclui Arya. – Como você quer que eu mostre isso a ele.
Segue-se uma longa pausa, Rabia deve estar dando seus conselhos do outro lado da linha. Arya responde:
– Não, veja, ele não pode estar ciente. Mas eu me pergunto, mesmo assim...
Do outro lado, Rabia recomenda a Arya manter segredo. Tarde demais. Arrebatado, recobro o ânimo, meto-me por um corredor, enfio um casaco, bato a porta de entrada. E apareço no salão todo alegre, como quem chega de uma corrida. Consultando o relógio, digo a Arya:
– Você ainda não está pronta? Melhor se apressar! Temos que passar para pegar Marianne antes de ir para o aeroporto!
Rosie aterrissa dentro de uma hora e meia.

●

– O sr. de Gabriac é um grande especialista em Saint-Émilion e Pomerols.
É Pablo Andrieu quem diz isso, apertando seus olhos estreitos. Seu pescoço engrossou e seu queixo fendeu ao meio. Nem uma única ruga conseguiu escavar uma passagem nessa cara vermelha, mas os anos tornaram esse homem mais espesso. Doze quilos, eu diria, e seis anos? Os seis anos que me saltaram à cara quando Arya telefonava à sua mãe. Colado num banco alto demais, ele tamborila os dedos numa mesa de madeira maciça, ao lado de três garrafas de vinho abertas, quatro taças e uma cuspideira cheia até a metade.
É o mesmo cômodo escuro da última vez, separado de uma outra sala por uma janela. Do outro lado, há pessoas sentadas diante de uma dezena de mesas, degustando comidas requintadas e se servindo de quando em quando de uma taça.
Pablo fala com um velho conhecido:
– A ideia, sabe, seria investir num vinhedo bem localizado. Produzir para o seu mercado interno e para a exportação.

O velho conhecido sou eu. Apoiado num banco alto, ainda sou esse sujeito de cerca de cinquenta anos. Aprovo Pablo Andrieu:

– O mercado interno sul-africano é mínimo, é verdade.

– Você mesmo... ainda não?

– O vinho não é meu amigo. Nunca voltei.

– Você prova e cospe.

Pablo Andrieu fica pensativo por um instante, faz girar o dedo no alto da taça, para fazer cantar o cristal. Estuda uma garrafa de vinho *Joli Merle*, sua etiquetagem, franze as sobrancelhas, declara que o problema é que ela continua não dando a sensação de um vinho tipicamente sul-africano, que ele seria feito à maneira de Bordeaux.

– E, além disso, esse camponês branco na etiqueta, isso lembra um pouco demais o *apartède*.

Eu o fito, questiono-o em silêncio: quem é ele para me acusar de *apartède* com seus olhares eloquentes. Ele abaixa a cabeça e, entusiasmado, prossegue:

– O espírito francês em Staline Boche, isso seria imaginável?

– Stellenbosch? Sim. Paarl também... Simonsberg... Outras regiões estão por explorar: estender-se até o frescor oceânico do Sul, até o cabo das Agulhas.

– O sr. de Gabriac deseja fazer vindimas excepcionais, *vintage*. É sempre melhor ter um vinho maduro.

Gargalhadas nos chegam da outra sala, onde vinhos acompanham carnes com molho, peixes com roupas de domingo, queijos azuis e sobremesas achocolatadas.

– O fim dessa droga de *apartède* – prossegue Andrieu enchendo seu corpo – será logo, não?

Minhas pálpebras batem de leve e eu enrubesço. Fico quase tão vermelho quanto Andrieu. Bebendo lentamente, ele continua:

– O fim do *apartède* vai marcar uma renovação na produção de vinhos sul-africanos. Você sabe que o vinho de Constantia era exportado aos milhares de hectolitros do Cabo? Napoleão adorava.

– É uma bela referência, sim.

— As equipes do sr. de Gabriac já pensam em... notas de papaia, de manga... de pera.

— De papaia...

Engulo a saliva com dificuldade. Estou sufocando e custo a recobrar a respiração. Andrieu me deixa estupefato.

— Interessante, não? – ele diz. – O que você acha? O sr. de Gabriac pensa num *assemblage* de cabernet, de merlot, de syrah, com uma bela intensidade de cor. Seria um puro veludo na boca. Bem redondo. *Made in South Africa*.

Com pompa, ele ergue sua taça para o céu.

— A etiquetagem evocaria a África autêntica: para o vinho tinto, um leão. Para o branco, uma girafa.

Ele termina sua taça, volta a se servir, brinda ao nosso sucesso futuro.

Andrieu e eu temos a mesma idade, mais ou menos. Ele poderia ter nascido ariano numa Alemanha em guerra e se encontrar num rebanho de órfãos destinados ao Cabo... com aquele medo na barriga dos leões... das girafas. É de chorar de rir. Meu riso é forçado. Uma ideia absurda me ocorre, forçada também, tão forçada que chega a ser cômica:

— Para o tinto, Pablo, eu recomendaria um guerreiro zulu em vez de um leão.

— Ora... – ele diz, muito sério. – Por que zulu?

— Eles também vivem na África do Sul. Com os leões e as girafas.

— Os zulus? Tribos sul-africanas?

Ele reflete e declara, sem riso forçado ou de outro tipo qualquer:

— Um leão ou uma girafa seria mais consensual. No bom sentido do termo, é o que quero dizer: agradaria a todo mundo. Mesmo àqueles que não gostam de viajar.

Eu também não gosto de viajar. Volta-me à memória a carinha de um pequeno viajante, o orgulhoso que se apossou do microfone na estação de Hanover, antes da nossa viagem de trem. Ele tinha falado do sol ao jornalista, o sol que brilhava sempre na África, as laranjas maravilhosas, as bananas deliciosas. Seus olhos brilhavam do mesmo modo como os de Andrieu. Mas ele estava com medo. Um medo verdadeiro, aquele que te faz mijar amarelo na roupa de baixo branca. *Na África, vou impedir os macacos de comer as cabras.* Ele queria dizer os leões.

Estudo o teto, onde finjo procurar inspiração. Essa situação é aberrante. Então, digo:

– Esse vinho, podíamos chamá-lo *Okoma*! Quer dizer sede, em zulu.

– Okoma... Sim! *Okoma, Embarque num voo tinto para a África do Sul!*

Pondo-se de pé, ele cruza os braços:

– É uma aposta arriscada. Mas o palato francês deve se abrir aos novos mundos...

Ele se vira para sua estante, onde os livros se acumularam desde a última vez. Ocupam agora duas prateleiras inteiras. No alto, tenho a impressão de que são escritores de cor branca. Embaixo, não vejo as fotos, mas eles têm belos nomes, como Maryse Condé, Raphaël Confiant, Léopold Sédar Senghor... Pablo prossegue:

– De Gabriac pensava em criar alguma coisa... *A propriedade de Maria Antonieta*. A reflexão está em curso. Poderíamos pensar numa parceria? Ele está pronto para visitar Staline Boche assim que o sr. Terre-Neuve puder recebê-lo.

– Stellenbosch. É Stellenbosch. E não é sr. Terre-Neuve, mas sr. Gabru, um primo por matrimônio que se associou ao meu irmão.

– Gabru – ele repete, como que tomado de surpresa. – É holandês?

Abro a boca, mas uma voz de criança vinda da escada me precede.

– Papai?

Sapatos brancos, cheios de lama, aparecem no primeiro degrau visível dessa escada, estreita e sem corrimão. E depois são duas pernas numa calça. Debaixo das manchas de terra, deve ter sido azul. Uma blusa preta de mangas compridas e uma mão liliputiana que se apoia na parede. É uma menina, de mais ou menos seis anos. Corre na minha direção. É no meu torso que ela se joga. Meus braços a enlaçam. Uma onda de calor me envolve, sinto-me em segurança. É assim quando temos filhos e os amamos.

– Então é aqui o seu trabalho? – diz ela, nem um pouco tímida, fitando Andrieu nos olhos.

Andrieu sorri para ela com muita gentileza.

– Bom dia, menininha.

– Bom dia. Como você se chama?

– Pode me chamar de Pablo. E você, como se chama?

– Me chamo Marianne, senhor. Marianne Schultz.

Ela lhe estende a mão, Andrieu a aperta. Detém-se por um segundo em sua cor, muito morena, e em seus cabelos, muito encaracolados, depois ergue para mim olhos maravilhados:

– Ela é adorável. Onde você a adotou?

Eu fico rosa, vermelho e, assim que me torno violeta, explodo:

– Eu não a adotei! Ela saiu dos meus colhões!

Marianne não está chocada. Nem surpresa. Ela deve ter o hábito de ter saído dos meus colhões. E de que as pessoas se surpreendam com isso.

●

É uma padaria onde os clientes aguardam sua vez lambendo as vitrines que abrigam os doces. Seu clima é bom, o odor do pão é bom, os caramelos escorrem. A padeira, um peito generoso, demora-se em oferecer uma bala às crianças acompanhadas de seus pais. *Chouquettes, pains suisses, croissants, chocolatines* e *religieuses au chocolat*, a escolha é um problema.

Marianne avança na fila de mãos dadas com o pai e junto a uma jovem que enlaça seu ombro. Incrivelmente bela, ela é loira, alta, meias soquetes brancas. Uma grande bondade emana de sua pessoa. Seu rosto é pálido, mas fresco. Ela tem a mesma boquinha que Marianne, um pouco projetada para a frente, com o queixo. Vê-la me comove, tenho a sensação de uma falta enorme que de repente se preenche. Rosie. Eu não a vi desde o momento em que Frances se mandou da Alemanha, aquele dia funesto em que minha irmã gêmea deu à luz um bebê natimorto, você se lembra onde... Antes disso, ouvi brevemente a voz de Rosie, atrás de uma porta do Distrito Seis. Ela comemorava seu aniversário, Boney M. cantava *Daddy cool*, Frances havia recusado meu presente. Mas de lá para cá...

    O que se passou de lá para cá?

    O que se passa na minha cabeça?

    Às vezes, é tudo escuro.

Mas neste canto, Rosie, Marianne e eu estamos numa padaria francesa, e minha filha mais velha me dá a impressão de uma presença prolongada. Pequena Rosie, você está aqui, e depois está em outra parte, e depois aqui de novo, e será que vai embora? Fico tão feliz com as suas aparições, minha pequena fada. Em pouco tempo você cresceu, e muitos centímetros.

    Sorrindo, a padeira enche um saco de doces.

    – Olá, Marianne! Como foi aquele teste de matemática?

    – Nove em dez. A professora me tirou um ponto porque eu troquei um 6 por um 9. Ridícula.

    – Ah, sim, ridícula.

    A padeira e seu peito se viram para a senhorita agarrada aos ombros de Marianne.

    – E a grande, o que ela vai querer?

    Rosie balbucia. Marianne pega a deixa, com um arzinho superior e um tom autoritário:

    – Coloque para ela um pão suíço, sra. Loiseau. Por favor.

    Sinto-me envergonhado por ser pai de uma pequena tirana.

    Minhas filhas e eu caminhamos lado a lado numa calçada. Marianne me enlaça pela cintura, brinca de ser minha mulher. Rosie não ousa pegar meu braço. Não quer se imiscuir. Fala bem baixinho:

    – Eu e Marianne, antes de te encontrar, nós... nós paramos num papelaria.

    Marianne dá suspiros indignados:

    – *Numa* papelaria.

    – Eu comprei para ele um diário íntimo.

    – Eu comprei para *ela* um diário íntimo.

    – Sim! E você correu dali fugindo!

– E você *fugiu dali correndo*!

Cumpro o papel de pai, um pai que ralha sem muita convicção com a filha:

– Marianne... Você não foge correndo. Quer seja eu, sua mãe ou Rosie, você dá a mão e obedece. De acordo?

– Não estou de acordo – ela diz, sacudindo a cabeça.

Marianne lança um olhar malvado à irmã, então eu me dou conta, por fim, de que Rosie está um pouco à parte. Ofereço-lhe meu braço.

– *Jy vat nie papa se arm nie, Rosie?*

Ela não espera que eu insista para se agarrar ao meu braço. Marianne fulmina:

– Vocês falam africano para que eu não entenda, é isso?

– Não é africano – protesta Rosie. – O língua africano não existir.

– A língua *africana*... não *existe*.

Mais tarde, numa cozinha, cinco pares de mãos descascam batatas e abóboras. As menores são as de Marianne. Seu diário íntimo está ao seu lado. Com uma centena de páginas, tem um cadeado. Duas garotas, surpreendentemente chamadas Marianne e Rosie, ilustram a capa dura rosa. Ouço Marianne, ela se vangloria orgulhosamente de ter escrito doze páginas de seu *livro*. É assim que chama seu diário. Reconheço também as mãos de Arya, sua aliança e seu relógio. Ela é a que se sai melhor com a pele dura da abóbora. As bem compridas e finas são de Rosie: graciosas demais para a cozinha. As mais feias, cheias de veias e de pelos, são minhas... Não é bonito envelhecer. O último par de mãos é hábil em descascar batatas, os punhos são largos, com dobras. Mãos nada jovens. À primeira vista, não seria possível dizer se pertencem a um homem ou a uma mulher...

Rosie, sua voz e suas mãos se exprimem todas ao mesmo tempo: Mandela saiu da prisão... não é um milagre? O apartheid vai acabar, está na hora de voltarmos para o Cabo. Será que eu não acredito na reconciliação?

Eu me levanto sem dizer uma palavra e me mando depressa dali, indo até o toalete, onde me fecho por um instante. Visivelmente, há assuntos que me aborrecem. Eu me sento sobre o vaso, ouço uma discussão sem conseguir distingui-la, e depois risos. A atmosfera se descontraiu, posso voltar. Reencontro a mesa, as mãos, as cascas. Continuo não vendo os rostos. Uma voz bastante rouca, mas ao mesmo tempo feminina, a sua, fala de muros erguidos dentro da cabeça das pessoas. Esses, você diz, são os mais difíceis de demolir. É engraçado como sua voz se parece com a da sra. Pfefferli... Essas dobras nos punhos são as suas cicatrizes. Não resta muita coisa das suas mutilações. Tudo se cura. Você cumpriu a promessa de vir a Bordeaux. Isso me comove. Uma abóbora pelada nas mãos, Arya se alegra:

– Uma propriedade francesa quer se associar a Terre'Blanche e a Terre-Neuve. Acho que é o sr. de Gabriac, certo, Wolf?

Wilhelm e seu primo, ela acrescenta, já se entendem muito bem. Por que não incluir o sr. de Gabriac? Eu pareço aprovar:

– Vamos nos lançar num vinho zulu de papaia, com cabeça de leão. *Maria Antonieta*, ou algo assim. É uma rainha da França. Mas vinha da Áustria, e entre uma coisa e outra tinha sido adotada por uma família de zulus que moravam com os leões.

Ouvem-se gargalhadas, as nossas, exceto de Marianne, que se crispa:

– Por que estão rindo? – sua voz pergunta.

– Porque isso tudo é um bobagem – responde Rosie, erguendo as mãos para o céu.

– *Uma* bobagem – corrige Marianne, tamborilando na mesa.

Uma batata descascada quica. Arya se levanta para jogar cebolas e temperos numa grande panela fumegante.

●

– Uma bomba tem seis metros de largura? – assusta-se Marianne.

– Não – você a tranquiliza. – Elas eram menores. Mas os buracos que faziam eram muito grandes.

No volante do carro, sorrio para Marianne, que me espia pelo retrovisor. Seu *livro* íntimo aberto sobre os joelhos, ela preenche as páginas com uma caneta roxa, assegurando-nos que escreve um conto em que o Pequeno Polegar encontra o caminho de casa. Uma placa indica a direção de Metz. Cabeça apoiada no vidro de trás, Rosie boceja e estica os braços.

– Os bombas de agora – ela murmura – podem destruir o planeta inteiro.

Assustada, Marianne põe as mãos sobre a boca e não pensa em corrigir a irmã. Rosie a puxa para si afetuosamente. Marianne abandona a escrita de sua história para começar a fazer sinais de vitória pela janela. Um amplo sorriso no rosto, ela se dirige a todos os carros que ultrapasso. Dirijo muito depressa. Ultrapasso os limites.

Percorremos muitos quilômetros. Os traços do meu rosto estão tensos, minha cara, cansada. Você parece exaurida, inquieta também, mas se obriga a sorrir. Rosie olha sonhadora pela janela em que desfilam pastos tosados pelas vacas. Ela está encantada por estar aqui, com você, comigo, perto da irmã, no carro veloz de seu pai. Esse momento é banal, acredito, para Marianne, que escreve em seu diário íntimo, mas não para Rosie. É um dos instantes mais belos de sua vida: ela nunca esperou ficar tão perto de nós. Marianne acha que Rosie desfrutou mais do pai, porque é mais velha. Isso seria lógico. Marianne é muito lógica. Mas na verdade é o contrário. Marianne não se dá conta. Tudo o que ela vê, acho, é que Rosie é mais velha, e que a ela ninguém pergunta se seu pai a adotou.

– Por que mamãe não veio conosco? – me interroga de repente Marianne.

Você suspira e lhe responde:

– Porque sua mãe não quer voltar a 1948.

Marianne franze as sobrancelhas. Não compreende muito bem como é possível voltar atrás, sobretudo porque o carro anda para a frente. Mas como sua tia está dizendo...

Cruzamos um posto de fronteira sem controle alfandegário, e cuja barreira está aberta para trás. Não serve para nada.

– Eu queria ver para crer – digo, em voz baixa.

Tenho dificuldade em engolir o fato de não haver fronteira entre a França e a Alemanha. Uma placa indica a direção de Hanover. Respiro com dificuldade. Meus lábios estão fechados. Ao cabo de um momento, o BMW se mete em ruelas, dobra esquinas, dobra mais esquinas, para.

– Chegamos? – pergunta Marianne.

Viro-me para minhas filhas.

– Rosie, Marianne... estão vendo os diabretes de ferro batido na fachada, lá em cima? Eles guardam a tanoaria dos seus avós. É o seu tio quem se ocupa dela. Faz muito tempo que não vejo Rüdi. Vocês se lembram de Rüdi?

– Sim – resmunga Marianne. – Você não parou de falar dele durante quase toda a viagem.

Marianne não parece muito entusiasmada, enquanto Rosie olha avidamente na direção da vitrine, atrás da qual uma mulher se inclina para melhor ver o carro vermelho que se exibe diante de sua calçada. Katia, suponho, a esposa do primo Rüdi. Saio do carro e lhe faço um sinal com a mão. Ela não responde.

– Sua prima não te reconhece? – surpreende-se Marianne.

Vocês três hesitam em sair. Tenho que abrir as portas com um amplo sorriso, para que ponham finalmente um pé no chão. Não avanço muito, contudo. O sol indica o começo da tarde. E bruscamente Katia abaixa a grade de ferro.

– Está na hora de fechar? – surpreende-se Rosie, a voz num tom uniforme.

Rosie nos lança olhares interrogativos. Você tira o pó do seu casaco para esconder seu embaraço.

– Parece que eles não estão contentes em nos ver...

Rosie fica abatida, está decepcionada. Esfrego o queixo, dando uma volta em torno de mim mesmo. Dou três voltas em torno de mim mesmo. E depois decido:

– Vou falar com eles.

Punhos cerrados, dirijo-me à grade de ferro.

●

Você segura a mão de Rosie, e Marianne pestaneja para enxergar melhor à contraluz, enquanto Katia, no andar da tanoaria, grita comigo:

– Que topete você tem para voltar aqui!

Lívido, eu seguro a grade de ferro e peço a ela que desça, ou que chame Rüdi. Ela lança olhares consternados para o céu.

– Ele nunca teve coragem de te dizer...

Ela dá meia-volta, procura alguém no cômodo, mas não há ninguém, só quatro idiotas na calçada, você, eu, minhas filhas. Katia sai da janela para se fazer ouvir bem, e vocifera:

– Frieda nos cedeu as partes dela! Está ouvindo! Você não tem nenhum direito sobre a tanoaria!

Não sei por que ela me diz isso. É verdade, um pedacinho dessa tanoaria me pertence. Mas não estou aqui por causa disso. Rosie grita, por sua vez:

– Eles não têm o direito de me rejeitar! Não pedi para ser arrancada da minha família! Fui privada dos meus pais! Não é fácil retomar contato!

Ainda agarrado às minhas ferragens, olho para Rosie e compreendo bruscamente que ela fala de seu pai, mas também de si mesma. Eu vim consertar algo em mim. Mas ela também está partida. Quer se remendar. Aguarda respostas. Com Marianne é inteiramente diferente. Ela está pouco se lixando. Nariz para o alto, assiste ao nosso diálogo como a uma partida entre estrangeiros. Já não sabe mais se eles falam alemão ou africano.

Paralisada, você se refugiou nos braços de Marianne. Finge protegê-la envolvendo-a com seu casaco, mas na verdade é a si mesma que protege. Do nosso passado. Você sempre sentiu que ele era obscuro. Eu ainda não entendi nada.

Rüdi aparece por fim na janela. Envelheceu. Corpulento, cabelos muito curtos, tem a tez enfermiça e uma grande bola de gordura no pescoço. Tenta acalmar a esposa segurando-a pelo ombro, mas ela o repudia. Ele se segura na beirada da janela, tosse, diz palavras entrecortadas.

– Escute... você é o meu querido... o meu querido primo... mas...

Ele repara em você, inclina-se para ter certeza do que está vendo:
— Gretchen? É você, Gretel?

Assim como eu há algum tempo, você fica bastante abalada, pois acha que ele te confunde com outra pessoa. E isso tem o efeito de uma facada. Há nessa casa, contudo, pessoas que te amaram. E pessoas que não nos amam mais. Não sei como te dizer que me chamo Hans. Rüdi fica sem ar. Katia continua de onde ele parou:

— Você estava aqui quando Rüdi e o pai lutaram para defender a tanoaria depois da guerra? Sua mãe estava presente? Sua irmã? Vocês não estavam aqui, nenhum de vocês! Nós sim!

Sua voz falha e a minha continua presa dentro da garganta.

— Você se demorou bastante na África! Enquanto...

Estarrecido, não consigo dizer nada, absolutamente nada. Você continua paralisada nos braços de Marianne, que não tira os olhos de mim. Ela compreendeu que eu me sentia mal. Começa a soluçar e vem correndo para perto de mim.

Quanto a Rosie, ela explode, num alemão muito bom:

— Eu sou sua prima de segundo grau! — ela vocifera, numa voz aguda. — Penso em vocês todos os dias desde pequena! Andei milhares de quilômetros para vir vê-los!

Rüdi lança olhares devastados para um lado e para o outro, agita o espaço sacudindo a cabeça. Parece um vulcão de emoções contidas.

— Escute bem, senhorita — ele diz, com o máximo possível de calma. — Eu não a rejeito... Mas a mãe deles nos tinha dito... tinha dito que...

Ele engole a saliva com dificuldade.

— Não tínhamos muitas informações naquela época. Talvez ela achasse... ela achasse que...

— Paz! — exclama Katia, empurrando o marido para fechar a janela.

Ela puxa as cortinas. São cinzentas.

Um vulcão entra em erupção, mas não é Rüdi, sou eu. Nas garras de uma raiva fervente. Dentes cerrados, peço a Marianne que vá para junto de você, porque meus punhos estão se segurando para não esmurrar. Ela se recusa, grito com ela. Às lágrimas, ela corre para junto de Rosie, e por fim minha cólera se libera. Atiro-me com todas as forças sobre a grade de ferro, aplico-me a demoli-la, pontapés, cabeçadas, socos.

Abram, desgraçados! Abram!

Pareço um nazista. Amedrontadas com a minha violência, vocês recuam na direção do carro. Amassões se formam sob os meus golpes. Sou lava em fusão.

É Rosie quem vem por fim até mim, ela não tem medo das chamas. Caminha sobre as minhas brasas. Segura-me pela cintura. Depois coloca a cabeça nas minhas costas, sincroniza sua respiração com a minha, fechando os olhos. Nossas respirações se harmonizam. Meu fogo se apaga.

Sentir a respiração da minha filha nas minhas costas me apazigua.

Sentir seu peito arfando sobre a minha coluna vertebral... estar grávida deve ser parecido com isso. Agora, é o inverso. É ela quem me carrega.

Sem ela, eu estaria asfixiado.

Com ternura, ela me leva para o carro, prometendo que vai me trazer de volta à tanoaria um dia. Eu me recuso a pegar outra vez a estrada. Sento-me na calçada. Marianne me observa sem me reconhecer. Seu pai, ela só veio a conhecê-lo na França, após quarenta anos. Não imagina que ele tenha tido oito anos um dia. Rosie tem essa sorte, ou esse infortúnio. Então, senta-se perto de mim e multiplica as promessas: vai estudar enologia em Stellenbosch. Vai convencer Rüdolf e a esposa, os tonéis de Bremen irão a Terre-Neuve, a Terre'Blanche... Dessa maneira, Bremen será na África do Sul! A voz embargada, você diz, de repente:

– Quem é Gretchen...

Vejo-me obrigado a te dizer que é você. Informo também que seu irmão se chamava Hans antes de se tornar Wolf. Mas ele não é capaz de te dizer por quê. Seus olhos se enchem de lágrimas. Rosie se esforça em distrair a irmã, mostrando-lhe, ali adiante, aquela curiosa estátua feita de quatro animais empilhados uns sobre os outros. São *os músicos de Bremen*, ela lhe diz. Saíram de casa para fugir de seu dono, que era muito cruel. É então que da esquina surge uma moça bem jovem, bem ruiva. Vendo-nos sentados na calçada, ela para perto de nós, interroga a si mesma, olha as placas francesas do meu BMW vermelho e acaba por se apresentar. Bom dia, ela se chama Pola. E nós? Quem somos? De onde viemos? Rosie explica de maneira confusa que viemos da França, da Alemanha, da Índia e da África do Sul. Pola fica maravilhada: diz de cara que detesta ser alemã. Na escola, viu *Noite e neblina*, e tem tanta vergonha de ter feito aquilo. Mesmo em sua família houve nazistas, muito cruéis... Ligeiramente espantada, Rosie a analisa por um instante e lhe diz, sempre num alemão muito bom, que viemos ver a tanoaria dos *avós Grimm*. Ela aponta com o dedo, Pola põe os olhos nos três diabretes e faz uma careta: como podemos nos interessar por essa tanoaria, ela questiona, quando temos a oportunidade de morar na Índia e tudo mais?

– Se a decisão fosse só minha – ela diz, agachando-se ao lado de Rosie – eu daria essa maldita tanoaria.

E ela partiria para a América, onde todo mundo é gentil, mesmo que ela saiba que os americanos detestam os alemães e que mataram os indígenas. Mas eles têm razão, os americanos. No fim das contas, ela é a filha de Rüdolf.

– E você, você é a neta de Frieda? – ela pergunta a Rosie.

Ela lhe dá uma cotovelada cúmplice e acrescenta:

– Que bruxa aquela ali, hein?

Um anjo passa, hesita em ir embora. Você cora, eu enrubesço, minha voz fica embargada:

– Frieda? Você disse Frieda?

– Frieda, sim. Eu disse Frieda – Pola ri.

– Por que você a chama de bruxa?

– Eu a vi uma vez com o marido. Ela não foi nem um pouco gentil comigo.

Você olha para ela, estupefata. Eu tenho a impressão de que minha língua se colou no palato. Minha boca está completamente seca. Pola nos observa com surpresa. Porque somos loucos.

– Que idade você tem? – você pergunta a Pola.

– Catorze.

Rosie franze os olhos. Acho que ela está calculando. Porque, suponho, se aos catorze anos Pola viu Frieda e o marido, então isso quer dizer que Frieda e o marido não morreram na guerra. Ou então ela está confundindo com outra pessoa? Pola coça o braço.

– Ela não morreu não. Seu marido faleceu faz dois ou três anos, mas aquela desgraçada, ela continua bem viva.

Mora a duas horas e meia de estrada.

Ao lado do Konditorei Kaiser de Kiel.

– É bem perto do mar.

●

Gotinhas de água grudam num vidro embaçado. Caídas do céu ou vindas do mar que esbraveja do outro lado da janela.

Gerânios em vasos, bem quentinhos acima dos aquecedores, observam-no se agitar lá fora. Por que será que ele se enerva desse jeito? Nas paredes, as flores do papel pensam a mesma coisa: por que ele se exaspera, esse mar mal-educado, por que se mete a espargir nos vidros dessa maneira tão vulgar.

É um salão de chá. Uma luz suave o ilumina, atravessada por fumaças distintas. Fumaças de cigarros com filtro, vapores de chás exóticos, odores de café torrificado. As pessoas não falam, murmuram, têm cabelos brancos ou arrumados, e batom na boca, impecável.

Os doces se degustam sem farelos e sem ruído, exceto na mesa em que Marianne semeia migalhas sobre a toalha, que sujou de geleia. Está ocupada com uma torta de Linz, seu livro íntimo aberto na página quarenta, e sua irmã mais velha que mordisca um strudel de maçã. Preocupada, Rosie espia a entrada e me observa.

Na mesa vizinha, cruzo os braços diante de uma xícara de café. Em alguns momentos, examino a entrada e, acima da pesada porta de madeira, um velho relógio sem nenhuma pressa. Por que não nos sentamos juntos?

15h10, diz o relógio.

Ainda 15h10.

15h10 e ninguém ainda.
Meus joelhos tremem debaixo da mesa e meu pé batuca no piso.
15h11.
Durante toda a minha infância, os Schultz nos disseram que nos haviam salvado da fome. Da morte.
E se isso era mentira?
Eu acreditava saber tudo.
Como pude acreditar que ela estava morta.
Como pude esquecer que ela vivia?
Será que a forçaram a nos abandonar? Teríamos tido talvez uma infância melhor na Alemanha, sem violência, com alguém que nos amasse de verdade.
Sorrio para as minhas filhas na mesa ao lado. Eu as amo, de verdade. Eu as amo, simplesmente.
Por que estamos sentados em duas mesas diferentes? Poupar-lhe um choque? Encontrar seus filhos depois de quarenta anos deve ser um choque, um choque e tanto.
A porta soa, nossas cabeças se viram.
É um cavalheiro...
E onde você está?
15h27, conta o relógio, e a toalha se suja ainda mais do lado de Marianne, dessa vez com uma poça de geleia de abricó que escapou de um sonho. Marianne dá suspiros cansados, lançando-me olhadelas. Com a ponta do queixo, ela me indica o relógio para me mostrar que a hora avança. Rosie morde os lábios, acho que de apreensão. Para se descontrair, ela gira sem parar a colher em sua xícara de chá, que turbilhona lindamente.
15h43. Será que ela teve um acidente na estrada?
Uma moça embalada num avental vem me perguntar se eu desejo pedir mais alguma coisa. Peço um café. Descafeinado? Não seria preferível? Não, eu disse café. Por favor. Franzindo os lábios, ela obtempera obrigada, depois se dirige a uma mesinha no fundo, onde...
... eis você. Os dedos crispados numa xícara de vidro, vazia, você ergue a cabeça para a moça que diz Gostaria de pedir mais alguma

coisa? Você pede um chá. Preto, por favor. Quando a garçonete se afasta, você se absorve no papel de parede. De tempos em tempos, interroga o relógio e depois a porta de entrada. Ninguém, nada. Só imagens dentro de você. Os fogos no céu. Era preciso fugir, correr. A mão de mamãe solta a sua.

Será que isso quer dizer que ela está morta? Mas não, vamos lá! Por que você quis acreditar nisso?

Você rumina as explicações de Michèle, idílicas: a guerra, da qual eles nos salvaram, nossos pais mortos, que eles substituíram, a partida para a África, necessária.

Não havia outra escolha!

Você deve estar brincando...

Agora você sabe que ela vive, sua mãe. Desde que ela saiu do caixão, e que você sabe que se chama Gretchen, e que seu apelido é Gretel, tem a impressão de que sua vida era falsa. Sua vida inteira. Falsa. E apenas não tem certeza de estar pronta para a verdade.

Os Schultz te inculcaram sua educação, eles te deram alicerces, e bruscamente mais nada de tudo isso se mantém de pé?

Você e eu temos a sensação de não mais existirmos.

Na janela, os gerânios desfrutam de um raio de sol que atravessa as nuvens. A chuva se retirou, o mar se acalmou.

A porta se abre. Marianne observa, o peito de Rosie se infla, você prende a respiração.

Minha xícara cai no chão.

●

A garçonete varre cacos de louça debaixo da mesa, ao lado de sapatos pretos de salto. Uma saia cinzenta desce sobre os joelhos cerrados. Nada se move sob a mesa, exceto a vassoura ao redor dos meus pés. Acima dela, uma garganta tenta dizer qualquer coisa, falha, e depois, ainda meio rouca, diz:

– Eu sou... a sra. Mahler.

E eu sou o sr. Pego de Surpresa. Muito rapidamente torno-me o sr. Tomado de Pânico. A voz neutra, mas sem falhar, eu me apresento, tremendo. Wolfgang... Grimm. Francamente, será que temos que nos apresentar à nossa mãe? Não. Então, eu me atrapalho. Não sei mais falar. São sílabas que não fazem sentido. A sra. Mahler não diz nada.

Rosie e Marianne espiam a avó, Rosie não entende por que ela se chama sra. Mahler e não sra. Grimm. Marianne não compreende por que ela me cumprimenta com um aperto de mãos. Francamente, cumprimentamos nosso filho com um aperto de mãos? Não. Então, eu me confundo.

É surreal o quanto eu me pareço com ela. Ela explora o meu olhar, posso ver, ela me reconhece. Por que seu rosto não exprime emoção alguma? Francamente, será que a gente pouco se lixa quando reencontra o filho?

Escondida no fundo da sala, você é a sra. Pega de Surpresa, mas não entra em pânico. Só está emocionada, e muito. De longe, você não vê os detalhes das maçãs do rosto dela, seus olhos bem desenhados. Ela usa os cabelos ao modo de uma coroa de pele, e se mantém reta como uma rainha. Eu sou um lacaio. Minha mãe é uma desconhecida para mim. Mas, do fundo da sala, essa cena parece promissora. O coração batendo, você vê essa senhora de idade, muito calma e muito sóbria, que percorre lentamente um cardápio. Suas mãos são compridas e finas, você gostaria de ver mais de perto, sobretudo suas unhas, estão pintadas com esmalte? Você hesita em se levantar. Explodiria de alegria, mas é também um calvário. Sem contar a garçonete, que de repente bloqueia a sua vista. Ela se planta diante da nossa mãe para, você imagina, anotar o pedido.

Você imaginou corretamente. Com a chegada da moça, o rosto da sra. Mahler relaxa, um sorriso aparece, ela pede muito educada um chocolate quente e uma torta de Linz. Esse calor me alivia. Aí está a expressão que eu imaginava. Mas, uma vez a moça tendo voltado para a cozinha, o rosto da nossa mãe congela. Uma estátua esculpida no gelo, um rosto muito bonito que serve de espelho à luz. Ela inspira profundamente.

– Katharina... Rosa... Ludwig – ela pronuncia.

Mais parece uma lista de compras. Mas, ela explica, são os nomes dos seus filhos. Está se esquecendo de dois. Pois a ordem seria Gretchen, Hans, Katharina, Rosa, Ludwig. Está se esquecendo de dois. Por que está se esquecendo de nós?

Será que eu não tenho direito à minha parte dela em mim? Será que você não tem direito à sua parte dela em você? Por que eles e não nós?

A garçonete coloca seu chocolate sobre a mesa e de novo o sorriso e o calor, para ela.

Estou confuso.

Adolf lhe telefonou, me diz a sra. Mahler, para avisá-la.

Inclino estupidamente a cabeça.

Com relação à tanoaria..., declara a sra. Mahler.

Rosie a estuda sem dizer uma palavra. Nossos pais nos fabricam, ela se diz, e um dia nos viram as costas. Como é possível? Ela não consegue compreender. Fui eu quem a fiz viver. Neste momento, quando gaguejo diante da sra. Mahler, dou-me conta do quanto Rosie sofreu com o meu abandono.

De fato, atesta a sra. Mahler, ela cedeu sua parte da tanoaria ao pai de Adolf. Olho para minhas filhas. Marianne cochicha com a irmã:

– Por que papai está branco feito cera?

– Ele está feito cera por que é seu mãe. Seu verdadeira...

– Por que ela não está agindo como se fosse a verdadeira?

– Não seu verdadeira mamãe, Marianne. Seu verdadeira mãe.

– Uma mãe não é uma mamãe?

Rosie faz um sinal para que Marianne se cale, porque ali, na mesa ao lado, a sra. Mahler começa a ficar intrigada com seu diálogo: elas falam francês. Seu olhar para durante três longos segundos em Marianne. Tenho a impressão de que ele não é benevolente. Não acredito que ela adivinhe sua assinatura nesse rosto. No entanto, a sra. Mahler assinou a testa das minhas filhas, sem dúvida, seus queixos salientes também, seus lábios para a frente, suas maçãs do rosto acentuadas. Até mesmo o desenho dos olhos. As pintas alinhadas em seu pescoço se reproduziram no de Rosie. Suas orelhas delicadas retornaram em Marianne. É surreal. Como ela não vê?

Essas semelhanças estão fora do alcance de seu coração.

Ela não pode vê-las.

Alguma coisa nela se recusa.

Eu não consigo chegar a uma conclusão. Mas você, que nos observa de longe, começa a compreender tudo. Porque ela não farejou sua presença. Porque ela não te buscou com o olhar. Seu ventre se retorce de tristeza. Um líquido quente escorre entre suas coxas. Inunda sua cadeira. Pinga sobre o piso.

Você fez xixi na calça.

Por nós dois, você faz xixi nas calças.

Xixi de ariano que não sabe mais como se chama.

Fazia anos que isso não acontecia. Você achava que estava curada.

Oprimida, a sra. Mahler dá um longo suspiro.

– Parti para Lahn depois da morte do seu pai. Para estar com Ludwig. Não podíamos ficar com vocês.

Mortificada, você hesita em pedir um guardanapo. Será que alguém notou que fez xixi nas calças? Será preciso derrubar seu bule de chá para que, com o chá se misturando à urina... Sim, você precisa de um álibi. Derrubá-lo.

A sra. Mahler derrama um fluxo de palavras. Ludwig era um homem bom. Que descanse em paz. Ela o conheceu quando ele veio bater na porta da tanoaria, para anunciar a morte de Arnold. Vendo-o em seu belo uniforme, ela teve que se confessar, de uma vez por todas, que jamais havia amado nosso pai.

Você derruba o bule de chá. A garçonete corre para te levar guardanapos de papel. Você escapou? Claro, ninguém saberá que esse líquido é o seu medo. Mas a sra. Mahler se inclina um pouco para ver de onde vem essa confusão, e seu rosto exprime tal indignação que o medo volta a ocupar seu ventre. Mas você não tem mais xixi para fazer. Resta uma faca sobre a toalha, a qual você usou para passar creme num scone. Esse scone, você não tocou nele. Mas arde de vontade de tocar nessa faca, agarrá-la para... Não pode fazer isso diante de todo mundo. Menos ainda diante da sua mãe, que te olha com essa reprovação. E sem te reconhecer? É surreal. Completamente surreal. E você que se acreditava curada.

Eu me atrapalho. A sra. Mahler gagueja:

– ... porque quando eu soube que estava grávida de Arnold... quis me livrar de vocês.

Sem que ninguém veja, você desliza a faca para dentro do bolso. Levanta-se.

– Fui obrigada a me casar com o seu pai – diz a sra. Mahler.

Uma lágrima escorre no canto do seu olho.

– O que mais poderia ter feito?

Você vai para o banheiro. Escuto vorazmente a nossa mãe.

– Sinto muito. Não desejei a morte dele na Crimeia, mas... Ela me permitiu encontrar Ludwig.

Você escolhe a cabine mais distante da entrada. Fecha-se ali. Sem levantar a tampa, senta-se sobre o vaso, tira a faca do bolso.

Começa pelo braço esquerdo. E sua mãe:

– Ludwig deu duro, durante toda a vida, para que pudéssemos criar nossos filhos. Nos mudamos de Lahn depois que ele deixou vocês no... Viemos para Kiel porque havia trabalho nos estaleiros.

Imagens me retornam aos fragmentos. Um homem nos acompanha ao orfanato. Ele é caolho, seu olho está enfaixado. Ludwig Mahler?

A mãe de vocês não faz mais parte deste mundo.

Ele dizia isso. É o que ele dizia... Jamais nos disse que ela estava morta! O que ele disse à sra. Pfefferli? Será que ela estava a par?

O sangue aflora no seu antebraço, num entalhe que você traçou. Você se sente melhor. Lentamente, cava uma segunda linha, mais profunda. Mais dolorosa. E sua mãe:

– Ludwig queria filhos nossos... Não teríamos podido criar uma família com vocês para alimentar. Pensamos que teriam uma vida melhor sem nós. Ludwig se entendeu com a administração para os seus novos nomes. E os levou ao... Foi para o bem de vocês.

Nossas vidas, falsas. Jamais deveríamos ter existido. Erros. Sem voz, ouço nossa mãe:

– É duro de compreender, eu sei. Mas eu não podia amá-los. Não amava seu pai, então não podia amá-los.

Claro que essa vida é falsa! Nesse pesadelo, sentir dor te faz bem. Graças a essa dor, você esquece as outras. Quando se corta, a dor muda de lugar. E depois você sente dor de novo. Cortar-se mais uma vez. E sua mãe:

– Seu pai não era um bom alemão.

Seus traços endureceram. Seu hálito é frio. A Alemanha, diz ela, perdeu a guerra por causa de homens como ele. Homens que não acreditavam no Reich. Homens que não queriam... Involuntariamente, abro a boca.

– Por que não nos afogou como cachorrinhos?

Minha voz surpreende a mim mesmo. É a raiva que me leva. E nossa mãe:

– Não afogamos crianças arianas.

Não respiro mais. Ela remexe na bolsa, tira dali, altiva, algumas moedas, e as joga na mesa antes de se levantar.

– Esqueça. Esqueça e não espere nada.

Ela se vira. Afasta-se. Abre a porta. Acabou.

– Acabou?

– Eles vão desligá-lo esta tarde.

– Não fique triste, Naledi. Ele teve sorte: fizeram tudo por ele. Você ou eu com uma bala na cabeça, eles nos teriam deixado morrer imediatamente.

– Não o doutor Malema. Ele se esforça por todo mundo.

– Ele mora num bairro branco, Naledi...

– Dizem que mandou pintar a casa de laranja para chateá-los.

– É a Deus que o seu velho branco vai prestar contas, Naledi...

– Pode ser. E pode ser que Deus não faça contas como você.

– Você diz sempre que há um crise no seu setor...
– *Uma* crise.
– Então por que não deixa Paris para vir ao Cabo, se as editoras estão em dificuldades?

Duas mulheres, um carrinho de bebê e uma menininha de três anos se encontram no elevador, que sobe ou desce, em Paris.

Rosie... ela tem seus quarenta e poucos anos. Marianne, dez a menos.

– Como você pode ser insistente, Rosie... você me irrita.
– Eu te irrito? Terre-Neuve, Terre'Blanche, os amigos do Distrito Seis, eles te irritam!

O elevador para. Elas não saem. Alguém entra. *Bom dia!*, diz alegremente essa desconhecida de cabelos ruivos e roupa esportiva azul. *Bom dia!*, respondem minhas filhas com um amplo sorriso. A recém-chegada nota a menininha, toda cor-de-rosa, toda loira em seu carrinho. Maravilha-se. Seduzida, ergue os olhos para Marianne, toda marrom e tão morena:

– Vocês ainda teriam lugar para um menininho de seis meses?

Marianne ergue uma sobrancelha. Quanto a Rosie, ela muda por completo de expressão. A outra continua, de maneira amável:

– Estou saindo da minha licença-maternidade e busco uma jovem para trabalhar de babá. Vocês trabalham neste edifício?

Rosie pigarreia. Sente-se que ela tem vontade de se irritar. Fica vermelha, mas permanece muito calma.

– Não é o seu jovem babá, é o seu mamãe.

– *Sua* jovem babá, *sua* mamãe.

Subitamente desconfortável, a mulher de roupa esportiva empalidece. Marianne se comove:

– Desculpe a minha irmã, ela é um pouco suscetível.

A mulher perde o controle. Acaba de compreender sua gafe e eu ouço o que ela pensa internamente: como ela, que não é racista, pôde confundir Marianne com uma empregada, só porque ela era marrom e Louise não era da mesma cor? Em que ela pensava, sinceramente! Sinceramente, ela tem pressa de chegar ao térreo e de sair dessa droga de elevador. Ainda tem tempo de ouvir que minhas filhas devem correr se não quiserem perder o avião. É o aniversário do papai. É o aniversário de Mandela. Eles têm respectivamente 78 e 100 anos. Marianne jura de pés juntos que nunca mais vai pegar um avião da Ethiopian Airlines para ir ao Cabo. Não é caro, de acordo, mas passar por Adis Abeba para ir até a África do Sul é idiota demais.

●

– Por favor, papai, pode tirar esse papel da boca de Louise?

É Marianne, mas não a vejo. Somente uma tela de tevê se oferece à minha visão e mostra uma imagem imóvel.

Fifa World Cup
Russia 2018
Final France vs Croatia
Today 18h00

Está escrito na tela, em meio a um monte de outros símbolos incompreensíveis.

De cada lado da imagem congelada, um sujeito está suspenso em seu movimento. O da esquerda – sem dúvida um mestiço – parou no meio de uma corrida. Seus lábios se afastam num leve sorriso, suas mãos estão erguidas em sinal de vitória. O da direita – talvez um branco – dá um grito de triunfo enquanto torce o peito. Seus cabelos alagados de suor lhe caem retorcidos sobre a testa. O número 10 está impresso na camisa deles, azul num caso, com quadrados vermelhos e brancos no outro.

São bonitos como soldados.

Seres superiores, eu penso.

Deuses, talvez, semi ou completos. Essas divindades têm um olhar glacial e os músculos do pescoço tensionados, onde se dilatam grandes veias. No interior, sangue bom. Sangue divino. Parecem também a ponto de entrar no picadeiro de um circo. Na guerra, fariam prodígios. E as damas, sobretudo as deusas, devem cair ao redor deles feito moscas. São jogadores de futebol. Casta de campeões, espécie de arianos.

– Louise! Pare de comer esse papel!

Na tela, os deuses, completos ou semi, respiram o poder e a glória, sem erguer o peito. Não se contentam em respirá-los, eles os devolvem a nós. Basta observá-los para que a gente sinta ganhar asas nas costas e se dizer *Que a glória esteja comigo, porque eu sou o maior entre os maiores dos maiores.*

Michèle sonhou com essa raça de vencedores.

Bom. Não notei em você e em mim essa raiva do inimigo (exceto quando ele se chama Michèle). Mas esses deuses, completos ou semi, eles prometem realizar um sonho de grandeza. Michèle não entendeu nada... eram eles que ela devia ter adotado.

Minha visão se abre sobre uma loirinha, a pequena Louise, que come uma folha de papel no meio de um sofá, enquanto sua mãe ralha com ela:

– Louise! É o manuscrito que estou procurando desde ontem à noite!

Louise está sentada ao seu lado, e vejo sua mão, tão murcha, oferecer a ela uma uva. A fruta negra brilha intensamente, mas não distrai a menininha do papel que ela mastiga.

– Não quer? – você diz. – A uva é melhor do que o papel, você sabe.

Mas não, Louise se regala com seu pedaço de papel, e de tempos em tempos lança um olhar para a tela, na espera de um começo.

– Tenho um bilhão de notas nesse texto! – grita Marianne.

– Três a zero... – replica Louise.

A voz de um velho, sim, a minha, completa:

– Dois de Mbappé, um de Modrić.

– A final começa em dez minutos – diz a sua voz.

– E daí? Um pé nas ovárias – observa Rosie, presente ela também.

– *Nos* ovários. Um pé *nos* ovários.

– Ok – resigna-se Rosie.

Minha visão volta a se alargar. Louise rumina entre a Mamãe e o Papai Noel. Nós. Vinte anos a mais que há pouco. Nossos cabelos estão brancos, brancos como a neve, mas você não usa coque nem avental. Minha barba está bastante curta, meu crânio um tanto quanto desguarnecido. Você mastiga uvas pretas e brancas que vai tirando de uma tigela. Por que a sua voz se parece com a da sra. Pfefferli?

Saltos percutem no chão, aproximam-se de Louise, de repente vigilante. Você tenta em vão retirar esse grande pedaço de papel que transborda de sua boca. Mas a pequena serra os dentes e rumina com mais vontade ainda, enquanto arranca um pedaço de papel de um espesso manuscrito escondido debaixo de suas nádegas. Não exatamente escondido... está, na verdade, bastante visível.

Marianne se queixa de que Louise rouba os manuscritos de seus autores, neste momento ela só pensa em seus escritores *francófonos*. Ultimamente, uma imensa argelina e também uma martinicana gigante. Louise rouba os manuscritos, estoca-os, rasga alguns, joga outros pela sacada.

– Ela nunca faz isso com escritores franceses. Só persegue meus autores francófonos... Não compreendo o que está tentando me dizer.

– Talvez simplesmente seu filha seja contra o apartheid que existe no seu trabalho?

– *Sua* filha! *Sua* filha seja contra o apartheid!

Desafiadora, Louise aperta os olhos e cerra os dentes, a ponto de fazer pulsarem suas têmporas.

Rosie sacode a cabeça, o que é muito gracioso, por causa do seu coque que balança ao mesmo tempo. Marianne também é adorável, pequena, uma miniatura cheia de personalidade.

Em menos de um segundo, a almofada de Louise desaparece. Ela perde cinco centímetros de altura tão depressa que nem vê aquilo chegar. Desfaz-se em lágrimas. Você lhe oferece uma outra uva, mas, inconsolável, ela rejeita.

– Não é Terre'Blanche – você reconhece. – Também não é Terre--Neuve. Mas essa uva italiana é excelente. Você não quer, tem certeza?

– Marianne malvada! – berra Louise, cruzando os braços.

– Não é culpa da uva se a sua mãe é malvada...

Uma mulher pequena e toda encolhida vem se sentar entre mim e Louise. Seus dedos tortos oferecem um pedaço de chocolate a Louise, que o engole refugiando-se em seus braços magros e encarquilhados.

Os dedos de Arya apontam em todas as direções, mas seu sorriso não mudou. Seus cabelos são tão pretos quanto os nossos são brancos. Ela ainda tem esse olhar vivo e brilhante, que me inunda de calor e ternura.

Marianne se senta ao lado da irmã à mesa de jantar, onde fumegam duas xícaras de chá pela metade, e atira com irritação o manuscrito que acaba de recuperar. *João e Maria* é o título. Ela murmura à irmã:

– Que você seja tão ruim no francês, enquanto o papai e a tia Barbara falam com tanta facilidade, é algo que eu não entendo.

– Ah, me desculpe por não ter as capacidades dos arianos! Você é mais ariana do que eu, você que rejeitou o africâner e também o inglês e também o hindi! Foi você quem herdou isso do gene nazista!

Marianne lança a ela um olhar sarcástico e se vangloria por não ser outra coisa além de uma *escritora fracassada*, que ninguém jamais teve coragem de publicar.

A televisão se anima no salão e dois times de futebol começam a se enfrentar. Sua bandeira é idêntica, mas invertida, de modo que não é em absoluto o mesmo país. Capturada pelo início das hostilidades, Louise devora sem se dar conta todas as uvas que você lhe dá.

– Eles são bons, esses croatas... – você murmura, com admiração.

– Eu torço pelos francófonos – anuncia Louise.

Ela fala dos franceses. Está escrito França na parte inferior da tela. Mas suponho que Louise ainda não saiba ler.

●

– Obama está na televisão!

A voz de Arya exclama, da cozinha.

Obama fala tranquilamente na televisão. Estar fechado lá dentro não parece incomodá-lo. A voz calma, ele fala, em inglês:

Faz cem anos que Madiba nasceu na aldeia de Mvezo...

Ele está circundado por pessoas vestidas com roupas coloridas. Estão sentadas ali como se fosse um enterro ou um aniversário. Não parecem se dar conta de que aparecem na televisão. São todos prisioneiros dessa moldura, em cuja parte inferior está escrito *Mandela's day*.

E uma política de medo, de ressentimento e de recuo começou a aparecer, e esse tipo de política está agora em movimento. Em movimento num ritmo que teria parecido inimaginável faz alguns anos. Não sou alarmista, só o que faço é citar os fatos. Olhem ao redor de vocês.

No salão, fotos emolduradas em ouro e prata se exibem sobre a mesa de pedestal. Rosie beberica uma taça de champanhe ao lado da televisão e brinda *À saúde de Mandela!* Você mordisca biscoitos perto de Louise, que te deixa para correr até mim. Eu sou esse velho apoiado na parede ao lado de uma grande janela. Louise se joga nos meus braços. Adoro ter uma neta que me ame tanto. Nunca achei, contudo, que fosse me tornar avô. Pela segunda ou terceira vez, Arya repete, na cozinha, *Obama está na televisão!* É verdade que ele continua gesticulando no interior de duas televisões, a primeira no salão, a segunda na cozinha, onde os dedos tortos de Arya se esforçam para meter velas num bolo de aniversário: dois andares, um para você, um para mim. Juntos, festejamos 156 anos. Mandela nasceu no mesmo dia que nós: 18 de julho.

Se queremos realmente continuar a longa caminhada de Madiba rumo à liberdade, teremos que trabalhar mais duro e deveremos ser mais inteligentes. Teremos que aprender com os erros do passado recente.

Na televisão, Obama não se dirige a ninguém e fala com todo mundo. Rosie diz que gostaria muito que Madiba fosse nosso pai adotivo, em vez de Lothar e Michèle.

– E você jamais teria nascido... – você diz a ela.

– Marianne também não! – defende-se Rosie.

Na cozinha, Arya não se entende com suas velas: reumatismo demais. Pede socorro:

– Marianne!

Rosie lhe responde, do salão:

– Marianne está no galinheiro...

Então sou eu que ela chama.

– Wolf!

Louise se engancha no meu quadril e corremos para a cozinha fazendo ruído de cavalo. Ela ri muito, minha neta. Não me larga quando eu planto as velas que representariam, cada uma, um ano da minha vida. Nós dois contamos sob o olhar divertido de Arya. Oito e meio para a Alemanha, vinte para a África do Sul, oito para a Alemanha, oito para a África do Sul, oito e meio para a França, vinte e cinco para a África do Sul. Total, setenta e oito. É a minha idade.

Eis agora um restaurante. Muito elegante, *Le coin des Français* dá para um tanque onde flutuam flores brancas. Pétalas imensas. Em toda parte ao redor, vales de gramados bem aparados e vinhas se erguendo em diferentes alturas.

Pessoas comem num terraço, em grupos de dois, três, quatro, sete, mas perdem para a mesa do meio, onde conto treze. Muito bem vestidos, muito corteses uns com os outros, talvez porque não se conheçam, conversam em francês.

– Meu marido e eu comemoramos 24 anos no Cabo este ano. E vocês, moram...

É uma mulher de uma certa idade e com um certo xale em torno do pescoço que faz a pergunta a uma outra, que tem seus trinta, seus quarenta ou seus cinquenta anos, e a mesma cor que Obama. Com o olhar evasivo, ela responde:

– Moro em Paris. Estou no Cabo para uma Mission Stendhal.

Ela se refugia em seu copo d'água.

Um fusca azul, motor dois cavalos, estaciona diante da entrada do restaurante, debaixo de uma placa de esmalte com escrita elegante. Wilhelm sai dali. É incrível como envelheceu em 24 anos... Ele se apressa, irrompe no terraço, aperta algumas mãos, distribui sorrisos.

Um garçom negro vestido com uniforme de bordas azuis, brancas e vermelhas traz uma garrafa de vinho. Sua camisa está impressa com uma bandeira tricolor e um elefantinho na parte branca. Seu uniforme mais parece um disfarce. Levantando a garrafa para apresentá-la, ele diz, num francês quase perfeito:

– Senhor ministro, senhor embaixador, senhor cônsul...

Para por um segundo, com medo de ter esquecido um título, senhor arquiduque ou alguma coisa do gênero, e continua:

– Senhoras, senhores... O quinto *millésime* da *vintage* Okoma.

Wilhelm também fala em francês, ele aprendeu, mas não sei quando nem onde:

– Okoma é um vinho tipicamente sul-africano – encanta-se Wilhelm – e definitivamente bordalês.

Os treze clientes trocam sorrisos.

– Okoma... – repete um homem encantado, que parece indiano – é uma palavra japonesa?

Um senhor tão grande que mesmo sentado parece estar de pé responde:

– Okoma quer dizer sede em zulu. Depois do empowerment, algumas vinícolas são geridas por africanos, não é?

Wilhelm pigarreia. Seu sucesso na verdade o envergonha, porque ele não o deve ao empowerment, mas à sua reclassificação aos dezesseis anos. Ele tinha escolha? Quanto aos zulus, eles não têm nada a ver com esse vinho famoso, que pega emprestada uma palavra sua.

– Okoma – diz ele – é o fruto de uma colaboração com o Marie-Antoinette Estate. Trabalhamos juntos já faz dez anos. Esse vinho é uma mistura de cabernet sauvignon, merlot, syrah e pinotage.

É um sucesso de exportação, e ele também está muito honrado em oferecer esse *millésime* 2014 ao senhor ministro, ao senhor embaixador e ao senhor cônsul, pela vitória da França na Copa do Mundo e pelos cem anos de Mandela. E, informa Wilhelm, faz vinte anos que os antigos trabalhadores do seu avô participam do capital de Terre'Blanche: associados, em partes iguais, quase. Ele faz uma reverência e se retira.

Uma avestruz ginga despreocupada diante do carro de Wilhelm, que buzina, mas a filha de Sophie realmente não tem pressa, porque não usa relógio, então que não a incomodem. Obama está no rádio, Wilhelm dá longos suspiros, mas não sei se é por causa de Sophie II ou por causa de Obama primeiro. Ele gira os botões do rádio até encontrar uma canção, *A vida é doce*. É por isso que Sophie II não está com pressa. Além do mais, ela descende de uma linhagem antiga, um gênero de raça listado por criadores de homens e de avestruzes.

Não distante dali, uma mulher idosa espia pela janela de sua casa. Se o rancor tivesse um rosto, seria o de Michèle. Sua feiura é difícil de imaginar. Wilhelm lhe faz um sinal do carro, às sacudidelas. Ela fica irritada com isso, e também com Sophie II, que galopa atrás em vez de se encontrar no cercado, entre suas semelhantes. Terre'Blanche se tornou o caos. Todos os seus sacrifícios por nada.

Eu me coloquei no seu caminho.
Paul Noah se colocou em seu caminho.
Wilhelm se colocou em seu caminho.

Uma vida desperdiçada, e ei-la obrigada a terminar sua existência na casa de Paul Noah. Michèle se perde em pensamentos profundos, não está longe de se afogar neles, mas volta bruscamente à superfície: parece perceber, pela janela, uma silhueta que atravessa o portão. Será que Wilhelm o deixou mais uma vez aberto? Inquietante, a silhueta, que não é a de uma avestruz, avança com passo determinado.

Michèle não vê esse indivíduo muito de perto, mas seu coração começa a bater: é uma pessoa, sim, mas não é uma pessoa branca. As palavras de Jacob voltam à sua memória. *Eles vão nos matar a todos.* Ela fica arrepiada.

Eu também.

Eles vão nos matar a todos.

É bizarro, porque eu me lembro disso. Não como um sonho ruim que inventaria o futuro, mas como uma lembrança do passado. Como se a vida estivesse atrás de mim. Você pode imaginar?

Wilhelm e seu carro chegam a um cruzamento. Ele também nota a silhueta. Franze as pálpebras para identificá-la, pois não reconhece essa pessoa, cuja cor lhe é indiferente. Mas não se sente inquieto e não tem tempo para isso: furiosa, Sophie II o ultrapassa de novo e chicoteia a porta do carro com um golpe de sua asa de raça. Mais alto, alguém chama Wilhelm:

– Boss!

Esse homem com roupa de trabalho faz amplos sinais enquanto desce na direção dele. Wilhelm não presta a menor atenção na silhueta, que progride lentamente, que ainda se discerne mal.

– Olá, associado! – diz Wilhelm.

– Olá, Wilhelm! Feliz aniversário ao seu irmão e à sua irmã.

– Com certeza. E sobretudo a Mandela. Até mesmo Obama está aqui...

Eles se divertem e Wilhelm, apressado, segue caminho. Brincalhão, ele dança e canta a doçura de viver enquanto rola a toda velocidade rumo à moradia imponente, a sede da fazenda provençal do Cabo, que se chama Théophile TERRE'BLANCHE, pastor do Poitou, 1688.

No salão, Rosie se aproxima de mim. Seu velho pai com cara de Papai Noel está de pé junto à janela, com Louise nos braços. Decididamente, Louise não me larga. Esfregando o nariz no meu ombro, ela também se regala com papel. Rosie me estende um suco de fruta e sopra na minha orelha:

– Papai... para o seu aniversário, encontrei uma coisa...

Meu olhar se tolda.

– ... uma coisa que você procurou a vida inteira – murmura Rosie.

Bremen, ela diz, baixinho.

– Você se lembra?

O velho que eu sou já não vê mais nada. Neblina. Eu te ouço responder em meu lugar:

– É claro que ele se lembra. Um pedacinho do seu pai mora em 1948. Se aquele menino do orfanato soubesse tudo o que iria lhe acontecer, jamais ia querer acreditar.

Você diz que eu ia achar que estava num conto que dá medo nas crianças ou alguma coisa do tipo.

No terraço do restaurante, em meio ao grupo dos treze, uma senhora, que usa um xale, segura sua taça de Okoma e se maravilha com uma roupagem roxo-escura (não vejo nenhuma). Depois mergulha o nariz no interior do cristal e fala de um frescor mentolado, de alcaçuz, até. Ela alinha dessa maneira um monte de palavras esquisitas, depois prova e diz que percebe uma trama de frutas vermelhas, desde o início. Indica à sua vizinha – a mulher de cor Obama que só bebe água e que está aqui por causa de Stendhal – que o vinho se ergue por trás com notas temperadas, até apimentadas, será que ela não quer mesmo experimentar?

A outra sorri, não, obrigada.

Em sua janela, Michèle muda de expressão: a silhueta é um negro, agora é certo. Mas é pior. Nas costas, um fuzil se equilibra, pendurado no ombro. Tomada pelo pânico, Michèle recua em sua cadeira de rodas e põe as mãos sobre a boca, para se impedir de gritar. Se gritar, ele vai vê-la, vai descobri-la, virá buscá-la, e sabe Deus o que fará antes de liquidar com ela. Mas se vem buscá-la, apavora-se Michèle, sabe onde encontrá-la?

Horrorizada, ela se dá conta de que deveria ter fechado a janela mais cedo. Tarde demais, o assassino está tão perto, ele a veria se ela se arriscasse a fazer isso. Sua hora chegou, ela pode senti-lo. Imagens desfilam em sua consciência. É sua vida, a toda velocidade, um filme a cores e acelerado. Não sua vida inteira, claro. Jamais houve filmes que durem 105 anos. Mas pedacinhos, apenas: as pessoas amadas, as pessoas odiadas, os que morreram. O que foi feito, o que deveria ter sido feito.

No mesmo instante, pelo menos é o que suponho, no grande salão, Obama proclama diante do rosto de Louise:

Veja o time da França, que acaba de levar a Copa do Mundo! Todos aqueles rapazes não se parecem, para mim, com gauleses! Mas são franceses. São franceses!

Ela arregala seus olhos imensos e azuis, como os meus. Imitando Obama, ela repete, de um jeito torto:

– Mas são francófonos. São francófonos!

De pé diante da televisão, a pequenina nos braços, olho por uma janela com um ar intrigado, vejo alguma coisa ou alguém que não é comum. Louise mastiga um pedaço de papel, com toda discrição, porque na minha opinião ela ainda não tem o direito, mas seria uma pena se privar disso, porque o papel é delicioso. Concentrada no seu banquete, ela não perde uma migalha das palavras de Obama. Ele fala de alguma coisa que chama de *racialismo*.

Rosie também se põe a olhar lá para fora, enquanto me oferece um suco de fruta, e você fica intrigada por nos ver intrigados. Aproxima-se e vê também o homem que passa ao lado da casa de Michèle, sem parar ali, e que vem em nossa direção. Tomada por uma alegria súbita, você murmura:

– Mas... esse não seria...

A porta de entrada bate com ruído. Marianne limpa os sapatos no capacho. Está voltando do galinheiro.

Lá fora, ele avança. Sua testa está marcada com uma cicatriz branca em forma de estrela. Um fuzil pendurado nas costas bate contra seus rins. Samora caminha com passos leves em direção à fazenda provençal do Cabo, Terre'Blanche, o pastor do Poitou chamado Théophile que, em 1693, louvava a Deus em seu diário íntimo por tê-lo levado até os desertos da África, onde havia passado por provas muito difíceis. Mas Davi e os outros santos homens de Deus não compuseram a maior parte dos seus cânticos no deserto, e nas maiores agonias?

Samora avança. Em alguns momentos, beija a cruz que servia de pendente a seu pai. Murmura por trás de sua barba. Mandela festeja seus cem anos. Mas papai e Graça não devem lamentar estar mortos. Porque nada mudou, não. E nada mudará jamais. Os negros não estão em casa, aqui. A casa deles não fica em lugar nenhum.

– Esperamos Wilhelm para o presente? – pergunta Rosie.

É delicado, diz Arya, Wilhelm não está contente. A ideia de que seu irmão mais velho volte para a Alemanha, ainda que por algumas semanas, dilacera seu coração. É melhor dar agora. É hipócrita, diz Marianne, entrando na cozinha. Rosie a impede de meter o dedo no bolo e sai, seguida por Arya. O rosto de Rosie se ilumina. Reluzente, ela tira um pequeno envelope do bolso de um casaco pendurado num cabideiro. Pequeno, amarrotado, amarelado, mais parecido a uma pessoa velha e doente. Reconheço o nó, comido por insetos. Você inspira longamente:

– Wolf tinha colocado um poema nesse envelope para o aniversário de Michèle. Nessa época, acreditávamos que tínhamos errado... Não imaginávamos que éramos crianças abandonadas por nossos pais, enfim, por nossa mãe, por seu marido e pela Alemanha, numa floresta... a África do Sul.

– Ou o apartheid – diz Rosie.

Ela acrescenta que se trata de um primo-irmão do nazismo.

Sua voz fica abatida.

– Não sabíamos que nossa floresta tinha seus ogros, suas feiticeiras e suas madrastas. Com grande frequência, eles próprios eram crianças perdidas... Michèle... Enfim, mamãe jamais quis acreditar que Wolf tinha escrito esse poema. Durou anos. Wolf teve muita dificuldade para se recuperar... e se recuperou. Sem essa história, não acredito que ele teria querido a esse ponto voltar para nossa família original.

Rosie sorri:

– Hänsel e Gretel sempre quiseram voltar para casa, não?

Nós todos rimos. Você pigarreia e eu começo a emborcar, e a neblina volta a me cegar. Ao meu redor, sinto uma grande emoção. Você continua:

– O pai de vocês, e eu também... mas sobretudo o pai de vocês, nós carregamos durante muito tempo o peso de erros que não eram os nossos.

Marianne dá um comprido suspiro e diz:

– Estou de saco cheio da sua culpa.

Você faz a ela um sinal querendo dizer que as coisas não são sempre tão simples. Com muita ternura, você me diz que prometeu a si mesma que ia reparar tudo, que ia nos reparar a nós mesmos, colocando nesse envelope o que haveria de nos reconciliar com o nosso destino.

Lá fora, ele se aproxima. O pendente de Thando colado à boca, Samora pede perdão ao seu pai e à sua avó Graça. Não pôde protegê-los, não. Não foi capaz de salvá-los. Perdão. Promete honrá-los, antes de partir por sua vez. Justiça. Vai fazer justiça. Vai matar esse homem, o herdeiro de Terre'Blanche.

Um sorriso de anjo se pinta em seus lábios, o mesmo de Michèle. Em sua janela, ela compreendeu que ele não veio buscá-la. Vendo-o se aproximar da desgraçada fazenda provençal do Cabo, ela se dá conta de que, mesmo contra sua vontade, ele veio vingar a ela também. Em seguida, ele será eliminado por sua vez. Um a menos.

Louise abduz o envelope aberto antes que ele chegue em minhas mãos. Todo mundo acha graça. Eu também rio. Rio de chorar. Dessa vez, pelo menos, posso enxugar os olhos. Louise me ajuda, ela gosta de consolar seu avô. Acaba mesmo por me entregar esse envelope todo apodrecido. Eu o abro e coloco os óculos bem na ponta do nariz.

O papel é complicado de ler. Mas compreendo que fala de nós dois, e da tanoaria de Bremen. Pola foi mais difícil de convencer do que ela teria imaginado, diz Rosie.

– Mas... eu tinha prometido a você, não?

Marianne segura meu braço.

– Estávamos sentados feito imbecis naquela calçada enquanto você destruía a grade de ferro. Se Pola não tivesse vindo falar conosco...

A tanoaria, Os Irmãos Grimm, agora nos pertence. Bremen, Terre'Blanche e Terre-Neuve reunidos.

E Rosie:

– De uma vez por todas, papai. O nazismo não é você. O apartheid não é você. Você não é culpável.

– Não é *culpado* – corrige Marianne.

Eu escorro por toda parte, lágrimas, muco, é nojento. Louise me enxuga delicadamente o rosto com seus pedaços de papel mastigados, colando de saliva.

Em seu carro, Wilhelm escuta o rádio:

Abraçar a diversidade oferece vantagens práticas!, diz Obama.

E de repente um tiro.

Os pássaros fogem das árvores, vidros se quebram no chão.
Em seguida, tudo escurece.
Tenho a impressão de dormir.
Mas não consigo acordar.
Barbie?
Você também está dormindo?

Sobre a autora

Bessora nasceu em 1968 na Bélgica. Filha de mãe suíça e de um político e diplomata gabonês, a escritora – que cresceu entre a Europa, os Estados Unidos e a África – tem tripla cidadania: gabonesa, suíça e francesa. Sua primeira incursão profissional deu-se no mundo das finanças internacionais, em Genebra, mas após uma viagem à África do Sul Bessora mudou seus rumos e optou pela antropologia. Chegou a Paris com a filha e matriculou-se na Escola de Estudos Avançados em Ciências Sociais, e também na Universidade de Paris-IX Dauphine. Embarcou, assim, no estudo das memórias do petróleo no Gabão, tema de sua tese de doutorado. Foi a antropologia, e sua relação com a escrita, que a atraiu para o romance e a levou a publicar seu primeiro livro, em 1999. Suas numerosas viagens e estadias, somadas às múltiplas origens (Gabão, Suíça, Alemanha, Polônia), conferem à sua escrita um caráter livre, exigente e inclassificável. Publicou vários romances, incluindo *Les Taches d'encre*, ganhador do prêmio Fénéon em 2001, e *Cueillez-moi, jolis Messieurs...*, que recebeu o Grand Prix de Literatura da África negra em 2007. *Os órfãos*, primeiro livro da autora a ser publicado no Brasil, foi finalista, em 2021, do prêmio Ouest France e do Prix des cinq continents de la Francophonie.

© Relicário Edições, 2022
© Éditions Jean-Claude Lattès, 2021

Dados Internacionais de Catalogação na Publicação (CIP) de acordo com ISBD

B559o   Bessora

Os órfãos / Bessora ; traduzido por Adriana Lisboa. - Belo Horizonte : Relicário, 2022.
248 p. ; 14cm x 21cm.

Tradução de: Les orphelins.
ISBN: 978-65-89889-54-0

1. Literatura francesa. 2. Romance. 3. África do Sul. 4. Apartheid. 5. Nazismo.
I. Lisboa, Adriana. II. Título.

                                       CDD 843.7
2022-3449   CDU 821.133.1-31

COORDENAÇÃO EDITORIAL Maíra Nassif Passos
EDITOR-ASSISTENTE Thiago Landi
PROJETO GRÁFICO, CAPA E DIAGRAMAÇÃO Ana C. Bahia
REVISÃO Maria Fernanda Moreira
REVISÃO DE PROVAS Thiago Landi
FOTOGRAFIA DA CAPA © Arquivos da família Ammermann

FÉDÉRATION WALLONIE-BRUXELLES

Avec le soutien de la Fédération Wallonie-Bruxelles.
Com o apoio da Federação Valônia-Bruxelas.

RELICÁRIO EDIÇÕES
Rua Machado, 155, casa 1, Colégio Batista | Belo Horizonte, MG, 31110-080
contato@relicarioedicoes.com | www.relicarioedicoes.com
@relicarioedicoes   /relicario.edicoes

1ª EDIÇÃO [2022]

Esta obra foi composta em FreightText
e Neue Haas Grotesk Pro e impressa em
papel Avena 80 g/m² para a Relicário Edições.